Eugen Egner
Gift Gottes

Eugen Egner

Gift Gottes

FÜNF ERZÄHLUNGEN

ZWEITAUSENDEINS

Jeder Auflage dieses Buches liegt eine jeweils neue,
hier erstveröffentlichte Graphik von Eugen Egner bei,
die der Autor handsigniert hat.

Originalausgabe.
1. Auflage, Oktober 2003 mit der Zeichnung ›Veteran im Rollstuhl‹.

Lektorat: Heiko Arntz, Wedel.
Einband- und Umschlaggestaltung sowie Satz und Herstellung:
Johannes Paus, Dieter Kohler GmbH, Nördlingen.
Druck: Gutmann + Co, Talheim.
Einband: G. Lachenmaier, Reutlingen.
Coverzeichnung und Illustrationen: Eugen Egner.
Printed in Germany.

Dieses Buch gibt es nur bei Zweitausendeins im Versand, Postfach, D-60381 Frankfurt am Main, Telefon 069-420 8000, Fax 069-415 003. Internet www.Zweitausendeins.de, E-Mail info@Zweitausendeins.de. Oder in den Zweitausendeins-Läden in Berlin, Düsseldorf, Essen, Frankfurt am Main, Freiburg, 2× in Hamburg, in Hannover, Köln, Mannheim, München, Nürnberg, Stuttgart.

In der Schweiz über buch 2000, Postfach 89, CH-8910 Affoltern a.A.

ISBN 3-86150-614-9

Inhalt

Mann in grauem Anzug

Solange sein Eintritt ins Berufsleben noch in weiter Ferne gewesen war, hatte die Sache als kindische Torheit abgetan werden können, die sich mit der Zeit von selbst erledigen würde. Davon konnte jedoch keine Rede mehr sein, als Frank Lüppers schließlich das Abitur bestand und allen Erwartungen zum Trotz entschlossener denn je war, seine Vorstellungen in die Tat umzusetzen.

»Komm endlich zur Vernunft, Junge! Das ist doch kein Beruf!« schrie der enervierte Vormund.

»Ach nein?« entgegnete Frank. »Es war der Beruf meines Vaters, warum sollte er für mich nicht gut genug sein? Seien Sie lieber froh, daß ich in meinem Alter schon eine so klar umrissene Vorstellung von meiner Profession habe!«

Und die hatte Frank, bereits seit Jahren hatte er sie: Er wollte als Mann in grauem Anzug und weißem Hemd (aber ohne Krawatte) neben dem Eingang eines Lebensmittelgeschäfts stehen, wie sein Vater es getan hatte, als Frank ein kleiner Junge gewesen war. Für ihn war dies seine einzige Erinnerung an Vater und Kindheit und daher besonders wertvoll. Alles übrige, das der Zeit angehörte, bevor er als Vollwaise in die Obhut seines Vormunds gekommen war, hatte er restlos vergessen. Dafür wurde eine Kopfverletzung verantwortlich gemacht, die er, wie es hieß, mit etwa fünf Jahren bei einem schweren Verkehrsunfall erlitten hatte. Seine Eltern waren dabei ums Leben gekommen.

Der Vormund ließ sich nicht davon beeindrucken, daß Frank eine »Vision« von dem hatte, was er werden wollte, sondern berief sich auf die Verantwortung, die er für den Jungen trug, bis er volljährig sein würde, und verordnete ihm kurzerhand die Ausbildung zum Ingenieur. Wie die schulischen Leistungen seiner Meinung nach erkennen ließen, lag unbestreitbar eine gewisse technische Begabung vor, die wegen Franks völlig unrealistischen Berufswunsches zu verkümmern drohte.

»Zieh dich an, wir gehen aus«, befahl der Vormund.

Unterwegs wurde kein Wort gesprochen. Der Vormund stürmte mit wütend entschlossener Miene voran, Frank hielt widerwillig Schritt, ohne zu wissen, wohin sie gingen. Erst in den Straßenschluchten eines entfernten Stadtviertels machte der Vormund halt. Sie betraten den übelriechenden Hausflur einer besonders hohen Gründerzeit-Mietskaserne und stiegen unzählige Stufen hinauf, bis es nicht weiterging. Das Treppenhaus war an dieser Stelle schadhaft, der darüberliegende Teil des Gebäudes mit Balken und Stahlträgern abgestützt. Ohne zu zögern hängte sich der Vormund, in Hut und Mantel, wie er war, an eine quer verlaufende Metallstange und bewegte sich durch Weitergreifen der Hände seitwärts, bis er genau über dem gewiß sechs Stockwerke tiefen Abgrund zwischen den umlaufenden Treppen baumelte. Vor den Augen seines Schützlings begann er alsdann, vor und zurück zu schwingen, dazu rief er laut um Hilfe. Es war früher Abend, weshalb die meisten Mieter zu Hause waren und nun neugierig aus ihren Wohnungen kamen. Der Vorgang war Frank entsetzlich peinlich, am liebsten wäre er fortgelaufen. Doch brachte er es nicht fertig, den Mann, der bisher so trefflich für ihn gesorgt hatte, allein dort hängen zu lassen, ganz zu schweigen davon, daß er sich nicht an all den das Treppenhaus füllenden fremden Leuten vorbeitraute. Es wurde laut geschimpft und gefragt, was der Unfug zu bedeuten habe. Einige riefen nach der Polizei, andere nach der Feuerwehr, besonders rohe Individuen forderten den Hängenden auf, sich fallen zu lassen.

»Ja, es ist möglich, daß ich das bald tun muß«, erwiderte dieser. »Lange werde ich mich bestimmt nicht mehr halten können.«

»Weshalb hängen Sie da überhaupt?« erkundigte sich eine ältere Frau. »Wie kommt ein feiner Herr wie Sie auf so etwas?«

»Es geschieht aus Kummer über mein Mündel, den jungen Mann, der hier oben auf der Treppe steht. Wenn er wollte, könnte er mich durch ein einziges Wort retten; er allein trägt die Schuld, wenn ich in den Tod stürze.«

Inzwischen kamen einige Männer mit Seilen heraufgelaufen. Sie stießen Frank beiseite und bemühten sich, dem Vormund die Seile um den Leib zu schlingen.

»Hangeln Sie sich zur Treppe zurück«, riefen sie ihm zu. »Abstürzen können Sie nicht mehr. Wir halten Sie.«

Der Vormund war damit nicht einverstanden: »Danke, meine Herren, Sie sind zu freundlich. Ich muß Sie jedoch bitten, sich nicht einzumischen. Es liegt einzig und allein bei meinem Mündel …«

Sie zogen ihn, ohne seinen Einwand zu beachten, auf die Treppe zurück und banden ihn los. Dann drohten sie: »Nun macht aber bloß, daß ihr wegkommt! Und wagt ja nicht, hier noch einmal so was aufzuführen!«

An dem lärmenden Volk vorbei wurden der Vormund und Frank Lüppers treppab und aus dem Haus gedrängt. Schweigend gingen sie heim. Am nächsten Tag fragte der Vormund: »Frank, mein Junge, wirst du die Ausbildung zum Ingenieur absolvieren?«

»Nein.«

Umgehend wurde die Mietskaserne aufgesucht, wo der feine Herr, dem man so etwas gar nicht zutrauen mochte, dann wieder oben an der Stange hing und schrie. Diesmal erschien die Polizei, um der Vorstellung ein Ende zu bereiten. Da Frank trotzdem widerspenstig blieb, wurde die Übung noch einige Male wiederholt – ein Wunder geradezu, daß er jedesmal wieder mitging. Erst nachdem die Männer ihn und den Vormund, mit Stricken zusammengebunden und geknebelt, über Nacht an der Stange über dem Treppenhausabgrund hatten hängenlassen, gab er nach im kläglichen Bewußtsein, Verrat am Andenken seines Vaters und den eigenen Idealen zu begehen.

Dank einschlägiger Beziehungen des Vormunds konnte Frank als Lehrling beim Ingenieurbüro Berlitz untergebracht werden. Es schien geraten, diese praktische Form der Ausbildung einem Studium vorzuziehen, welches für charakterschwache junge Menschen bekanntlich allzu viele Gefahren und Versuchungen birgt. Wie leicht konnte einer wie Frank Lüppers unter die Räder geraten! Bei Berlitz sollte er so lange Kaffee für die Ingenieure kochen und Lehren aus dem Anhören ihrer großsprecherischen Konversation ziehen, bis er selbst Ingenieur war. Dazu hatte er am meisten Gelegenheit, wenn die Außendienst-Sachverständigen im Haus waren. Jeden Freitagnachmittag empfing sie der Chef zum Wochenbericht, und Frank mußte die Gesellschaft laufend mit frischem Kaffee versorgen. Eine typische Unterhaltung der Schadensgutachter verlief etwa so:

»Im Umkreis von gut hundert Metern steckten Dampflokomotiven im Boden wie Zaunpfähle! Als ob sie vom Himmel gefallen wären! Solche Schäden gibt es heute gar nicht mehr.«

»Das ist noch gar nichts gegen den Schaden, den ich vorgestern zu begutachten hatte: allerschwerster Maschinenbruch, die Mutter aller Maschinenbrüche, sage ich Ihnen. Ein Krachen und Bersten – das wollte nicht aufhören. Diverse schwere Maschinenteile flogen noch immer herum, als ich zur Schadensaufnahme eintraf. Sämtliche Aggregate hatten die Hallendecken durchschlagen und waren auf das Verwaltungsgebäude geknallt, das dadurch völlig vernichtet worden war. Das Herabstürzen der oberen Brechwalzen aus großer Höhe hatte den Achtzig-Tonnen-Hauptblock zersprengt. Die Walzstraße war glatt ausgerissen, das gesamte Betonfundament von fünfzehntausend Quadratmetern geborsten und die nicht weggeflogenen Reste der Stahlkonstruktion zu grotesken Schnörkeln verbogen.«

»Hat es da nicht Tote gegeben?«

»Ja, selbstverständlich! Ungefähr dreihundert. Teile des Maschinenmeisters wurden jenseits der Alpen gefunden.«

»Schadensursache?«

»Eindeutig ein durch vorangegangene Materialfressung ausgelöster Bruch des Kurbelzapfenlagers an der Pleuelstange. Gar kein Zweifel möglich.«

»Beiläufige Schadenshöhe?«

»Nahezu unbezifferbar, meine Herren. Dieser Schaden ist zu schwer, um überhaupt erfaßt zu werden. Der paßt gar nicht aufs Meldeformular.«

»Wahrscheinlich gibt es auch nicht genug Geld, um ein angemessenes Gutachterhonorar zu zahlen.«

Franks Ausbildung verlief ohne Zwischenfälle, am Ende war er Fachingenieur für Explosions- und Verbrennungsmotoren. Zur gleichen Zeit wurde er volljährig, was abends im Ingenieurs-Klub gefeiert wurde. Der seiner gesetzlichen Funktion nunmehr ledige Vormund wünschte, ab sofort als Onkel betrachtet zu werden und bot Frank das Du an. Und noch etwas hatte er für ihn, als sie wieder zu Hause waren. Er hieß ihn im Salon Platz nehmen und schenkte Weinbrand ein. Mit sehr ernster, fast schon kummervoller Miene begann er:

»Lieber Frank, mit dem heutigen Tag hast du Anspruch darauf, gewisse Dinge zu erfahren, die dich und deinen familiären Hintergrund betreffen, dir aus erzieherischen Gründen aber bis dato verschwiegen werden mußten. Es tut mir leid, daß diese Neuigkeiten schmerzhaft für dich sein werden, sehr schmerzhaft sogar, trotzdem mußt du jetzt, als Volljähriger, die Wahrheit wissen. Ich will nicht lange darum herumreden, sondern gleich zur Sache kommen.«

Frank wurde flau zumute, nach einer unverhofften Erbschaft hörte sich das nicht gerade an. Die angekündigte Eröffnung fiel dem Onkel sichtlich schwer, er mußte noch ein Glas Weinbrand leeren, bevor er endlich begann:

»Kurz und gut: Dein Vater war nicht, was du in ihm

gesehen hast beziehungsweise woran du dich erinnerst. In Wirklichkeit war er Ingenieur von Beruf.«

Der junge Mann war schockiert, buchstäblich wie vor den Kopf geschlagen. Eine Beschädigung des Andenkens an seinen Vater mußte ihn aus bereits dargelegten Gründen empfindlich treffen. Ihn verlangte danach, bis zur völligen Entkräftung zu schreien, es sei alles Lüge. Sein Vater war Ingenieur gewesen? Was konnte man ihm nun noch nehmen?

»Aber ich habe doch gesehen, wie er als Mann in grauem Anzug und weißem Hemd (aber ohne Krawatte) neben dem Eingang eines Lebensmittelladens stand«, hauchte er so kraftlos, als ob er tagelang geweint hätte.

»Ja«, sagte sein Onkel betrübt, »das hat er auch getan, er hat sich gegen Ende seines Lebens sogar der Wahnvorstellung hingegeben, dies sei seine eigentliche Berufung ... Frank, dein Vater war geistig leider nicht gesund, so sehr ich auch bedaure, dir das mitteilen zu müssen. Mein armer Junge! Mache dich auf noch wesentlich Schlimmeres gefaßt, bisher weißt du nur einen Bruchteil des Furchtbaren, über das ich dich aufzuklären habe.«

Frank wurde sterbenselend. Auf welch grauenvolle Weise mußte er volljährig werden! Wäre er doch nur damals mit seinen Eltern zusammen gestorben! Wozu hatte er den Unfall überleben müssen?

»Eines Tages vor fünfzehn Jahren«, fuhr sein Onkel unangenehm berührt fort, »hatte dein Vater beruflich außerhalb zu tun. Und weil er, wie ich schon sagte, geistig nicht gesund war, tat er, Gott sei's geklagt, etwas ganz Schreckliches. Er fand, als er heimfahren wollte, seinen PKW vollkommen zerstört vor und geriet so in Wut, daß er einen kleinen Jungen erschlug, von dem er glaubte, er sei der Schuldige. Es hat keine Zeugen gegeben, und er wurde der Tat niemals angeklagt, geschweige überführt, man weiß davon überhaupt nur aus dem Abschiedsbrief, den er bei seinem Tod hinterließ.«

Frank war vernichtet. Sein Vater, sein vormaliger Held, war ein geisteskranker Kindesmörder gewesen? Eine radikalere Demontage war nicht vorstellbar. Eins aber machte ihn stutzig:

»Wieso Abschiedsbrief? Er konnte doch nicht ahnen, daß er einen Unfall mit tödlichem Ausgang haben würde!«

»Es war auch kein Unfall«, antwortete der Onkel. »Ich wage fast nicht, dir in diesem Punkt die Wahrheit zu sagen. Du wirst mich dafür hassen, und doch ist es so und nicht anders gewesen. Die Schuld lastete so schwer auf seinem Gewissen, daß er nicht mehr arbeiten konnte. Dein Vater lief ziellos herum, nachlässig gekleidet, ohne Krawatte, und irgendwann entwickelte er, vermutlich aus Zufall, die Gewohnheit, vollkommen apathisch neben dem Eingang eines Lebensmittelgeschäfts herumzustehen, so wie du ihn in Erinnerung hast. Er versuchte, Ruhe in dem Bewußtsein zu finden, dies sei seine Berufung, seine Existenzgrundlage. Doch sein schweres Verbrechen ließ ihn nicht los, und da es ihn inbrünstig nach Sühne verlangte, bildete er sich in seiner Verwirrung ein, er verlöre die Stellung als neben dem Lebensmittelgeschäft stehender Mann in grauem Anzug und weißem Hemd (aber ohne Krawatte), weil eine neue, technische Epoche angebrochen sei. So steht es in seinen Aufzeichnungen. In Wirklichkeit verlor er seine Stellung als Ingenieur. Und aus Angst, infolgedessen seine Familie künftig nicht mehr ernähren zu können – Gott steh mir bei, ich bringe nicht über die Lippen, was er tat!«

Der Onkel wischte sich den Schweiß ab, trank noch ein Glas Weinbrand, dann stand er auf und ging wimmernd auf und ab wie einer, der gezwungen ist, sein eigenes Kind einer grausamen Gottheit zu opfern. Endlich gab er sich einen Ruck und sprach es aus:

»Aus Angst, seine Familie künftig nicht mehr ernähren zu können, erschlug er sie, einschließlich seiner selbst, mit der Axt. Glaube mir, Frank, dazu gehört schon einiges, nicht zuletzt zu dieser Art von Suizid. Bei dir ist er aber nicht gründlich genug gewesen, so daß du gerettet werden konntest und außer der Narbe lediglich eine Amnesie davongetragen hast.«

Frank erkannte den höchst symbolischen Charakter seines wunderbaren Überlebens, vermochte er doch nun in seiner Person die Widersprüche im Berufs-Doppelleben des Vaters zu versöhnen, indem er gleichzeitig sogar sein eigenes ursprüngliches Berufsziel wenigstens zum Teil verwirklichte: Im Gedenken an seinen armen Vater beschloß er, fortan bei der Arbeit stets einen grauen Anzug und ein weißes Hemd, jedoch keine Krawatte, zu tragen. Ein Ingenieur ohne Krawatte sei kein richtiger Ingenieur, wandte sein Onkel dagegen ein, und am Arbeitsplatz schien man gleicher Ansicht zu sein. Franks Start als Angestellter beim Ingenieurbüro Berlitz fiel infolgedessen wenig glanzvoll aus. Wegen seiner Krawattenverweigerung wurde er deutlich benachteiligt. Man ließ ihn zwar nicht weiterhin Kaffee kochen, übertrug ihm aber lediglich eine uninteressante Bürotätigkeit. Daß er nicht als Gutachter im Außendienst eingesetzt wurde, schmerzte Frank, denn er hatte sich besonders darauf gefreut, in seinem neuen PKW Dienstreisen zu unternehmen.

Erst ein Jahr später änderte sich etwas an diesem Zustand, als gleichzeitig mehrere Kollegen erkrankt waren. Notgedrungen mußte der Arbeitgeber, Herr Oberingenieur Berlitz, Frank Lüppers als Vertretung heranziehen und teilte ihm den unbedeutendsten Schadensfall zu, einen Maschinenbruch bei Krimson & Krimson, einer kleinen Fabrik außerhalb der Stadt. Wie gerüchtweise verlautete, stand das Unternehmen kurz vor dem Konkurs, so daß man getrost einen krawattenlosen Jungingenieur hinschicken konnte. Frank war nichtsdestoweniger sehr erfreut, und am nächsten Morgen machte er sich in seinem Wagen rechtzeitig auf den Weg.

Die Fahrt dauerte etwa eine halbe Stunde und endete in einem äußerst trostlosen Industrievorort unter trübem Himmel. In der Umgebung der wirklich nicht sehr bedeutend aussehenden Fabrik war alles dick mit grauem Staub bedeckt, was gewiß auf die aus dem Schlot quellenden Wolken zurückzuführen war. Frank bedauerte, seinen Wagen am Tag zuvor eigens gewaschen zu haben. Er parkte ihn dem Haupteingang gegenüber und trat durch eine Tür ein, auf der ›Verwaltung‹ stand. Im Gang drückten sich ein paar in Kittel gekleidete Mädchen herum, sie kicherten, als Frank befangen grüßte. Bevor sie ihn allzusehr verunsichern konnten, klopfte er an die Tür zum Büro. Von drinnen wurde gottlob sofort »Herein« gerufen, und er brachte sich in

Sicherheit. Eine einzige Büroangestellte schien für alle Verwaltungsvorgänge zuständig zu sein, entsprechend überlastet wirkte sie bereits um diese Uhrzeit. Nachdem Frank sich vorgestellt und seinen Auftrag genannt hatte, wurde er zu Herrn Krimson jr. gebracht. Der war ein hagerer, auf die Fünfzig zugehender Mann mit traurigem Gesichtsausdruck. Zur Begrüßung sagte er:

»Sie sind uns von Ihrer Firma angekündigt worden, und als mein Vater Ihren Namen hörte, trug er mir auf, Sie zu fragen, ob Sie mit dem Ingenieur Lüppers verwandt sind, der vor etwa fünfzehn Jahren hier war, um einen Schadensfall aufzunehmen.«

»Das kann nur mein Vater gewesen sein«, antwortete Frank, seine Kehle wurde trocken.

»So«, sagte Herr Krimson jr., »Ihr Vater. Ich werde es meinem Vater berichten. Doch nun zu dem Schaden.«

Er begleitete Frank in eine kleine Fertigungshalle, übergab ihn dem Maschinenmeister und kehrte ins Büro zurück. Voller Eifer nahm der junge Sachverständige seinen ersten Schadensfall in Augenschein. Die Sache war unkompliziert und schnell protokolliert, so daß Frank sich schon nach einer Viertelstunde bei Herrn Krimson jr. zurückmeldete.

»Mein schriftliches Gutachten geht Ihnen in den nächsten Tagen zu«, versicherte er ihm.

»Schön«, erwiderte Krimson, »ich danke Ihnen, Herr Lüppers. Verzeihen Sie bitte, aber bevor wir uns verabschieden, möchte ich Sie fragen, ob ich Sie vielleicht noch um einen Gefallen bitten darf. Natürlich nur, wenn Sie einverstanden sind.«

Bei seinem ersten Außendiensteinsatz wollte Frank sich von der allerbesten Seite zeigen, außerdem freute er sich, daß bei der Firma Krimson & Krimson niemand Anstoß am Fehlen seiner Krawatte nahm. Daher nickte er zuvorkommend.

»Es ist eine vertrauliche Angelegenheit«, fuhr der Juniorchef fort. »Sie würden mich zu größtem Dank verpflichten, wenn Sie sie für mich übernehmen könnten. Sehen Sie, seit meine Eltern in die Jahre gekommen sind, ganz besonders aber seit dem letzten Sturz meiner Mutter, lastet die Verantwortung für unser Unternehmen schwerer auf mir denn je. Da mein Vater neben dem Krankenpflegedienst nun auch sämtliche Hausarbeiten verrichten muß (eine Hilfe können wir uns in der augenblicklichen finanziellen Lage nicht leisten), kann er sich kaum noch um die Firma kümmern, was bedeutet, daß ich mehr oder weniger allein verantwortlich bin. Um wenigstens einen ungefähren Überblick über den Geschäftsgang zu behalten, kommt mein Vater am späten Abend aus der Wohnung herüber. Bereits von der schweren Tagesarbeit ermüdet, überfliegt er alle wichtigen Vorgänge, prüft die Bücher, ordnet dies und das an. Und das mit fast achtzig Jahren! Aber nehmen Sie doch bitte Platz, Herr Lüppers.«

Frank setzte sich auf einen wuchtigen Stuhl, dessen Sitz- und Rückenpolster mit dunkelgrünem Kunststoff bezogen war. Es rührte ihn, wie offen Herr Krimson jr. über seine Verhältnisse sprach. Hoffentlich würde er ihm helfen können!

»Nun ja«, fuhr Krimson fort, »während mein Vater dann also hier ist, erkundige ich mich auch nach dem Befinden meiner Mutter. Obwohl ihn das Geschäftliche in diesem Moment ganz ausfüllt, erstattet er mir doch sehr gewissenhaft Bericht, schildert mir die umständlichen, aufwendigen Behandlungsprozeduren, die er nach ärztlicher Anweisung stündlich durchführen muß, sowie deren bereits sichtbare Erfolge, versäumt aber auch kein einziges Mal, den Hergang des Sturzes erneut präzise wiederzugeben. Ich entnehme seinen wiederholten Darstellungen, welch ein aufrichtiger Charakter mein Vater ist, denn nie fügt er irgend etwas hinzu oder läßt etwas aus. Es hat bisher zahllose Stürze gegeben, doch dieser war der schwerste und folgenreichste. Für Monate wird meine Mutter bettlägerig sein, und ebenso lange wird unser Unternehmen darunter leiden.«

›Was er wohl von mir möchte?‹ fragte sich Frank. ›Ein Gutachten des Schadens, den seine Mutter erlitten hat? Dafür bin ich doch nicht zuständig ...‹

Der Juniorchef räusperte sich, fuhr mit der Hand durch sein dünnes Haar und sprach dann weiter:

»In dieser durch den Sturz meiner Mutter so schweren Zeit kann ich leider bei weitem nicht so viel Zeit und Sorgfalt auf alle Bereiche unserer Firma verwenden, wie ich möchte. Es gibt da ein Problem im personellen Bereich, um das ich mich wegen meiner zahllosen übrigen Pflichten überhaupt nicht kümmern kann.«

›Hoffentlich hat es nichts mit den kichernden Arbeiterinnen zu tun‹, dachte Frank. Ängstlich schweigend hörte er weiter zu. Krimson sagte:

»Ich habe einfach nicht die Zeit und die Kraft dazu. Jede Überanstrengung hätte negative Auswirkungen auf meine Arbeit – nicht auszudenken, in welche Lage unsere Firma dann geriete. Nein, ich muß gerade jetzt vernünftig sein und diese Personalsache delegieren. Das ist es, worum ich Sie bitten möchte, darf ich es Ihnen vortragen?«

»Ja ... sicher.«

»Es handelt sich um einen unserer Angestellten, einen ganz jungen Burschen aus der technischen Abteilung, er arbeitet seit etwa einem Vierteljahr bei uns. Ich kenne ihn nicht persönlich, aber man ist mit der Klage zu mir gekommen, er halte es mit der Arbeitszeit auf ganz eigene Weise. Jeden Morgen verschwinde er zu Beginn der Frühstückspause und lasse sich für den Rest des Tages nicht mehr blicken. Ich sehe ein, daß da etwas unternommen werden muß, denn wenn ich dem jungen Mann dieses Verhalten durchgehen lasse, wollen am Ende alle hier in der Frühstückspause nach Hause gehen, bei vollem Gehalt womöglich.«

»Weshalb bestellen Sie den Burschen nicht zu sich und verhören ihn?« wunderte sich Frank.

»Weil ich nie vor der Frühstückspause hier bin«, antwortete Krimson. »Es läßt sich einfach nicht einrichten. Wenn ich ankomme, pflegt der Mensch bereits fort zu sein.«

»Dann muß man ihn zu Hause aufsuchen«, schlug Frank vor. Krimson nickte zustimmend mit dem Kopf und sprach:

»Genau das ist es, worum ich Sie bitten möchte. Wären Sie so freundlich? Hier ist sein Name und seine Adresse.«

Er reichte Frank einen Zettel über den Schreibtisch und fragte:

»Sind Sie mit dem Wagen hier?«

Frank bejahte.

»Gut, dann fahren Sie am besten sofort hin.«

Abrupt stand er auf, und Frank erhob sich ebenfalls. Auf dem Weg zur Tür sagte Krimson, dem jetzt sichtlich wohler war:

»Es ist nicht weit von hier, lassen Sie es sich im Büro auf dem Stadtplan zeigen. Und wenn Sie Ihre Mission erfüllt haben, geben Sie mir bitte Bescheid. Ich darf mich bereits jetzt herzlich bei Ihnen bedanken. Auf bald.«

Frank fand sich vor der geschlossenen Tür wieder. Er sah den Zettel in seiner Hand an, der Name des Angestellten lautete Theodor Tront. Mit dem etwas irritierenden Gefühl, für die soeben übernommene Aufgabe nicht eigentlich zuständig zu sein, suchte er das Verwaltungsbüro auf. Oberingenieur Berlitz wäre damit gewiß nicht einverstanden gewesen, aber nun hatte er die Sache einmal übernommen; Frank mußte sie schnell erledigen, dann würde niemand etwas davon erfahren. Vor Mittag wurde er im Ingenieurbüro nicht zurückerwartet, jetzt war es zwanzig nach neun. Die Verwaltungsangestellte erklärte ihm, wo dieser Tront wohnte; es war ganz einfach zu finden, und der Blick auf den Stadtplan erübrigte sich. Frank verließ die Fabrik von Krimson & Krimson und fuhr los.

Der scheußliche graue Staub, der auf allem lag, und der graue Oktoberhimmel ließen die Gegend noch deprimierender wirken, als sie ohnehin schon war. Es wollte nicht recht hell werden an diesem Tag. Ein Chaos aus aufgelassenen Gewerbebetrieben, defekten Grundstücksmauern und Zäunen sowie Autowracks und Schrott jeder Art säumte die Straße. Franks Fahrzeug war weit und breit das einzige, das hier fuhr. Nur einmal kam ihm ein Mann auf einem Motorrad entgegen, der ihn im Vorüberfahren geradezu irrsinnig anstarrte. Die Frau im Büro hatte wohl etwas untertrieben, als sie gesagt hatte, nach zirka dreihundert Metern werde Frank eine kleine Kirche erreichen, an der die Straße einmünde, in welcher Tront wohnte. Es war ihm nämlich, als hätte er bereits die dreifache Strecke zurückgelegt, ohne an einer Kirche vorbeigekommen zu sein. Übersehen konnte er sie unmöglich haben, denn in einer solchen Umgebung mußte ein noch so bescheidener Sakralbau unbedingt auffallen. Von anderen Orientierungspunkten war keine Rede gewesen, deshalb konnte Frank nicht wissen, ob er an einer Gabelung, der er sich bald näherte, links oder rechts fahren mußte. Hinweistafeln, Wegweiser und Straßenschilder gab es keine, auch war keine Menschenseele zu sehen, die er hätte fragen können. Daß sich in den inzwischen spärlich werdenden ruinösen Gebäuden ringsum jemand aufhielt, schien unwahrscheinlich.

»Ich bin es leid«, sagte Fank laut. »Soll Krimson selbst Ordnung unter seinen Angestellten halten. Wer bin ich denn!« Diese Fahrerei war aussichtslos, wegen so etwas wollte er nicht den Tank leerfahren und verspätet an seinen Arbeitsplatz zurückkehren.

Er wendete. Wohltuend an seinem Entschluß war vor allem die Aussicht, bald dieser Vorstadtödnis entronnen zu sein. Mit ziemlichem Tempo fuhr er die Strecke, die er gekommen war, zurück. Aber nach wenigen hundert Metern schloß sich ein paar Wagenlängen voraus eine automatische Bahnschranke, und Frank mußte anhalten. Vorhin war ihm kein Bahnübergang aufgefallen, was ihn etwas verunsicherte. Ein Güterzug fuhr lärmend durch, von einer alten Diesellok gezogen.

Endlich hob sich die Schranke wieder. Beim Weiterfahren überlegte Frank, ob er wirklich dieselbe Straße benutzte wie vor ein paar Minuten, beruhigte sich aber mit der Erklärung, daß wenig vertraute Strecken vollends fremd wirken können, wenn man sie in entgegengesetzter Blickrichtung betrachtet. Kurz darauf taugte dieses Argument allerdings nichts mehr, denn er gelangte auf eine Brücke, die über einen schmutzigen Fluß führte. Auf dem Hinweg hatte er garantiert nichts dergleichen gesehen. Er fluchte. War er denn so blöd, sich beim Geradeaussteuern zu verfahren? Nirgendwo hatte es eine Gelegenheit dazu gegeben, keine Abzweigungen, keine Seitenstraßen, nichts. Vor der einzigen Gabelung hatte er gewendet – es war unerklärlich. Wie auch immer, am jenseitigen Ufer des Flusses kam ihm wieder alles ganz vertraut vor. Es mußte trotz allem der richtige Weg sein.

›Die Gegend macht einen total irre‹, dachte Frank mit Unbehagen.

Weiter ging es durch die graue, verlassene Industrielandschaft. Aber weder die Fabrik von Krimson & Krimson noch ein Wegweiser kam in Sicht, überdies sah auch nichts mehr vertraut aus. Der junge Ingenieur schimpfte aus Leibeskräften, ratlos folgte er der Straße Kilometer um Kilometer stur geradeaus. *Irgendwohin* mußte er auf diese Weise doch kommen, früher oder später mußte er Menschen begegnen, verlassene Industrievororte von endloser Ausdehnung gab es nicht. Diese Gewißheit war hilfreich, und tatsächlich erreichte er bald eine nicht so verwüstet und ausgestorben anmutende Gegend. Die Fabrikgebäude schienen in Betrieb zu sein, es gab Straßenverkehr, in einiger Entfernung liefen sogar Kinder herum. Frank atmete auf. Da aber noch immer keine Hinweisschilder zu sehen waren, wollte er irgendwo anhalten und die nächstbesten Passanten nach dem Weg in die Stadt fragen.

Auf dem Bürgersteig kam ihm eine junge Frau entgegen, die einen altertümlichen Rollstuhl schob. Darin saß ein in Decken gehüllter, schlafender Greis. Die Frau war groß, schlank, hatte ein Gesicht wie von Dante Gabriele Rossetti gemalt, aber in Schwarzweiß, denn ihre ganze Erscheinung war auffallend farblos, die Kleidung und das aufgetürmte Haar grau, der Teint weiß, die Lippen fast schwarz. Frank hielt an, beugte sich über den Beifahrersitz, ließ die Scheibe der Tür herunter und fragte sie mit höflichen Worten nach dem Weg in die Stadt. Die junge Frau sah ihn streng an und wies ohne ein Wort zu sprechen mit dem Arm über die Straße. Wie Frank mit einer Kopfdrehung feststellte, konnte nur die linker Hand einmündende Seitenstraße gemeint sein. Er wollte sich durch kurzes Nachfragen vergewissern, doch als er wieder zum Fenster der Beifahrertür hinaussah, war die Frau mit dem alten Mann im Rollstuhl schon weitergegangen. Ein wunderliches, geradezu schon unfreundliches Verhalten. Vielleicht war die Frau stumm? Frank schaltete in den ersten Gang, um in die Seitenstraße einzubiegen, doch bevor er losfahren konnte, mußte er erst einen großen Linienbus und ein paar PKWs vorbeilassen. Da fiel ihm auf, daß gleich links neben der Einmündung der Straße eine kleine, unscheinbare Kirche stand. Er schüttelte den Kopf und lachte. Das war ja allerliebst! Hatte er auf absurden Umwegen zu guter Letzt doch noch die Straße gefunden, in der Krimsons Angestellter, jener Theodor

Tront, wohnte? Er verrenkte sich fast den Hals, um irgendwo ein Straßenschild zu entdecken. Auf der Seite der Kirche gab es keins, aber auf der gegenüberliegenden hing eins am Eckhaus und siehe da, der Name war der gesuchte! Ein Hohn war das!

›Soll ich einfach weiterfahren und zusehen, daß ich zu Berlitz zurückkomme?‹ überlegte er. Er sah auf die Uhr, eigentlich konnte er es sich durchaus leisten, vorher den übernommenen Auftrag zu erledigen, allzu viel Zeit hatte er wider Erwarten doch noch nicht verloren. Bei der Gelegenheit konnte er sich auch noch einmal nach dem Weg in die Stadt erkundigen.

In der Seitenstraße standen riesige alte Fabrik- oder Lagerhallen. Wohnhäuser schien es nicht zu geben, es stimmte also wieder etwas nicht. Trotzdem überprüfte Frank angestrengt die Hausnummern der Gebäude, er wollte sich kein Versäumnis vorwerfen müssen. Zuletzt stand fest, daß die Nummer, nach der er Ausschau hielt, fehlte; zwischen zwei gewaltigen, noch aus der Kaiserzeit stammenden Fabrikbauten auf der rechten Seite wäre ihr Platz gewesen. Ein Haus war da jedoch nicht zu sehen, sondern nur ein nicht sehr breites, verwildertes Grundstück, bewachsen mit dichten Sträuchern und stattlichen Bäumen, die größtenteils noch belaubt waren. Reste eines verrosteten eisernen Zauns trennten das Grundstück vom Bürgersteig. In der Mitte war eine Lücke, wahrscheinlich hatte es früher einmal an dieser Stelle ein Tor gegeben. Frank stellte den Motor ab und sah genauer hin: Von der Lücke führte ein mit bemoosten, zerbrochenen Steinplatten belegter Weg durch die Sträucher. Vielleicht verbarg sich dahinter doch ein Wohnhaus?

»Jetzt will ich es aber wissen«, sagte Frank, stieg aus und schloß ab. Die Augen auf das Dickicht gerichtet, steckte er die Schlüssel ein und ging vorn um den Wagen herum. In dem Moment, als er den Bürgersteig erreichte, prallte er beinahe auf einen Jungen, der wie vom Himmel gefallen plötzlich vor ihm stand. Frank schreckte zurück, als ob er einen elektrischen Schlag bekommen hätte. Sein Atem stockte, keinen Ton brachte er heraus. Der Junge hingegen schien völlig ungerührt, präsentierte ein aufgeschlagenes älteres Micky-Maus-Heft und zeigte auf eine illustrierte Anzeige, mit der eine englische Spielzeugfirma für ein bestimmtes Modellauto warb. Dabei fiel auf, daß er gelbe Handschuhe trug.

»So möchte ich Ihr Auto umbauen«, sagte er, indem er auf die Abbildung tippte. »Dieses Modell fasziniert mich so sehr! Sehen Sie nur die verstellbaren Sitze und hier den Hund! Ich könnte es schaffen!«

Frank starrte den Knaben an wie einen Geist. Konnte es so lächerliche Geister geben? Dieser hier sah wie höchstens zehn aus, mickrig und irgendwie schief, als ob er einen Schaden hätte. Innerhalb der nächsten zwei Sekunden stabilisierte sich Franks Bewußtsein. Es akzeptierte das reale Vorhandensein des Knaben und empörte sich gewaltig sowohl über dessen so atemberaubendes Auftauchen als auch sein blödsinniges Gerede. Eine verbale Reaktion darauf nahm in der zuständigen Hirnregion Form an, Frank war dabei, die Sprache wiederzufinden und seinem großen Unmut Luft zu machen. Schon öffnete er den Mund und hörte sich schreien: »Du hast mich fast zu Tode erschreckt, Saubengel! Wohl verrückt geworden! Ich werd dir helfen, mein Auto umzubauen! Laß gefälligst die Pfoten davon, das rat ich dir!«

Der Bub mit dem Micky-Maus-Heft schien dank dieser rohen Abfuhr von seinem abwegigen Ansinnen kuriert, denn er lief augenblicklich fort. Ein paar Grobheiten rief Frank ihm noch nach, dann wandte er sich dem Weg zu, der auf das Grundstück führte. Das Strauchwerk bot einen schmalen Durchlaß, nach einigen Metern kam man wieder ins Freie, stand dann aber vor weiterem, noch höher wucherndem Gebüsch. Der Plattenweg verlief im Bogen darum, und auf der anderen Seite erblickte Frank dann in etwa zehn Metern Entfernung, unter mächtigen Bäumen stehend, tatsächlich ein Wohnhaus. Es war ein heller, zweistöckiger Bau in neoklassizistischem Stil. Wahrscheinlich hatte einst ein Fabrikdirektor mit seiner Familie darin gelebt, jetzt sah es verlassen aus. Frank näherte sich dem Portal, über dem, wie er sah, ein Schild mit der gesuchten Hausnummer angebracht war, als er hinter sich Schritte hörte und eine Frauenstimme rief: »Was tun Sie hier?«

Er zuckte zusammen und drehte sich um. Auf dem Weg, den er soeben beschritten hatte, kam ihm die graue Rossetti-Frau entgegen! Wie vorhin auf dem Bürgersteig schob sie den Rollstuhl mit dem uralten, schlafenden Mann darin. Frank stammelte eine Entschuldigung und stellte sich vor.

»Ich komme im Auftrag von Herrn Krimson junior«, erklärte er. »Es betrifft Herrn Theodor Tront.«

»Was ist mit ihm?« fragte die Frau offenkundig überrascht. »Ist ihm etwas zugestoßen?«

»Nicht daß ich wüßte«, erwiderte Frank. »Es hat mit

seinem Arbeitsverhältnis zu tun. Aber das muß ich mit ihm selbst besprechen. Wissen Sie, ob er hier ...«

»Mein Name ist ebenfalls Tront, ich bin seine Mutter«, sagte die Frau, »Sie können mit mir darüber reden.«

Frank mußte einen Ausruf des Unglaubens unterdrücken, denn sie war höchstens Anfang dreißig – wie alt mochte der Sohn dann sein? Weil er keine Lust hatte, sich mit ihr herumzustreiten, beschloß er, ihr zu glauben, was sie soeben behauptet hatte.

»Um es kurz zu machen«, begann er im Hinblick auf seine möglichst baldige Heimfahrt, »es ist doch richtig, daß Ihr Sohn bei der Firma Krimson & Krimson arbeitet?«

»Ja, selbstverständlich. Er hat eine leitende Stellung in der technischen Entwicklungsabteilung. Die Firma ist völlig von ihm abhängig.«

»So? Dann ist er sich dessen aber wohl nicht bewußt, oder er ignoriert diesen Umstand.«

»Was soll das heißen?«

»Wie ich höre, Frau Tront, verläßt Ihr Sohn jeden Morgen in der Frühstückspause die Fabrik und kehrt während des ganzen Tages nicht mehr zurück.«

Frau Tront schien tatsächlich betroffen.

»Wer sagt das?« fragte sie mit großen Augen.

»Herr Krimson junior«, antwortete Frank.

»Er lügt!«

Frank ignorierte ihren Ausruf. Er ging davon aus, daß Krimson die Wahrheit gesagt hatte, und fragte einfach weiter: »Pflegt Ihr Sohn hierher zu kommen, wenn er seinen Arbeitsplatz am Morgen verlassen hat?«

»Mein Sohn verläßt seinen Arbeitsplatz nicht in der

Frühstückspause. Er kommt erst abends nach Hause, manchmal sehr spät. Er muß oft Überstunden machen, weil er an einem Projekt von allergrößter Tragweite arbeitet. Mittels seiner Erfindung kann er Materie auf molekularer Ebene verändern.«

»Gut, Frau Tront«, sagte Frank so geschäftsmäßig wie möglich. »Ich würde Ihnen raten, die Sache persönlich mit Herrn Krimson zu klären. Gehen Sie gemeinsam mit Ihrem Sohn in die Firma. Wenn es wirklich so ist, wie Sie sagen, muß ja alles gut werden.«

Eigentlich war seine Mission jetzt erfüllt, wie er fand. Er konnte sich getrost verabschieden, heimfahren und Krimson jr. telephonisch Bericht erstatten. Es war offensichtlich, daß die Frau log und nicht Krimson; schon allein die Behauptung, ihr Sohn könne Materie auf molekularer Ebene verändern, belegte dies. Doch all das, fand Frank, ging ihn nichts an. Er sagte also auf Wiedersehen und ging. Frau Tront unternahm nichts, um ihn daran zu hindern.

Als er aus den Büschen trat und sich seinem geparkten PKW näherte, mußte er mit jähem Schrecken erkennen, daß damit in der kurzen Zeit seiner Abwesenheit eine unfaßbare Veränderung stattgefunden hatte: Der Wagen war vollkommen zerstört. Doch was hieß schon zerstört angesichts des Anblicks, der sich ihm bot! Nicht durch die Einwirkung einer bekannten Gewalt konnte ein solches Resultat hervorgerufen worden sein, hier mußte etwas Außergewöhnliches am Werk gewesen sein. Schockiert fragte er sich, was um alles in der Welt in der Lage gewesen sein konnte, aus einem PKW so einen pervers mutierten Haufen Unrat zu machen, der nur noch in etwa die Abmessungen dessen besaß, was er vorher gewesen war. Eine Art der Verformung und Zersetzung hatte stattgefunden, die sich jedem Begriff entzog. Die Materie des Schrottklumpens machte einen degenerierten, ja geradezu von Grund auf erbgeschädigten Eindruck. Franks Bewußtsein, seine ganze Natur, sträubte sich dagegen, er spürte, wie die Atmosphäre solch immenser Schadhaftigkeit sein inneres Gefüge zu bedrohen begann. Eine Zeitlang stand er dem widernatürlichen Phänomen hilflos und ungläubig gegenüber, bis ihm klar wurde: Die Polizei mußte verständigt werden. Er wollte eben wieder zum Haus zurück, da tauchte, so plötzlich wie beim ersten Mal, der närrische Knabe wieder vor ihm auf. So war das also! Mit einer Stimme, die ihm selbst fremd vorkam, brüllte Frank: »Das kostet dich dein Scheißleben, du Bestie!«

Gleichzeitig wunderte er sich, wie er etwas dermaßen Schreckliches äußern konnte. Natürlich, es lag an der sich aufdrängenden Parallele zu jenem grauenhaften Vorfall, dem Mord (oder Totschlag), den sein Vater in einer ähnlichen Situation an einem kleinen Jungen begangen haben sollte, daß Frank jetzt die Kontrolle über sich verlor. Wie weit doch die Identifikation mit dem Vater ging! Weit über das Tragen von grauem Anzug und weißem Hemd ohne Krawatte hinaus. Im selben Augenblick, da er dies bedachte, holte er aus, um den mutmaßlichen Vandalen zu erschlagen. Der jedoch schnitt eine entsetzlich verzerrte Grimasse und fuhr schrill kreischend auf seinen viel größeren und stärkeren Gegner los, möglicherweise schleuderte er ihm sogar etwas entgegen. Die gelben Handschuhe des Wütenden waren der letzte optische Eindruck, den Frank registrierte, bevor das Licht ausging.

Er fand sich in seinem Zimmer wieder, in seinem Bett. Schwach war er, beklagenswert schwach, nur langsam und mit großer Anstrengung faßte er die Lage auf. Die meiste Zeit über schlief oder döste er. Der Onkel hatte eine Krankenschwester angestellt, weil er sich nicht den ganzen Tag um Frank kümmern konnte. Wenn er ihn besuchte, machte er einen sehr ernsten Eindruck und sprach wenig. Da der Patient offenkundig der Schonung bedurfte, wurde ihm nicht mit Fragen zugesetzt. Man mußte warten, bis er soweit war. Erst dann konnte ihm auch mitgeteilt werden, daß man ihn in einer unbebauten Gegend am Stadtrand ohnmächtig aufgefunden hatte, etwa eine Woche nach seiner Fahrt zu Krimson & Krimson, wo er, wie es hieß, nie angekommen war. Über den Verbleib seines Wagens wußte niemand etwas. Frank hörte sich die Neuigkeiten schweigend und staunend an. Vorsichtig fragte ihn der Onkel, ob er sich erinnern könne, was geschehen sei, erhielt aber statt einer Antwort bloß einen geistesabwesenden Blick.

Während seiner einsamen Dämmerstunden versuchte Frank vergeblich, die neuen Informationen mit seinen Erinnerungen in Beziehung zu setzen. Daher erzählte er seinem Onkel auch nichts, sondern ließ sich lieber nachsagen, eine totale Amnesie erlitten zu haben. Er kam nie wieder richtig zu Kräften. Für das Ingenieurbüro Berlitz war er nicht länger von Nutzen und wurde entlassen, sein Onkel mußte wieder sein Vormund werden. Meist lag Frank Lüppers kraftlos grübelnd im Bett. Er konnte nur stundenweise aufstehen, um in grauem Anzug und weißem Hemd, doch ohne Krawatte, neben der Tür eines Lebensmittelgeschäfts in der Nachbarschaft zu stehen.

Lebensmittel
G. G.

Offenbarung des Innersten

Zur verabredeten Uhrzeit stellte ich meinen Wagen vor der Fabrik ab und begab mich zum Eingang, einem großen, abgenutzten Holztor in einer riesigen, bestimmt hundert Jahre alten Backsteinmauer. Ich fand das Tor verschlossen, und auf mein Klopfen antwortete erst nach langer Zeit von drinnen eine männliche Stimme, das Tor aber blieb zu. Korrekt nannte ich Namen und Anliegen, worauf man mich bat, in einer Stunde wiederzukommen. Man könne vorher nicht für meine Unversehrtheit, geschweige denn den reibungslosen Ablauf meiner Tätigkeit garantieren. Obwohl ich es nicht verstehen konnte, erklärte ich mich einverstanden. Es war mir aber zu eintönig, bis dahin in meinem PKW herumzusitzen, daher fragte ich durch das Tor, ob vielleicht in der Nähe ein Café sei, wo ich warten könne. Nein, sagte der Mann, so etwas gebe es nicht, auch keine Gaststätte. Noch gab ich nicht auf: »Dann vielleicht ein Museum, eine Parkanlage oder einen Friedhof?«

»Nichts davon, bloß eine Kirche weiter unten in der Straße«, erwiderte der Mann. Dann hörte ich ihn fortgehen.

Schon damals pflegte ich nie und nirgends Kirchen zu besichtigen, doch unter den gegebenen Umständen sah ich mich gezwungen, eine Ausnahme zu machen. Da ich keineswegs neugierig war, ließ ich mir Zeit und schlenderte gemächlich die von düsteren alten Fabrikgebäuden gesäumte Straße entlang. Nach gut hundert Metern sah ich die Kirche. Besonders alt war sie nicht und auch nicht gerade imposant, eigentlich eher unscheinbar, etwa wie eine Friedhofskapelle. Ich hatte noch fast fünfundfünfzig Minuten totzuschlagen. Ohne etwas zu erwarten, ging ich auf das Portal zu. Nach einem flüchtigen Blick in einen trostlosen Raum würde ich so langsam wie möglich zu meinem Wagen zurückkehren und die verbleibende Dreiviertelstunde hinter dem Lenkrad absitzen. Es ärgerte mich, weder Zeitung noch Buch bei mir zu haben. Auch Rundfunkhören schied aus, denn das Autoradio war defekt.

Entsprechend trüb gestimmt stieß ich die Flügeltür auf. Modriger Geruch empfing mich, und es war so dunkel, daß ich kaum etwas erkennen konnte. Lediglich am anderen Ende des Kirchenschiffs warfen etliche Kerzenflammen ihren gelblichen Schein auf einen Wandausschnitt und eine davor sich bewegende Gestalt. Ohne es eigentlich zu wollen, tat ich einen Schritt vorwärts, die Tür schwang hinter mir zu, und ich blieb eine Zeitlang still stehen, bis meine Augen sich hinreichend an die Düsternis gewöhnt hatten. Die angeleuchtete Wand war mit Fresken bedeckt, die Gestalt schien mit Malen beschäftigt zu sein. Das erweckte meine Neugier. Vorsichtig und leise begann ich mich zu nähern, dabei ständig umherspähend. Ohne irgendwelche Details erkennen zu können, hatte ich den Eindruck, es müsse eine Frau sein, die da malte. Doch mehr als die Person selbst erregte das, was sie produzierte, meine Aufmerksamkeit. Ihre Fresken zeigten nämlich keine mir bekannten biblischen Motive, sondern vollkommen unerklärliche Szenen, an denen alles, auch die Farben, schrecklich mißlungen wirkte. War so etwas erlaubt? Ich hätte laut aufschreien mögen. Mittlerweile war ich bis auf wenige Schritte herangekommen, doch die Frau (es war in der Tat eine) bemerkte mich nicht, so vertieft war sie in ihr nur abscheulich zu nennendes Tun. Gebannt versuchte ich herauszufinden, wie eine, die solches zuwege brachte, aussehen mochte. Aber in dem unsteten, trüben Licht war das kaum möglich; mal schien sie von geradezu ebenmäßig schönem Äußeren, dann wieder, ein Kerzenflackern beziehungsweise eine Körperbewegung später, wie ein dünnes, ältliches und wächsern bleiches Fräulein. Irgend etwas ging von ihr aus, das mich seltsam beunruhigte. Mich befiel plötzlich eine Wut, vor der ich selbst erschrak. Um nicht in Versuchung zu geraten, der Frau den Pinsel aus der Hand zu schlagen, sie zu packen und das rohe, primitive Gesudel mit ihr auszuwischen wie mit einem Lappen, zog ich mich eilig, doch lautlos zurück. Mit wachsender Entfernung nahm meine Wut ab. Ich fragte mich, weshalb ich innerlich so in Rage geraten war. Grundlos auf eine fremde Frau losgehen zu wollen, stand in krassem Gegensatz zu meiner sonstigen Wesensart, für gewöhnlich war ich froh, wenn man mich in Ruhe ließ. Ob nun die Ausstrahlung der Unbekannten oder das, was sie da an die Wand schmierte, die Ursache gewesen war, konnte ich nicht entscheiden.

Als ich um den letzten Pfeiler bog und der Tür zustreben wollte, stieß ich fast mit einem großen Menschen zusammen und bekam einen gewaltigen Schreck. Anstatt schnellstens fortzugehen, fing ich ganz gegen meinen Willen an zu plappern: »Das sind ja hochinteressante Wandmalereien hier! Ich habe aber Angst, die Künstlerin zu stören, daher gehe ich lieber. Es muß furchtbar hemmend für einen schöpferischen Menschen sein, von Hergelaufenen bei der Arbeit beobachtet zu werden.«

Mein Gegenüber, ein Mann um die Vierzig, von dem ich glaubte, er sei der Pfarrer, sah mich schweigend an, sein finsterer Blick verriet nicht, was er dachte. Nach einer ganzen Weile sagte er ernst: »Du scheinst der Richtige zu sein, der Mann, den ich suche.«

Ich war sprachlos. Der Richtige? Wozu? Zu welchem Zweck suchte er, der mich so einfach duzte, einen Mann? Er begann, sich eine Zigarette zu drehen und fuhr fort:

»Ich brauche jemanden, der genug Verständnis und Mut besitzt, sich mein Innerstes offenbaren zu lassen. Bist du bereit?«

Ich fühlte mich überaus peinlich berührt; mir das Innerste eines obskuren Geistlichen offenbaren zu lassen war das letzte, wozu ich bereit war. Allerdings wagte ich nicht, das auch zu sagen. Statt dessen erkundigte ich mich scheinbar interessiert, worum es denn gehe. Der andere war mit seiner Zigarette fertig und zündete sie an. Nach dem ersten Zug fragte er mich eindringlich: »Kannst du das Maul halten über das, was ich dir sagen werde?«

»Natürlich«, erwiderte ich, obwohl ich am liebsten überhaupt nichts davon wissen wollte.

»Du mußt schwören«, verlangte der Mann so theatralisch, wie es eher einem Kind angestanden hätte. Und wie ein Kind ließ ich mich einschüchtern.

»Was Sie wollen.«

»Schwöre, daß du dich von mir lebendig begraben lassen wirst, wenn du irgend jemandem etwas verrätst.«

Der düstere Mensch, wie er da rauchend und mit bohrendem Blick stand, erschien mir jetzt fürchterlich und hassenswert, ich wünschte, nie hergekommen zu sein, aber notgedrungen schwor ich. Ich nahm mir vor, pro forma zu allem Ja und Amen zu sagen und mich künftig einfach fernzuhalten. Dann würde die Sache schließlich von selbst im Sande verlaufen.

»Dein Schwur bindet dich für alle Zeit«, sagte der Mann, dessen Identität mir inzwischen äußerst fragwürdig vorkam, »das ist dir hoffentlich klar! Wir sind jetzt Verbündete auf Leben und Tod.«

Ich nickte pflichtschuldigst, um es hinter mich zu bringen. Ich erwartete, nun noch den Rest anhören zu müssen, danach wollte ich möglichst elegant den Rückzug antreten. Doch so leicht wurde es mir nicht gemacht.

»Gut also. Folgendes wirst du tun«, bestimmte er, »heute abend wirst du zu mir kommen. Du hast doch einen Wagen, nicht? Also. Um sieben erwarte ich dich. Dann erfährst du das Weitere.«

Er nannte seine Adresse. Ich schauderte, es war in einer ausgesprochen miserablen Gegend.

»Mein Name ist Strach, S-t-r-a-c-h. Kannst du dir das merken? Wenn du nicht kommst, werde ich dich ebenfalls lebendig begraben.«

Er drehte sich um und ging grußlos weg, mich in äußerster Verlegenheit zurücklassend. Hinter mir malte die Frau noch immer, wie ich mit einem flüchtigen Blick über die Schulter feststellte. Von dem Gespräch schien sie keine Notiz genommen zu haben. Ich beeilte mich, den unseligen Ort zu verlassen. Immerhin: Ich mußte nur noch zwanzig Minuten herumbringen. Als ich wieder bei meinem Wagen ankam, waren es bloß fünfzehn, und indem ich über mein verstörendes Erlebnis in der Kirche weiter nachdachte, verstrichen auch die recht schnell. Ich ging wieder zum Werkstor, gespannt, ob man mich nun endlich einlassen würde. Man tat es mit der Bemerkung, inzwischen habe sich die Lage beruhigt.

An diesem Tag konnte ich mich nicht auf meine Arbeit konzentrieren. Immerzu quälte mich die Frage, was mich noch erwarten mochte und wie um Gottes willen ich mich aus der Affäre ziehen sollte. Um die bedrückende Verabredung nicht einhalten zu müssen, hätte ich einiges gegeben, doch es half alles nichts, ich konnte mich nicht davor drücken. Es war zum Verzweifeln.

Ein paar Minuten vor neunzehn Uhr erreichte ich die Straße, die Strach mir genannt hatte. Niedrige Behelfsbauten standen da, so alt und schäbig, daß es den Anschein hatte, es könnten unmöglich noch Menschen darin wohnen. Auf den dreckigen Bürgersteigen drückten sich etliche Halbwüchsige beiderlei Geschlechts herum. Ein ganzer Pulk hatte sich um einen transportablen Phonographen versammelt, auf dem weithin hörbar alte Beat-Schallplatten abgespielt wurden. Unter den Umstehenden waren etliche brandgefährliche Typen, sowohl Mädchen von verhängnisvoll vulgärem Reiz als auch Jünglinge, die so roh und degeneriert aussahen, daß ich kaum wagte, den Wagen anzuhalten, geschweige denn auszusteigen. Da entdeckte ich an einer der Notunterkünfte die von Strach genannte

Hausnummer. Wenn ich nicht lebendig begraben werden wollte, mußte ich das schützende Fahrzeug verlassen und mich zu der Bruchbude begeben, in der wer weiß was meiner harren konnte. Seufzend überwand ich mich.

An der erbärmlichen Haustür befand sich ein unlesbares Klingelschild, nicht aber eine Klingel. Aus einem Loch hing eine Bindfadenschlaufe heraus, und als technisch begabter Mensch durchschaute ich den Zweck der Vorrichtung. Als ich an dem Strick zog, schienen hinter der Tür mehrere leere Konservendosen zu Boden zu fallen. Einige Sekunden vergingen, und jemand öffnete. Doch es war nicht Strach, sondern eine abgehärmte ältere Frau in einem zerschlissenen Kittel und uralten roten Pantoffeln. Ihre Haare waren fettig.

»Wohnt hier ein Herr Strach?« erkundigte ich mich in der Hoffnung, der Name möge ihr unbekannt sein.

»Ja, das ist mein Sohn«, sagte die Frau aber unglücklicherweise, »er ist gerade nicht da, muß aber jeden Augenblick zurück sein. Weiß er, daß Sie kommen? Mir hat er nämlich nichts gesagt.«

»Ich bin mit ihm verabredet.«

»Kommen Sie nur herein.«

Nun gab es keine Rückzugsmöglichkeit mehr außer feiger Flucht. Ich folgte der Einladung. Die Wohnung sah übler aus, als ich erwartet hatte. Neben diversen drastischen Abnutzungs- und Verfallsspuren fiel besonders auf, daß die Tapeten an sämtlichen Wänden von den Fußleisten aufwärts bis etwa in Schulterhöhe wie mit Harken oder Nagelbrettern bearbeitet aussahen. Ich wunderte mich über die Gründlichkeit, mit der diese Bearbeitung durchgeführt worden war.

»Unsere Katze«, kommentierte die Frau. »Man kommt überhaupt nicht nach mit Tapezieren. Katzen machen einem nichts als Scherereien, die können einem das ganze Leben kaputtmachen, das kennen Sie sicher auch. Dafür macht mir mein Sohn nur Freude. So ein guter Junge ist er! Setzen wir uns doch in die Küche.«

Die arme alte Küche mit ihrer desolaten, klebrigen Einrichtung lud eigentlich gar nicht zum Sitzen ein. Auf einem wackligen Stuhl nur halb Platz nehmend und möglichst jede Berührung mit der Wachstischdecke vermeidend, starrte ich ungläubig den winzigen, fast puppenstubenhaften Kohleofen in der Ecke an, der so winzig an dem überlangen Ofenrohr hing, daß man denken konnte, er müsse durch dieses erst aufgeblasen werden, um eine vernünftige Größe zu erreichen.

»Ja, mein Sohn«, fuhr Frau Strach fort, »immer schon war er so still und fein in allem, so empfindsam, aber auch so einsam.«

Vertraulich beugte sie sich zu mir vor: »Er braucht dringend einen Freund, nichts Geschlechtliches natürlich, aber einen guten Kameraden, verstehen Sie. Und da bin ich so froh, daß gerade Sie sich jetzt mit ihm angefreundet haben.«

Ehe ich antworten konnte, ging die Haustür auf und jemand kam herein.

»Da ist er ja!« rief die Mutter; im nächsten Augenblick stand Strach in der Küche.

»Ich war pünktlich um sieben hier«, rief ich ihm ängstlich zu.

Strach sagte nur: »Schön«, und stellte eine abgewetzte Einkaufstasche in die äußerste Ecke zwischen Büffet und Fenster.

»Ihr wollt euch sicher unter vier Augen unterhalten«, ließ sich seine Mutter hören. »Geht nur! Ich werde das Abendessen herrichten.«

Unerwartet zahm und kleinlaut schlug der finstere Mann vor: »Gehen wir in mein Zimmer.«

Ich erhob mich mit ungutem Gefühl und folgte ihm über eine enge, steile Treppe mit wackligem Geländer in den Keller, wo es ein abgetrenntes Kämmerchen gab. Licht kam nur durch eine kleine Luke unter der Zimmerdecke herein; es roch nach feuchten Matratzen. Die Einrichtung war überaus karg, es gab bloß eine Liege mit etlichen Kissen, einen Stuhl und ein Bücherbord. Am Boden lag alles mögliche herum. Das Bewußtsein, nunmehr mit diesem Menschen unterhalb der Erdoberfläche allein zu sein, war mir denkbar unangenehm.

»Du kannst dich hinsetzen, wo du willst«, sagte Strach, der immer noch einen auffallend harmlosen Eindruck erweckte, so daß ich begann, Hoffnung daraus zu schöpfen. Vielleicht ließe sich dieser Wandel, falls er dauerhaft wäre, zu meinen Gunsten nutzen? Das mußte vorsichtig und aufmerksam abgewartet werden. Angespannt ließ ich mich auf dem Stuhl nieder; es war innerhalb kürzester Zeit schon der zweite, auf dem ich am liebsten nie gesessen hätte. Strach legte sich auf sein Matratzenlager.

»Sieh her«, sagte er, »so liege ich immer hier unten.«

Demonstrativ nahm er nacheinander verschiedene Ruhestellungen ein und schnitt Gesichter dazu. Ich dachte: ›Jetzt fängt er mit der Offenbarung seines Innersten an.‹ Was mir dann vorgeführt wurde, wirkte nicht spontan improvisiert, sondern über lange Zeit hinweg entwickelt und unzählige Male in genau dieser

Weise exekutiert. Ich war bestürzt über das mir entgegengebrachte Vertrauen; daß ich als Fremder zum Zeugen einer derart privaten Vorführung gemacht wurde, überforderte, ja quälte mich. Trotzdem hatte ich nicht den Mut, etwas dagegen zu unternehmen, und so steigerte sich Strach ungehindert in ein manisches Grimassieren hinein. Minutenlang war es vollkommen still in dem Kämmerchen, nur durch die Luke drang gedämpft die Beatmusik von der Straße herein. Schließlich bedeckte der Liegende sein Gesicht mit den Händen. Er seufzte.

»Nun hast du schon sehr viel von dem gesehen, was ich in meiner Freizeit tue«, richtete er anschließend das Wort an mich. »Ich gehe nie aus, bekomme nie Besuch, bin mit niemandem befreundet. Ich lese nichts, ich höre keine Musik, ich schreibe oder zeichne nicht, ich denke an nichts. Es ist tatsächlich so, daß ich mich für absolut nichts interessiere. Ich könnte jahrelang in einem Zimmer voller bedeutender Bücher und Schallplatten existieren, ohne von diesen den allergeringsten Gebrauch zu machen. Ich würde nur untätig daliegen, wie ich es dir soeben vorgemacht habe. Jawohl, das ist es, was ich mit meinem Leben anfange: daliegen, die Lebenszeit verstreichen lassen und auf das Ende warten. Ist das nicht furchtbar?«

Ich fühlte mich verpflichtet, etwas zugunsten des Opfers solch schonungsloser Selbstkritik vorzubringen, wußte aber nicht was. Ich hatte Angst, mit unbedachten Worten unkontrollierbare Folgen heraufzubeschwören. Daher nickte ich nur mit dem Kopf.

»Du wirst fragen, ob das nicht langweilig ist?« kam es von der Liege her. »Ja, antworte ich dir, es ist ungeheuer langweilig, doch diese Langeweile ist köstlich. Sie ist meine Meditation, mein Gottesdienst! Es ist fesselnd zu beobachten, wie ich im Laufe der Zeit zusehends degeneriere und den Verstand einbüße. Deprimierend, nicht? Doch sag mir nichts gegen die Depression! Ich liebe sie so sehr wie die Langeweile. Süchtig bin ich danach, so wie man süchtig wird nach Demütigungen. Und es ist doch so: Man *wird* süchtig nach Demütigungen! Mir ist nie wohler als in den teuren Momenten, wenn ich in der Ecke am Boden kauere und die Hände vors Gesicht presse – beglückender Zustand! Dann bin ich eins mit mir selbst. Es gibt für mich keine andere seelisch-geistige Kontinuität als die Depression. Außer ihr habe ich doch nichts Konkretes. Guck, ich mach dir noch was vor.«

Strach setzte sich an den Rand der Liege. Unvermittelt begannen seine Beine sich zu bewegen. Indem die Fußspitzen nebeneinander auf dem Boden stehenblieben, die Fersen aber in wildem Zappelrhythmus auf und ab bewegt wurden, hüpften die Knie entsprechend, hin und wieder auch gegeneinander. Strach kommentierte: »Wenn ich so glücklich-depressiv dasitze, kommt es zum Kampf der Hosenbeinknie! Sieh dir die Veränderungen im Faltenwurf an! Sie leben!«

Er lachte schrecklich, immer toller tanzten die Knie. »Hüpfen bis zum Wahnsinn, konvulsivisches Wackeln! Nach einiger Zeit kann ich gar nicht mehr aufhören! Ich möchte unsinnig werden darüber! Welche Lust, welche Lust! Sieh es dir an, sieh genau hin! Kannst du es auch richtig sehen? Die Falten der Hose an den Knien – hier, an den Innenseiten! Links und rechts der Kopf einer Kreatur! Wie Zwillinge, wie Spiegelbilder! Da, guck dir ihre Mäuler an! Als ob sie einander fressen wollten! Beißt euch, freßt euch! Faszinierend! An Aufhören ist nicht mehr zu denken, nur mit Gewalt könnte man es erreichen.«

Mit einem Schrei sprang er auf. Ihm war anzusehen, welche Anstrengung es ihn gekostet hatte, sich aus dem Sog des Irrsinns zu reißen, in den er geraten war. Gleich darauf ließ er sich erschöpft auf die Liege zurückfallen. Ich hatte inzwischen wieder alle Hoffnung verloren, die das mildere Wesen Strachs vorher hatte aufkommen lassen; Strach erschien mir nun beängstigender denn je. Im stillen schätzte ich mich glücklich, selbst nicht so ein langweiliges, depressives Leben zu führen. Wie ich aber meiner mich davor bewahrenden privaten Zerstreuungen gedenken wollte, fiel mir erschreckenderweise keine ein. Das war doch unmöglich! Der Schweiß brach mir aus, beim besten Willen hätte ich in diesem Augenblick nichts nennen können, das ich normalerweise in meiner Freizeit zu tun pflegte. Wenn ich Strach länger zuhörte, würde ich ebenfalls süchtig nach Depression und Nichtstun werden.

Da sprach Strach wieder: »Das alles offenbare ich dir nicht ohne Grund, das darfst du mir glauben. So würde ich mich nicht vor jedem entblößen. Nicht einmal meine Mutter ahnt etwas davon. Daß du aber der Richtige bist, habe ich sofort erkannt.«

Dies zu glauben, fiel mir schwer. All meinen Mut zusammennehmend, fragte ich Strach, woran er das erkannt haben wolle und weshalb er mich dann herbefohlen und damit bedroht habe, mich lebendig zu begraben. Und vor allem: wer er überhaupt sei. Darauf erhielt ich jedoch nur die grimmige Antwort: »Werd ja nicht aufsässig, sonst mach ich meine Drohung wahr. Wenn ich will, kann ich dich hier im Keller verscharren, ohne daß je einer davon erfährt. Deinen Wagen nehmen die Kinder da draußen restlos auseinander; von dir bleibt keine Spur.«

Zu meinem unaussprechlichen Glück kam in diesem Moment seine Mutter herunter, um Bescheid zu sagen, daß das Abendessen fertig sei.

»Sie können gern noch so lange bleiben und etwas mit uns essen«, bot sie mir an, »aber nicht länger, denn anschließend muß mein Sohn sofort zu Bett. Er braucht viel Schlaf, und für heute war es doch auch genug, nicht?«

E.E.

Gift Gottes

In einem weltabgewandten Außenbezirk von Aervegebank bewohnten drei alte Damen ein Häuschen, das, wie eine von ihnen sich auszudrücken beliebte, aussah, »als ob es nicht bis drei zählen könnte«. Ganz bestimmt nicht bis drei zählen konnte indes das Wesen, das seit Jahren in einem kleinen, abgedunkelten Parterrezimmer des Häuschens untergebracht war. Hilflos und bewegungsunfähig dahindämmernd, lag es immerfort im Bett; was in ihm vorging, mochte dem nahekommen, was etwa ein Hefeteig träumt, wenn er vor seiner Verarbeitung ins Dunkle gestellt wird und »ruht«. Die alten Damen hielten das Wesen am Leben, fütterten und säuberten es, sprachen zu ihm ohne realistische Hoffnung, im trüben Totenlicht seiner teigartig-formlosen Wahrnehmung jemals mehr sein zu können als vage Schatten und Laute. So wenig wie man wissen konnte, ob und in welchem Umfang es über Bewußtsein verfügte, so wenig eindeutig waren auch die genitalen Verhältnisse seines etwas larvenartigen, kindlich entwickelten Körpers beschaffen. Demzufolge wurde es von den alten Damen Dorli genannt, was sowohl Dorothea als auch Theodor heißen konnte.

In ihrer grenzenlosen Fürsorglichkeit gingen die drei sogar so weit, auch für die religiöse Unterweisung ihres Schützlings zu sorgen. Mehrere Stunden täglich saßen sie bei Dorli am Bett, um ihm biblische Geschichten zu erzählen. Unbeirrbar hielten sie wider alle Vernunft an ihrem Vorhaben fest, und wunderbarerweise trug ihre seltsame Beharrlichkeit schließlich in der Tat Früchte. Es geschah, als zum ersten Mal von den Erzengeln die Rede war. Dorli zeigte eine Reaktion. Der Blick des bislang in unveränderlich vegetativem Zustand befindlichen Organismus hörte auf, ganz und gar stumpf und abwesend zu sein, das sonst völlig teilnahmslose Gesicht verriet plötzlich eine nie zuvor beobachtete Aufmerksamkeit, weitere Anzeichen für spontanes Interesse waren unmißverständliche Laute der Erregung. Die alten Damen waren entzückt und fühlten sich in ihrem Glauben bestätigt. Es gab wirklich etwas wie ein Bewußtsein in diesem humanoiden Teigklumpen, endlich war etwas bis dorthin durchgedrungen und hatte einen Kanal geschaffen, durch den eine Regung nach außen dringen konnte. Der Hefeteig begann »aufzugehen«. Wiederholte Versuche bewiesen, daß es sich um keinen Zufall handelte, Dorli sprach eindeutig auf die Erzengel an. Bei anderen Themen ließ das Interesse bis zur gewohnten Lethargie nach, um bei neuerlicher Erzengel-Erwähnung wieder lebhaft zu erwachen.

»Die Erzengel haben es Dorli angetan«, freuten sich die alten Damen, und sie sangen aus vollem Halse »Tochter Zion, fro-ho-ho-ho-hoie dich«, um nach der Melodie von ›Deutschland, Deutschland über alles‹ fortzufahren: »Alle Menschen werden Brüder für das deutsche Vaterland.«

Es wurde nur noch von den Erzengeln erzählt, der Wiederholungen konnten nicht zu viele werden. Dorlis Mitteilungsfähigkeit nahm auf erstaunliche Weise zu; es bekundete bald sehr bestimmt, alles über seine biblischen Lieblingsgestalten wissen zu wollen, versuchte nach einiger Zeit sogar, sich ihre Namen einzuprägen, ohne sich indessen über ihre Anzahl klar zu sein. Zu zählen vermochte Dorli nicht, daher hatte es auch keine Ahnung, wie viele alte Damen es umsorgten, ob so viele, wie es Erzengel gab oder mehr oder weniger. Es konnte sie nicht einmal auseinanderhalten. Trotzdem gab es die richtige Quantität der Erzengelnamen wieder, allerdings lauteten diese wegen seines mangelhaften Begriffs- und Artikulationsvermögens statt Gabriel, Raphael, Uriel und Michael: Louie, Louie, Louie und Louie.

Die alten Damen riefen: »Ist es nicht herzig?«

Und täglich hatten sie neue Freude an Dorli, weil es weiterhin Fortschritte machte. Daß sie seine Tanten seien, brachten sie ihm nach und nach bei, und bald konnte es mit ihrer Hilfe das Bett, ja sogar das Haus verlassen. Warm eingepackt und sicher verstaut in einem von seinen Tanten gezogenen Handkarren lernte es nun den überwältigend weitläufigen Raum einer Welt außerhalb der gewohnten vier Wände kennen. Mit großen Augen sah Dorli zum trüben Herbsthimmel hinauf, über den dunkle Wolken jagten. Glücklicherweise war gedachter Außenbezirk von Aervegebank solchem Anfängertum in der Welterfahrung dank der dort herrschenden Ruhe und Verlassenheit günstig, Beängstigungen durch hektischen Straßenverkehr oder ähnliches mußten nicht gewärtigt werden. In der Gegend gab es nur eine einzige Wohnstraße, an deren oberem Ende, ganz für sich und auf einem Hügel zwischen einem Umspannwerk und einem kleinen Waldstück, das Häuschen der alten Damen stand. Jenseits davon verlief die Straße durch Viehweiden und Felder, so daß für Spaziergänge reichlich Gelegenheit bestand. Das beliebteste Ausflugsziel der Damen aber befand sich weiter unten an der Straße. Zwischen den stillen alten Beamtenhäusern war der Eingang zu einem Friedhof, für den sie eine ausgesprochene Schwäche hatten. Auch Dorli zeigte sich auf Anhieb von der Atmosphäre angetan und liebte es, im Handkarren über die von riesigen Bäumen beschatteten Wege gezogen zu werden und sich in die Betrachtung der sepulkralen Steinmetzkunst vergangener Zeiten zu versenken. Für den ursächlichen Zweck der Einrichtung interessierte es sich nicht; was die Tanten von Tod und Sterben erzählen mochten, schien Dorli zu ignorieren. Jedesmal aber, wenn eine Statue in Sicht kam, die einen Engel darstellte, rief es verzückt aus: »Gelt, das ist ein Erzengel!« Eine besonders pompöse Familiengruft wies gar an jeder ihrer vier Ecken eine solche Statue auf, und obwohl es mit dem Zählen Schwierigkeiten hatte, rief Dorli bei ihrem Anblick stets unfehlbar: »Gelt, das sind die Erzengel! Louie, Louie, Louie und Louie!«

Dann lachten die alten Damen wohlwollend: »Ist es nicht herzig? Alle Engel sind ihm Erzengel! Das gute Kind!«

Den Abschluß dieser Ausflüge bildete jedesmal ein Besuch der Friedhofskapelle. Es war den Tanten eine liebe Gewohnheit, vor dem Antritt des Heimwegs etwa fünfzehn Minuten mit dem Betrachten der Fresken im Innern des eher bescheidenen Baus aus wilhelminischer Zeit zuzubringen. Die Fresken blieben Dorli unbekannt, denn von Anfang an mochte es nicht in die Kapelle hinein. Eine unerklärliche, aber starke Abneigung war ganz offenkundig. Also stellten die Tanten den Handwagen mit ihrem Schützling für die Dauer der Besichtigung, auf die sie nicht verzichten mochten, draußen an einer wettergeschützten Stelle neben dem Eingang ab. Dorli schien vollauf zufrieden damit, auf die Außenmauer der Friedhofskapelle zu starren, genauer, auf den Teil davon, den es von seiner Position aus sehen konnte. Zufällig waren eben dort vier Holzklötze eingemauert, die Dorli gleich beim ersten Mal entdeckte. Ihre korrekte Anzahl vermochte es ebensowenig zu ermitteln wie die der Tanten, doch machten sie, wie sie da aus der Mauer heraussahen, einen solchen Eindruck auf das halbbewußte Wesen, daß es sie automatisch den Erzengeln zuordnete. Mehr noch, die Holzklötze symbolisierten für Dorli die Erzengel. Man könnte meinen, bei einem derart einseitigen Interesse scheine es nicht verwunderlich, wenn dem Gegenstand der Vorliebe einfach alles und jedes assoziiert wird. In diesem Fall verhielt es sich aber nicht so, sondern Dorli fühlte sich unwillkürlich in Bann geschlagen, ja überwältigt, ganz als ob die Holzklötze zu ihm redeten. Im Gegensatz zu seinen lautstarken Reaktionen auf den Anblick von entsprechenden Statuen schwieg es jedoch über diese Entdeckung. Instinktiv wußte es, daß es hier um eine ganz ernste, hochwichtige Sache ging, von der es existentiell betroffen war, und die geheimgehalten werden mußte, wenn sie ihre lebenswichtige Kraft nicht verlieren sollte. Erzeugt wurde die Kraft von dem Quaternio der Holzklötze, ohne Zweifel einem mystischen, von den Erzengeln persönlich betriebenen Energiesystem. Diese Überzeugung dominierte fortan Dorlis Bewußtsein, wenn es sich auch nicht solcher Begriffe bediente. Um nichts preiszugeben, ließ es sich zu gegebener Zeit ohne Protest heimschieben. Natürlich bedauerte es dann immer zutiefst, die direkte Nähe zu dem Energiesystem aufgeben zu müssen. Am nächsten Tag durfte es ja wieder herkommen, und so wurde ihm die Viertelstunde bei der Friedhofskapelle zum Höhepunkt des Tages.

Bald stellte Dorli fest, daß es der begehrten Präsenz der Erzengel-Holzklötze auch aus der Ferne teilhaftig werden konnte, wenn es sich nur stark genug darauf konzentrierte. Äußerst hilfreich war dabei ein bestimmtes inneres Bild, das es aufgrund seiner Bemühungen empfing. Ohne je einen gesehen oder davon gehört zu haben, verstand Dorli plötzlich intuitiv, was ein Motor war, und einen solchen wunderbaren Motor, der seine Energie aus einer jenseitigen Welt bezog, konnte es nach einiger Übung klar und deutlich imaginieren, wenn es die Augen schloß. Zu diesem Bild gehörte die tief gefühlte, wortlose Gewißheit, daß es möglich war, die Kontrolle über die eigenen Geistes- und Körperfunktionen zu erringen, falls es gelänge, sich an den Erzengel-Motor anzuschließen. Während unzähliger einsamer, im Bett liegend verbrachter Stunden arbeitete Dorli hartnäckig daran, sich der rot markierten Anschlußstelle des Motors zu nähern, indem es sich mit aller Kraft konzentrierte. Auf den zu guter Letzt tatsächlich vollzogenen Anschluß war es nicht vorbereitet. Es empfand ihn so, wie es einen elektrischen Schlag empfunden hätte, und ihm war, ohne je etwas diesem Vergleich zugrunde Liegendes erlebt zu haben, als erwache es auf einem Fahrrad in voller Fahrt. Infolgedessen erschrak Dorli fast zu Tode, stürzte schwer vom imaginären Fahrrad und blieb hilflos liegen. Doch gab es nicht auf. Sobald es sich hinreichend erholt hatte, begann es wieder von vorn, erreichte erneut Anschluß und stürzte wie zuvor. Viele Male erging es ihm so, bis es endlich fähig war, sich im Sattel zu halten und sicher zu steuern. Von diesem Augenblick an vollzogen sich große Wandlungen an Dorli. Alles larvenhaft Unbestimmte an seinem Körper wuchs sich innerhalb kurzer Zeit aus und wich eindeutigen Verhältnissen, nämlich solchen, wie sie bei einem normal entwickelten Sechzehnjährigen anzutreffen sind (es gibt keine Erklärung dafür, weshalb es nicht zu einer weiblichen Ausprägung kam). Die Tanten hatten jetzt einen Neffen, Theodor, und gemäß der wörtlichen Bedeutung seines Namens betrachteten sie ihn als Geschenk Gottes. Theodor konnte seine Körperausscheidungen und Bewegungen kontrollieren, sich selbst rein halten, ohne Hilfe essen und trinken sowie laufen. Der Handkarren hatte ausgedient.

Im gleichen Maße wie die körperlichen nahmen auch Theodors geistige Fähigkeiten rapide zu. Die Tanten konnte er jetzt zählen und sich sogar ihre Namen merken. Vorbei war die Zeit der naiven Begeisterung für die Erzengel, die er nicht länger Louie, Louie, Louie und Louie nannte. An den Friedhofsbesuchen verlor er jegliches Interesse, die Holzklötze vergaß er vollkommen. Doch an seiner Verbindung mit dem wunderbaren Energiesystem änderte sich dadurch nichts. Dank ihrer lernte er ungeheuer viel. Nicht nur das einem Sechzehnjährigen unentbehrliche Allgemeinwissen bezog er auf diese Weise, sondern erwarb in kurzer Zeit technische Fachkenntnisse erstaunlichen Umfangs. Ohne zu überlegen, antwortete er auf die Frage nach seinen beruflichen Absichten: »Ich will Ingenieur werden und der Welt einen kraftstoffunabhängigen Motor schenken.«

Woher er diese Vorstellung nahm, verriet Theodor, der bisher doch kaum je Gelegenheit gehabt hatte, Anstoß am gängigen, Lärm und Gestank produzierenden Motorenwesen zu nehmen, ebensowenig wie die Ursache seiner unglaublichen Entwicklung. Ihre strikte Geheimhaltung war ihm nach wie vor unerläßlich. Für die Tanten war die Sache ein Wunder, sie hielten ihren Neffen für »genial und gottbegabt«. Das erzählten sie auch dem Gemeindepfarrer.

»Theodor wird gewiß den Wundermotor erfinden und eines Tages zum erlauchten Kreis der Ingenieure von Aervegebank gehören«, schwärmten sie. »Und er lernt den lieben langen Tag ganz von allein. Das Wissen fliegt ihm nur so zu!«

Wie der Pfarrer reagiert hätte, wenn sie ihm von einem »Erzengel-Motor« und direkter Unterweisung ihres Neffen durch Gabriel, Uriel, Raphael und Michael hätten berichten können, muß dahingestellt bleiben. Von dem, was er tatsächlich hörte, war er jedenfalls beeindruckt.

»Mit solchen Fähigkeiten und Ambitionen, wie Sie sie beschreiben, muß der Junge so früh wie möglich Berufspraxis bekommen«, sagte er. »Ich werde mich in der Gemeinde umhören, ob es nicht etwas Passendes für ihn gibt.«

Es gab tatsächlich etwas, und einige Tage später sollte Theodor bei einer Firma ganz in der Nähe vorsprechen. Weil er minderjährig war, begleiteten ihn die Tanten. Die Firma befand sich am entgegengesetzten Ende des

Friedhofs, direkt gegenüber vom Haupteingang. Gemeinsam wurde also wieder der Friedhof aufgesucht, diesmal lediglich, um ihn zugunsten eines anderen Ziels zu überqueren. Ein wenig vermißten die alten Damen die entzückten Rufe Dorlis beim Anblick von Engelstatuen, doch entschädigte sie überreichlich der Stolz auf ihren neugewonnenen Neffen. Es war ein kleines Gebäude, in dem der Firmeninhaber, Herr Oswald, sie empfing. Für seine Motorenfabrik suchte er einen tüchtigen Mitarbeiter, und nachdem ihn der Pfarrer neugierig gemacht hatte, war er bereit, dem famosen Knaben eine Chance zu geben. Von dessen Fachkenntnissen zeigte sich Herr Oswald im Laufe des Gesprächs sehr angetan, bezeichnete ihn sogar rundheraus als Naturbegabung.

»Unser Neffe ist genial und gottbegabt«, beteuerten die Tanten.

Theodor trug Herrn Oswald seine Absicht vor, einen kraftstoffunabhängigen Motor zu entwickeln.

»Das wäre freilich genau das, was ich brauche«, sagte Herr Oswald, gab aber gleichwohl zu bedenken, daß sich an diesem wahrlich nicht neuen Vorhaben schon viele die Zähne ausgebissen hatten, von zahllosen Betrugsmanövern ganz zu schweigen.

»Ich kann es«, sprach Theodor selbstbewußt. Mit strahlenden Gesichtern nickten seine Tanten Herrn Oswald zu.

»Versuchen wir es also«, entschied dieser. Da er keine Schreibkraft beschäftigte, tippte er eigenhändig auf einer alten Adler-Schreibmaschine den Anstellungsvertrag. Nachdem alle Anwesenden ihn unterzeichnet hatten, gingen die Tanten heim. Theodor sollte sich gleich an die Arbeit machen. Herr Oswald wies ihm ein eigenes, doch sehr kleines Büro im Parterre zu. Es lag direkt an der Straße, mit Blick auf den Friedhofseingang. Obwohl es, soweit möglich, mit dem Nötigsten, einem Tisch, einem Stuhl und einem Aktenregal, ausgestattet war, eignete sich das Räumchen nicht für den ihm zugedachten Zweck, war auch ursprünglich nicht dafür vorgesehen gewesen. Gegenüber der Tür, durch die man vom Treppenhaus her eintrat, befand sich in der Außenmauer eine weitere Tür, die auf den Bürgersteig hinausführte. Wie Herr Oswald seinem neuen Mitarbeiter mitteilte, mußten täglich die Friedhofsarbeiter den Raum als Durchgang zum Innenhof des Fabrikgebäudes benutzen, wo sie ihre Frühstücks- und Mittagspausen zu verbringen pflegten. Der Grund, daß dies so gehandhabt wurde, lag vermutlich darin, daß seit Jahrhunderten Friedhofsarbeiter diesen Weg genommen hatten, lange bevor eine Fabrik dort gestanden hatte. Es war Tradition. Theodor mußte jedesmal seinen Tisch mit allem, was darauf war, sowie seinen Stuhl beiseite räumen, um später alles wieder zu installieren, wenn die schweigende Prozession der ernsten Männer den Raum nach ihrem zweiten Durchzug in Richtung Friedhof verlassen hatte. Während der ungestörten Stunden versuchte Theodor, den Konstruktionsplan des angestrebten Wundermotors zu Papier zu bringen. Dabei orientierte er sich an seinem inneren Bild von dem ihn selbst betreibenden Erzengel-Motor, ein anderes Vorbild gab es für ihn ja nicht.

Tagelang war er schon voller Stolz und Freude in sein Tun vertieft, bis er ganz plötzlich erschrak und innehielt. Eine jähe Erkenntnis überkam ihn mit großer

Wucht: Indem er hier sein Innerstes nach außen projizierte, um es in Form einer technischen Zeichnung zu veröffentlichen, tat er genau das, was er bisher so sorgsam vermieden hatte – er beging Verrat an seiner Energiequelle. Damit gefährdete er sein eigenes Funktionieren! Selbst in der Zeit, als er noch das dumme Dorli gewesen war, hatte er instinktiv das Geheimnis des Erzengel-Motors gewahrt und jetzt, als »genialer und gottbegabter« junger Mann, leistete er sich diese Dummheit, die alles zunichte machen konnte! Voller Grauen sah er das bisher Aufgezeichnete an. Es mußte unverzüglich vernichtet werden, bevor Oswald einen Blick darauf werfen konnte. Theodor zerriß die Arbeit von Tagen und warf alles in den Papierkorb. Er hoffte, seinen Verrat noch rechtzeitig erkannt und den gerechten Zorn der Erzengel nicht schon in voller Stärke auf sich gezogen zu haben. Vielleicht gab es aber keine Abstufung der Schuld, und er war durch seine unüberlegte, eitle Handlung wider das Prinzip unabwendbar der Verdammnis anheimgefallen? Die Furcht, zur Strafe jeden Augenblick mit seinem mentalen Fahrrad in voller Fahrt stürzen zu können und in einen vegetativen Teigklumpen zurückverwandelt zu werden, war nicht zu ertragen. Da er aber nach einer endlos erscheinenden Zeitspanne der Seelenpein noch immer sicher im Sattel saß und über das Problem nachdenken konnte, neigte Theodor zu der Einschätzung, er habe sich wohl doch nicht gar so schwer versündigt. Sein sofortiges reuevolles Einlenken hatte möglicherweise das Schlimmste verhindert.

Die Erzengel hatten sich allerdings, wie er feststellte, infolge seiner Verfehlung von ihm zurückgezogen und straften ihn mit Schweigen. Während sie ihn sonst pausenlos mit Ingenieurswissen versorgt hatten, herrschte jetzt Sendepause. Nur leises Rauschen war zu vernehmen, das eine gewisse gekränkte, vorwurfsvolle Qualität zu besitzen schien. Es war die Frage, ob dieser Entzug der Zuwendung vorübergehender Natur war und schließlich in einem Akt der Vergebung seinen Abschluß finden würde oder ob er nur den Auftakt einer Maßnahme bedeutete, die mit seiner dauerhaften Trennung von dem wunderbaren Energiesystem endete. Falls er aber, wie er inbrünstig hoffte, davonkam, ohne daß ihn die Höchststrafe ereilte, falls sie ihn als normal funktionierenden Menschen weiterleben ließen, was sollte dann aus ihm werden? Theodor begann die Konsequenz zu begreifen: Mit seiner Berufskarriere war es selbstverständlich vorbei. Wenn es auch im Vergleich mit bettlägerigem Vegetieren als Larve eine kleinere Katastrophe bedeutete, als Versager dazustehen, der sein vollmundiges Versprechen, der Menschheit den kraftstoffunabhängigen Motor schenken zu wollen, nicht halten konnte, wären die Folgen trotzdem ziemlich unangenehm. Zur Blamage käme die Enttäuschung der Tanten, denen er künftig als orientierungs- und arbeitsloser Jugendlicher zur Last fiele. Der vor kurzem noch so selbstsichere angehende Motorerfinder war nicht weit davon entfernt, mit den Fingernägeln ganz groß das Wort ›Hilfe‹ in die Tapete zu kratzen. Niemand aber konnte ihm helfen, so viel sah er ein. Das Natürlichste in einem derartigen Fall ist, Zuflucht in Verdrängung und Aufschub zu suchen, und Theodor beschloß, sich nichts anmerken zu lassen. Ein paar Wochen lang würde er sich halten können, ohne daß

Oswald etwas ahnte. Währenddessen mußte es zu einer Problemlösung kommen.

Weil die Erzengel ihm nichts mehr beibrachten, stagnierte sein Fachwissen, er fühlte sich auch gar nicht mehr zum Ingenieur berufen. Die Zeit, die er in seinem kleinen Büro absaß, wurde ihm ordentlich lang. Auf seinem Schreibtisch ordnete er gefälschte Zeichnungen und Berechnungen, die bewußt keine Verwandtschaft mit dem Erzengel-Motor aufwiesen, so an, daß sie Herrn Oswald bei flüchtiger Betrachtung zufriedenstellen konnten. Herr Oswald hielt sich in der folgenden Zeit häufig auswärts auf und erkundigte sich nur oberflächlich und in größeren Abständen nach Theodors Fortschritten. Eines nicht fernen Tages aber, so viel stand fest, würde er etwas sehen wollen. Diesen Tag sah Theodor unerbittlich näherrücken, ohne daß die erhoffte Problemlösung sich in irgendeiner Form abzeichnete. Nach acht Tagen schon hatte er das Gefühl, seinem Chef etwas bieten zu müssen, um jedem etwa aufkommenden Argwohn frühzeitig entgegenzuwirken.

»Ich stehe kurz vor Abschluß meiner Arbeit«, log er daher anläßlich einer knappen Unterredung mit Herrn Oswald.

»Sagen Sie«, erwiderte dieser, »haben Sie sich eigentlich schon Gedanken über die Vermarktung unseres Motors gemacht? Wir brauchen einen guten Namen und einen zugkräftigen Werbeslogan.«

Theodor, der eine Chance zum Zeitschinden witterte, griff den Gedanken bereitwillig auf: »Da haben Sie unbedingt recht! So etwas sollte fertig vorliegen, wenn das Produkt reif zur Präsentation ist. Ich habe da auch schon ein paar Ideen. Wenn es Ihnen recht ist, mache ich mich unverzüglich an die Ausarbeitung der Werbekampagne. Es käme mir nämlich sehr entgegen, wenn ich mich vor Eintritt in die sehr schwierige und kräfteraubende Endphase der Motorkonstruktion mental ein wenig bei einer andersgearteten und doch nicht sachfremden Arbeit entspannen könnte.«

»Tun Sie das«, stimmte sein Chef zu. »Ich muß für ein paar Tage ins Ausland. Wenn ich zurück bin, besprechen wir Ihr Werbekonzept. Ich bin schon gespannt.«

Theodor atmete über die Verlängerung seiner Galgenfrist auf, fühlte sich insgesamt aber immer unbehaglicher. Lange konnte es so nicht weitergehen. Um Herrn Oswald nächstens etwas präsentieren zu können, begann er, willkürlich zusammengesponnenen Unfug zu notieren. Unbewußt leitete ihn aber auch dabei der Gedanke an den Erzengel-Motor, und er schrieb unter anderem: *»Oswalds Original-Wundermotor, Fabrikation gottgefälliger Wundermotoren«* und ersann als Krönung gar den Werbespruch:

Gott würde diesen Motor kaufen

Weiter fiel ihm nichts ein. Während der übrigen Zeit langweilte er sich und sah aus dem Fenster. Für jede Abwechslung war er dankbar, und die einzige, die es am Tage gab, bestand im Transit-Defilee der Friedhofsarbeiter. Wachsende Vertrautheit in Verbindung mit Theodors Bedürfnis nach Zerstreuung führte schließlich dazu, daß man dies und das miteinander redete. Schließlich luden die Arbeiter den Knaben, der immer so bereitwillig seine Büroeinrichtung aus dem Weg räumte, ein, die Pause gemeinsam mit ihnen im Innenhof des Oswaldschen Gebäudes zu verbringen. Einer der Männer schien nur wenig älter als Theodor zu sein und bedachte ihn gewohnheitsmäßig mit einem Blick, den man als »wissend« interpretieren konnte. Das begünstigte eine Annäherung.

Während die übrigen Männer schweigsam aus Thermoskannen tranken und ihr mitgebrachtes Essen verzehrten, führten Theodor und der junge Friedhofsarbeiter bald in einer separaten Ecke Gespräche. Bisher hatte Theodor nur Umgang mit den Erzengeln, seinen Tanten und Herrn Oswald gehabt, etwas anderes kannte er nicht. Nun aber wurde er sich des natürlichen, so lange mangels Gelegenheit vernachlässigten Bedürfnisses nach Freundschaft mit Gleichaltrigen bewußt. Hier bot sich ihm die Möglichkeit, eine bedeutende Lücke in seiner menschlichen Entwicklung zu schließen. Während der Pubertät lernt der Mensch in aller Regel auf schicksalhafte Weise und mit geradezu somnambuler Sicherheit die zu ihm passenden Freunde kennen, mit denen er oft für den Rest seines Lebens in Verbindung bleibt, und genau so etwas mochte sich nun zwischen Theodor und dem düsteren, langhaarigen, nur um drei Jahre älteren Burschen namens Walter anbahnen. Wie schon dessen wissender Blick angedeutet hatte, erkannte er hellsichtig in dem Jüngeren jemanden, der ihm unterlegen war und sich leicht beeinflussen lassen würde.

»Wir sind Brüder im Geist, auch ich suche Gott«, sagte er zu Theodor, um dann dreckig zu lachen und sich eine Zigarette zu rollen. Theodor wagte nicht zu widersprechen. Von einem Älteren als seinesgleichen akzeptiert zu werden, schmeichelte ihm gewaltig. Daß er Gott suchte, war ihm nicht bewußt gewesen, aber es hatte einen frommen Klang und paßte zu der religiösen Unterweisung, die ihm die Tanten hatten angedeihen lassen. Wie Walter ihm das angemerkt haben mochte? Spürte er vielleicht sogar etwas von seiner Beziehung zu den Erzengeln? Innerhalb weniger Minuten hatte Theodor sich der Autorität des neuen Bekannten untergeordnet, der unaufhörlich mit raunender Stimme von höchst erstaunlichen, zumeist schaurigen Dingen zu erzählen wußte. Mehr oder weniger entstammten alle Motive Walters beruflicher Sphäre, und die hatte traditionell manches zu bieten: Lebendigbegrabene, Leichenräuber, Untote, Ghoule, Werwölfe, Gespenster und andere finstere Phänomene. Da er noch nie von so etwas gehört hatte, war Theodor geradezu schockiert. Heimlich fragte er sich auch, was das alles mit Gottsuchen zu tun haben mochte. Allerdings übte die morbide Thematik dank seiner altersbedingten Seelenverfassung einen nicht unbeträchtlichen Reiz auf ihn aus, und die Zweifel verblaßten. Sein Weltbild erhielt Zuwachs von einer Qualität, die er sich nicht hatte träumen lassen. So ließ er sich denn auch gern einladen, Walter daheim zu besuchen, um sich einschlägige Literatur und Kunstwerke zeigen zu lassen.

Mit Erlaubnis der alten Damen ging Theodor an einem Samstagnachmittag im Oktober zu der fast einen Kilometer entfernten Straße, in der Walter wohnte. Voller Ehrfurcht näherte er sich dem Ziel. Walter erschien ihm wie ein Lehrmeister, wie ein geheimnisvoller Gelehrter, der die Schätze seines Wissens großmütig mit ihm zu teilen bereit war. Dieses Geschenks wollte

Theodor sich würdig erweisen. Er wünschte, es dem neuen Freund gleichzutun und ebenfalls die Berufslaufbahn des Friedhofsarbeiters einzuschlagen. Die Erzengel schwiegen nach wie vor beharrlich, und mit Wundermotor und Ingenieurslaufbahn würde es sicher nichts mehr werden. Wenn er also demnächst von Oswald hinausgeworfen würde, hätte er bereits eine Alternative. Walter, der von der Idee zweifellos angetan sein mußte, konnte ihm bestimmt helfen, sie zu verwirklichen. Theodor sah da keine Schwierigkeiten, auch nicht, was seine Tanten anging. Bei ihrer Friedhofsbegeisterung mußten sie sich doch freuen, wenn er ausgerechnet diesen Beruf ergriff. Er konnte es kaum erwarten, Walter die Neuigkeit zu eröffnen. Endlich erreichte er die von lückenlosen Reihen alter Mehrfamilienhäuser gesäumte Straße. Ein architektonischer Anblick wie dieser war ungewohnt für ihn, beklemmend geradezu, wurde aber durch den Umstand geadelt, daß der, mit dem er sich identifizieren wollte, hier lebte. Wie er so das dreckige Trottoir beschritt, fühlte Theodor sich schon ganz als Totengräber. So schäbig und häßlich wie alle übrigen in der Straße, war auch das Haus, in dem Walter wohnte. Theodor klingelte und wunderte sich, daß die Tür kurz darauf von selbst mit einem Schnarren aufsprang. Technische Vorrichtungen dieser Art waren ihm unbekannt, denn die Erzengel hatten, als sie ihn noch unterrichteten, nichts von dergleichen verlauten lassen. Ein nach Urin riechendes, renovierungsbedürftiges Treppenhaus nahm ihn auf. Katzengeschrei war zu hören und eine Radiostimme. Eine am Fuß der Treppe gelegene Tür öffnete sich einen Spaltbreit, fast wäre Theodor hingegangen und hätte sich nach Walters

Etage erkundigt, doch das, was er flüchtig in dem Spalt zu sehen glaubte, ließ ihn schleunigst die erste Treppe hinter sich bringen. Mit klopfendem Herzen nahm er sich vor, Walter zu fragen, welche Art Kreatur da im Parterre hauste. Hinter den meisten Türen, an denen er vorbeikam, und von denen sich keine öffnete, war es still. Nur ab und zu hörte er gedämpfte Geräusche unidentifizierbaren Ursprungs. Mit den Verhältnissen in großen Mietshäusern unvertraut, hatte er aus der Position des Klingelschilds an der Haustür nicht auf die Lage der dazugehörigen Wohnung zu schließen vermocht, daher überprüfte er beim Hinaufsteigen die Namen an jeder einzelnen Tür. Er mußte bis ganz nach oben.

Die Wohnungstür, neben der der richtige Name stand, war nur angelehnt. Niemand empfing ihn, und er überlegte, ob er noch einmal klingeln oder lieber anklopfen sollte. Er entschied sich für letzteres. Beim Warten auf eine Reaktion hörte er im Hinterhof einen großen Hund wie wahnsinnig bellen, was er natürlich nicht mit seinem Klopfen in Verbindung brachte. Aus der Wohnung drangen nur leise, dumpfe Töne, ob von menschlichen Stimmen verursacht, war ungewiß. Theodor wurde ungeduldig. Er wollte endlich zu Walter und öffnete die Tür so weit, daß er den Kopf in die Wohnung strecken konnte, um höflich »Hallo« zu rufen. In dem langen Flur war es dunkel, nur die Umrisse einer mit Kleidung behangenen altertümlichen Garderobe sowie einiger Türen waren auszumachen. Letztere waren bis auf eine alle geschlossen. Ein pfeifendes Keuchen, eine Mischung aus Würgen und Husten, wurde hinter einer von ihnen, wohl weiter in der Tiefe der großen Wohnung, ausgestoßen. Die nicht geschlossene Tür befand sich Theodor gegenüber am Ende des Flurs. Dorthin wollte er, um sich bemerkbar zu machen. Auf halben Weg, als er noch einmal »Hallo« rief, nahm er hinter sich eine Bewegung wahr, jemand mußte aus den Schatten oder einem verborgenen Durchgang in den dunklen Flur getreten sein. Theodor drehte sich schnell um, damit rechnend, der neue Freund könne ihm einen Totengräberstreich spielen. Doch stand nicht jener da, sondern eine hochgewachsene, auffallend korrekt gekleidete Frau. Sie war älter als Walter, aber nicht alt genug, um seine Mutter sein zu können. Außer den Tanten hatte Theodor noch keine weiblichen Wesen kennengelernt. Das ihm zur Verfügung stehende Allgemeinwissen eines Sechzehnjährigen ließ ihn im Stich, weder wußte er etwas über die Natur der Frauen noch darüber, wie er sich in ihrer Gegenwart verhalten sollte (auch was dies betraf, war er von den Erzengeln nicht informiert worden, geschweige denn von seinen Tanten). Entsprechend verlegen war er jetzt. Seine Verlegenheit steigerte sich fast zur Panik, denn die Frau unternahm nicht das mindeste, ihm seine Lage zu erleichtern, im Gegenteil, sie schloß die Wohnungstür und baute sich mit arrogantem Blick und herausfordernder Haltung stumm abwartend vor ihm auf. Offensichtlich genoß sie die Situation, daran ließen die halbgeschlossenen Augen und der spöttisch verzogene kleine Mund selbst für einen völlig ahnungslosen Tropf wie Theodor keinen Zweifel. Sie konnte mit ihm tun, was ihr beliebte, wenn ihm niemand zu Hilfe kam. Schwerfällig und heiser brachte Theodor die Frage hervor: »Ist Walter da?«

Die Frau nahm einen noch hochmütigeren Gesichtsausdruck an, indem sie antwortete: »Der hat Hausarrest. Ich habe ihn wie ein Mädchen geschminkt und ihm meine Unterwäsche angezogen. Wie er sich abmüht, in meinen Schuhen zu gehen! Wollen wir uns das einmal ansehen? Vielleicht sollte ich dich auch ein bißchen zurechtmachen? Oder soll ich dich erst mal verdreschen?«

Da ging eine Tür am Ende des Flurs auf, und Walter trat heraus. Nichts an ihm entsprach dem, was die Frau behauptet hatte. Er sah aus wie immer. Als er, näherkommend, Theodor erkannte, sagte er: »Ach, du bist schon da. In meinem Zimmer ist die Klingel nicht zu hören.«

Die Frau lächelte krampfhaft süßlich, drehte sich auf dem Absatz um und verschwand in einem Zimmer. »Das war meine Schwester«, erklärte Walter, »sie ist Fremdsprachen-Korrespondentin bei einer Spedition.«

Fortan hatte Theodor eine fragwürdige Vorstellung vom Beruf der Fremdsprachen-Korrespondentin. Froh, gerettet zu sein, erwähnte er nichts von der peinlichen Szene, sondern folgte Walter zu dem Zimmer am Ende des Flurs. Beim Eintreten erläuterte Walter: »Ich teile es mir mit meiner Großmutter, aber sie ist jetzt mit der Familie im Wohnzimmer. Wir sind also ungestört.«

Der vordere Teil wurde von der Großmutter bewohnt, die muffige Art der Einrichtung, die Gardinen und gerahmten Erbauungssprüche an den Wänden sprachen dafür. Hinter einem quer in den Raum gestellten, riesigen alten Kleiderschrank hauste Walter. Um seinen Bereich aufzusuchen, mußte man nicht durch den Behemot von Möbel hindurch, was zweifellos Eindruck auf Theodor gemacht hätte, sondern konnte auf der rechten Seite daran vorbeigehen, wo bis zur Wand ein Abstand von mehr als einem halben Meter war. Ein schlichter Vorhang schloß die Lücke. Walter raffte den dicken, dunklen Stoff, um Theodor durchzulassen. Die Möblierung des dämmrigen, fensterlosen Gelasses bestand aus ein paar Matratzen am Boden, einem ziemlich vollen Bücherregal, einem kleinen Tisch und einem Stuhl. Des weiteren gab es eine Leselampe, einen Plattenspieler und ein Radio, allesamt aus länger zurückliegenden Jahrzehnten. An den Wänden hingen mit Heftzwecken befestigte Kunstdrucke, erschreckende und rätselhafte Bilder, wie Theodor fand. Sie paßten zu den Geschichten, die der Bewohner des Zimmers ihm erzählt hatte. Solche Dinge sollte er heute also zu sehen bekommen. Neugierig musterte er die Bücher im Regal, wo auch einige gebleichte Schädel von Vögeln und kleinen Säugetieren lagen. Unter selbstgemachten Glasstürzen, die vermutlich aus Wein- oder Sektgläsern ohne Stiele bestanden und von kunstvoll geformten Gipskuppeln gekrönt waren, saßen tote Motten und Nachtfalter auf papiernen, mit ausgeschnittenen Sakralkitsch-Elementen, flammenden Herzen und ähnlichem, beklebten Podesten. Wichtige Anregungen zur Gestaltung des eigenen Zimmers glaubte der Gast hier zu empfangen.

»Setz dich doch«, lud Walter ihn ein. Sie nahmen auf den sofaartig angeordneten Matratzen Platz. Theodor wollte schon mit der Nachricht herausplatzen, er gedenke Friedhofsarbeiter zu werden, doch Walter kam ihm zuvor: »Ich will heute abend etwas ausprobieren und brauche jemanden, der dabei mitmacht.«

»Was hast du denn vor?« fragte Theodor erschrokken. »Leichen ausgraben oder so etwas?«

»Nein, etwas anderes. Etwas viel besseres. Paß auf!«

Walter zeigte ihm ein stark in Auflösung begriffenes Buch mit braunen, brüchigen und in Fraktur bedruckten Seiten. »Hexenkräuter, Wunderdrogen!« flüsterte er mit großen Augen. Von dergleichen wußte Theodor rein nichts und erfuhr zutiefst erstaunt ganz unglaubliche Dinge.

»Das Tollste aber, wovon noch nicht einmal in diesem alten Buch etwas steht«, sprach Walter voller Enthusiasmus, »habe ich kürzlich erfahren. Ich darf nicht verraten, wie oder von wem, das habe ich schwören müssen, aber ich kann dir sagen, was es ist. Es ist eine Substanz, die Kreuz-Jesu-Kohle heißt. Wie der Name sagt, braucht man, um sie zu gewinnen, Holz aus dem Kreuz, an dem Jesus Christus gestorben ist.«

»Woher soll man das heutzutage denn nehmen?« fragte Theodor. »Ist davon irgendwo noch etwas erhalten?«

»Und ob!« erwiderte Walter. »Ich weiß sogar, wo! Und wenn du schwörst, niemandem etwas zu verraten, weih ich dich ein. Wir besorgen etwas von dem Holz, lassen es verkohlen und schlucken es.«

»Und dann?«

»Dann werden wir nicht bloß Visionen haben und glauben, fliegen zu können oder so etwas, nein, Kreuz-Jesu-Kohle hat eine andere Wirkung! Wir werden mit außerordentlichen, ja übermenschlichen Fähigkeiten begabt sein, denn Talente, die man besitzt, werden ins Unermeßliche gesteigert! Ein anderer Name für Kreuz-Jesu-Kohle ist nämlich ›Gift Gottes‹. Man darf das Wort

›Gift‹ in diesem Zusammenhang aber nicht im heutigen Sinne von Toxikum auffassen, sondern gemäß seiner früheren Bedeutung und somit als anderen Ausdruck für ›Gabe‹. Wer demnach Kreuz-Jesu-Kohle nimmt, ist gottbegabt!«

›Dafür halten mich meine Tanten doch ohnehin schon‹, dachte Theodor. Aber würden sie es weiterhin tun, wenn er an der Entwicklung des Wundermotors scheiterte? Die drohenden Unwetterwolken, die den Horizont seiner Zukunft verfinsterten, senkten sich schwer auf sein Gewissen. Wieder fiel ihm ein, wie enttäuscht die alten Damen von ihm sein mußten, wenn er ihnen in ein paar Tagen sein klägliches Versagen beichtete, über dessen Hintergrund er ja nichts verraten dürfte. Vielleicht mußte es aber gar nicht dazu kommen, vielleicht konnte er dieser Schmach entgehen, dank der Einnahme von Kreuz-Jesu-Kohle! Als tatsächlich gottbegabter Ingenieur, der er dadurch zu werden hoffte, mußte er doch in der Lage sein, für Herrn Oswald einen ganz eigenständigen Wunderantrieb zu entwickeln, der nicht dem Erzengel-Motor abgeschaut war. Mit einer solchen Begabung brauchte er weder Verrat zu üben noch Enttäuschung zu bereiten! Nicht einmal eine anderweitige berufliche Orientierung wäre dann nötig, wodurch alles noch einfacher wurde. Wer konnte schließlich garantieren, daß Friedhofsarbeiter das Richtige für ihn war! Falls es wirklich so etwas wie Kreuz-Jesu-Kohle gab, entschied er, wollte er es damit versuchen.

»Ich mache auf jeden Fall mit«, sagte er. Walter wunderte sich über die Beherztheit, die Theodor bekundete.

»Willst wohl Karriere bei Oswald machen, was?« meinte er etwas spöttisch. Theodor, der jetzt die Absicht, Friedhofsarbeiter zu werden, wieder gänzlich aufgegeben hatte, antwortete: »Doch nicht bei Oswald. Ich will meine technische Begabung dazu benutzen, die Welt zu verändern.«

»Mit Kreuz-Jesu-Kohle kannst du das. Du sollst sehen, du kommst ganz groß raus, am Ende gehörst du noch zum elitären Ingenieurszirkel in Aervegebank.«

»Ja, dann wären meine Tanten irrsinnig stolz auf mich.«

»Deine Tanten? Hast du keine Eltern?«

»Von Eltern weiß ich nichts. Ich lebe bei meinen drei alten Tanten, seit ich mich erinnern kann. Sie haben mich großgezogen.«

»Bist du ein Findelkind?«

»Keine Ahnung.«

»Wie kann man so unwissend sein? Irgend etwas über deine Erzeuger, über deine Herkunft, mußt du doch schon gehört haben, und sei es, daß nichts über sie bekannt ist. Haben dir deine Tanten nie etwas in dieser Art erzählt?«

»Nein, nichts.«

»Merkwürdig. Bist du sicher, daß sie wirklich deine Tanten sind?«

»Sie behaupten es, und ich habe keine Gegenbeweise. Wer sollten sie sonst sein?«

»Was weiß ich? Vielleicht haben sie dich als Kleinkind gestohlen, oder sie halten dich gefangen. Möglich wäre auch, daß ein peinliches Vorkommnis in deiner Familie so vertuscht werden soll. Irgendein dunkles Geheimnis scheint mir da im Spiel zu sein.«

Erst durch diese Worte fiel Theodor auf, daß er, seit er durch den Anschluß an den Erzengel-Motor ein denkendes Wesen war, tatsächlich niemals etwas über seine Herkunft vernommen hatte. Bis zu diesem Moment war er nicht auf den Gedanken gekommen, sich selbst danach zu fragen, geschweige denn die Tanten. Und die Erzengel hatten das Thema nie berührt. Eine verstörende Entdeckung war das. Daß er, wie ihm anläßlich der Begegnung mit Walters schrecklicher Schwester aufgegangen war, absolut nichts von Frauen wußte, war schlimm genug, daß er aber nicht einmal die wichtigsten Dinge über sich selbst wußte, erschütterte ihn. Wie viel ihm noch zu einem richtigen Menschen fehlte! Herkunft, Vergangenheit – ja, so etwas hatte ein Mensch üblicherweise, das brauchte er auch, wenn er einer sein wollte. Bei nächster Gelegenheit wollte er die Tanten darauf ansprechen, gleich nach dem Experiment mit der Kreuz-Jesu-Kohle. Immer zweifelhafter erschienen sie ihm, Walter hatte ganz recht mit seinem Verdacht. Jahrelange Pflege und die Verbindung mit den Erzengeln verdankte er ihnen; schön, aber seither, nachdem er diese enormen Entwicklungsfortschritte gemacht hatte? Nicht einmal über das Allernotwendigste hatten sie ihn informiert, sondern weiterhin bloß nach Art von Krankenschwestern eines religiösen Ordens versorgt. Sie hatten es zu verantworten, daß er mit sechzehn an einem Samstagnachmittag im fensterlosen Zimmeranteil eines jungen Friedhofsarbeiters völlig ahnungslos mit elementaren Lebensfragen konfrontiert wurde und in wesentlichen Bereichen seiner Persönlichkeit große weiße Flecken entdecken mußte. Er wurde wütend. Weshalb legte er überhaupt Wert darauf, daß sie stolz auf ihn waren? Wenn er erst durch die Einnahme von Kreuz-Jesu-Kohle übermenschliche Fähigkeiten erlangt hatte, konnten sie ihm mit ihrer Geheimniskrämerei gestohlen bleiben. Dann wollte er sich Kenntnisse verschaffen über die Fakten des Lebens und seiner Biographie. Wie Moorleichen an der Luft würden die drei zu Staub zerfallen! Kein ›Tochter Zion‹-Gesinge mehr! Ebensowenig hatte er es dann nötig, auf Oswald Rücksicht zu nehmen. Direkt nach Aervegebank würde er sich begeben und, wie Walter gesagt hatte, dem elitären Ingenieurszirkel beitreten. Daran, daß er vor einer Viertelstunde noch Friedhofsarbeiter hatte werden wollen, besaß er nicht mehr die allergeringste Erinnerung. Es ging unaufhaltsam weiter. So, wie er mit Hilfe der Erzengel aus dem Bewußtseinsdunkel seiner Dorli-Existenz aufgestiegen war, stand er jetzt im Begriff, mit Walters Hilfe einen weiteren ganz großen Schritt zu tun. Die Phase des weltfremden, von den Tanten beherrschten Knaben Theodor ging zu Ende. Er wollte endlich das gepriesene Mittel nehmen, um ein besseres Leben auf einer höheren Stufe zu beginnen.

»Wann tun wir es endlich?« fragte er ungeduldig.

»Ich sagte doch, am Abend«, antwortete Walter. »Es muß erst ganz dunkel sein. Bis dahin ist noch Zeit, gut drei Stunden.«

Drei Stunden! Theodor fragte sich, wie er nur so viel Geduld aufbringen sollte. Da er als künftiger Ingenieur von Weltrang jegliches Interesse an Walters morbiden Geschichten verloren hatte, drohte die Zeit quälend lang zu werden. Mit den Büchern im Regal mochte er sich nicht abgeben, von solchen Dingen hatte er jetzt genug. Walter verbreitete sich über einen speziellen

Gegenstand, der naturgemäß abseitiger Art war, doch Theodor hörte nicht zu. Wie in einem Wartezimmer wandte er sich einigen Zeitschriften zu, die in seiner Nähe am Fußboden gestapelt lagen. Zerstreut und nur auf Zeitvertreib bedacht, zog er ein Heft heraus und fing an, ziellos darin herumzublättern. Was er zu sehen bekam, verschlug ihm den Atem. Gleich jemandem, der unvorbereitet in ein extrem ausgestattetes Monstrositätenkabinett gerät, sah er sich einer Abbildung, einer Photographie, gegenüber, die allem Bekannten und Erlaubten brutal hohnsprach, ja, die alle Naturgesetze zu leugnen, zu pervertieren schien. Hätte Theodor Kenntnis vom Mythos der Medusa gehabt, wäre er in diesem furchtbaren Moment überzeugt gewesen, damit konfrontiert zu sein. Der Schock entzog ihm alle Kraft, er spürte, wie sein Fahrrad zu schlingern begann.

»Was ist denn das?« keuchte er leichenblaß, einem kreislaufkollapsbedingten Sturz nahe. Walter runzelte die Stirn und fragte vorwurfsvoll: »Hast du etwa noch nie eine nackte Frau gesehen?«

»Ist das eine?«

»Ja doch.«

»Ist die krank? Oder was ist mit ihr passiert?«

»Unsinn, die ist vollkommen in Ordnung. Sozusagen ein Prachtexemplar.«

»Willst du damit sagen, Frauen sehen normalerweise ohne Kleidung so aus?«

»Wenn man Glück hat, ja.«

»Aber um Gottes willen, hier ... und das ... wieso ... wie ist das möglich ... kannst du mir das erklären?«

Walter tat seufzend, was er konnte, fing ganz von vorn an und brachte Theodor das Prinzip der zweigeschlechtlichen Vermehrung und die daraus resultierenden anatomischen Unterschiede zwischen Frauen und Männern nahe, wobei er zur technischen Demonstration der Verfahrensweisen Photographien in anderen Magazinen hinzuzog, die Theodor, als er ihrer ansichtig wurde, laut aufschreien ließen. Nur mittels der Drohung »Sei still, sonst kommt meine Schwester« konnte er dazu gebracht werden, sich einigermaßen zu beherrschen. Das Grauen der auf der ersten Abbildung geschauten Ungeheuerlichkeit, die seinen Begriffen von Menschlichem so gemütszertrümmernd zuwidergelaufen war, wurde hier vervielfacht. Weitere, sogar weit schlimmere, ihm von Walter als entscheidende Details der weiblichen Anatomie vorgestellte Schrecknisse traten zutage, und selbst die männliche Anatomie, deren Anblick ihm doch prinzipiell vertraut war, spielte auf den Abbildungen eine Rolle, die Theodor absolut grotesk erschien. Diese nach seinem Verständnis fehlerhaften, zu anatomischen Verrücktheiten ausgewachsenen Körper, die ihm allen Erklärungen zum Trotz wie böswillige Fälschungen vorkamen, waren in etwas schier Außerweltliches verstrickt, das so skandalös war wie Kannibalismus. Es schlug Theodor fast die wild rüttelnde Lenkstange seines mentalen Fahrrads aus den Händen, so sehr flatterten die Räder. Pflegte sich die rasende Fahrt sonst immer auf ebener Fläche zu vollziehen, tat sie es nun dem Anschein nach über die Furchen in einem gefrorenen Acker. In der Höhle hinter dem mächtigen Kleiderschrank wurde die Luft knapp. Während Theodor sich mit aufgerissenen Augen bemühte, etwas zu verstehen und unter Aufbietung äußersten Kraftaufwands um sein Gleichgewicht kämpfte, mußte er sich sagen lassen, daß es so etwas wie sexuelle Lust gebe, daß sie für Menschen natürlich sei und ihnen unter Umständen viel Freude bereite.

»Du weißt aber auch überhaupt nichts«, tadelte Walter, und Theodor fragte sich, was es noch alles geben mochte, das zu einem richtigen Menschen gehörte, wovon er aber keine Ahnung hatte.

»Aber Essen und Trinken kennst du doch?« fragte Walter mit unüberhörbarer Ironie. Darauf konnte Theodor mit Ja antworten, denn mit der Nahrungsaufnahme wußte er wirklich Bescheid. Die Tanten hatten ihm auf diesem Gebiet nichts vorenthalten, besonders im Hinblick auf Süßspeisen nicht. Sowie er daran dachte, fühlte er sich sicherer, und die Fahrt wurde ruhiger. Eine schöne, glatte Asphaltstraße befuhr er jetzt wieder. Inzwischen war es Zeit fürs Abendbrot, die letzten zwei Stunden, die wohl ungeheuerlichsten in seinem Leben, waren wie im Fluge vergangen. Nach den durchlittenen Erschütterungen verspürte er großen Hunger und war froh, als Walter einiges Eßbare aus der Küche holte.

Doch auch nach der Stärkung fühlte Theodor sich noch angegriffen und beschädigt. Er konnte die Erinnerung an die inzwischen zwar fortgeräumten, aber unvermindert nachwirkenden argen Bilder nicht abschütteln. Im Gegenteil: Gänzlich unvermittelt und wie von außen gesteuert befiel ihn die Zwangsvorstellung, er könne sich an das, was ihn da so schockiert hatte, nicht nur gewöhnen, sondern, wie Walter von den Menschen behauptet hatte, sogar Lust dabei empfinden. Er verschluckte sich heftig. Zweifellos war er infiziert, einmaliges Betrachten schien bereits zu einer tiefgreifenden

Veränderung der Persönlichkeit zu führen. Das Gift breitete sich in seinem Bewußtsein aus und zerfraß das Ich, das er bis zu diesem Nachmittag besessen hatte. An seiner Stelle entstand ein gräßliches Gespenst, dessen fremder Wille seinen Körper beherrschte und zu absurden Ausschreitungen trieb. Wie verseucht sein Denken schon war, entdeckte er, als er sich dabei ertappte, wie er Walters Schwester in seiner Phantasie mit jenen monströsen Attributen ausstattete. Zur Strafe für diese Sünde konnten ihn die ohnehin schon erzürnten Erzengel jederzeit von ihrem Motor abkoppeln, auch das fiel ihm siedend heiß ein. Unverzüglich brauchte er ein starkes Gegengift, jedes Zuwarten hatte schlimmste Folgen!

Walter bedachte ihn mit Blicken, aus denen Zweifel sprachen, ob dieser hustende, verstörte Knabe wirklich der geeignete Komplize für ein riskantes Drogenexperiment war.

»Laß uns gehen«, drängte Theodor, sobald er seine Stimme wiedergefunden hatte. Walter gab murrend nach, obwohl er eigentlich später gehen wollte. Immerhin war es draußen schon ganz dunkel. Auf der Straße erkundigte sich Theodor: »Wohin gehen wir eigentlich?«

»Zum Friedhof«, antwortete Walter.

»Zu dem, wo du arbeitest?«

»Ja.«

In kaum zehn Minuten erreichten sie den Haupteingang. Außer ihnen hielt sich keine Menschenseele dort auf. Das Tor war geschlossen, weshalb sie eine Pforte neben der Friedhofsgärtnerei benutzten, zu der Walter den Schlüssel besaß. Nie zuvor war Theodor bei solcher Dunkelheit an dem Ort gewesen, der ihm nun, nachdem er ihn so lange nicht aufgesucht hatte, ganz fremd und wahrhaftig unheimlich erschien. Es konnte schwerlich ausbleiben, daß ihm verschiedene unliebsame Details aus den Schauergeschichten einfielen, die er von Walter schon gehört hatte. In seiner ängstlichen Vorstellung mischten sie sich mit den vorhin in jenen Magazinen geschauten Bildern, was zu den entnervendsten Ergebnissen führte. Der Mond wurde von einer dichten Wolkenschicht verborgen, und von Bäumen und Grabmälern waren nur schwarze Umrisse zu erkennen. Vor dem Eintauchen in die Finsternis auf den Wegen hatte Theodor Angst.

»Komm mit«, forderte Walter ihn leise auf.

In möglichst geringem Abstand folgend, wagte Theodor nicht einmal zu fragen, wohin er mitkommen sollte. Gottlob war weder Grab noch Gruft ihr Ziel, sondern die Friedhofskapelle. Ihre Silhouette erhob sich rechterhand. Wenn er sich auch nicht mehr an seine Dorli-Zeit und seine Aufenthalte an der Außenmauer der Kapelle erinnern konnte, verspürte Theodor dennoch eine gewisse Vertrautheit, als er wieder davorstand.

»Hier ist es«, sagte Walter und zeigte auf eine Stelle der Mauer, nicht weit vom Eingang entfernt. Er zog eine Taschenlampe aus der Jackentasche, um die Stelle zu beleuchten. Im Lichtkegel sah Theodor die aus dem Putz herausschauenden Schnittflächen von vier dunklen, eingemauerten Holzstücken. Er erkannte sie nicht wieder, deshalb fragte er: »Was soll das sein?«

»Das«, flüsterte Walter, »ist Holz vom Kreuz Jesu. Hier, halt mal die Lampe, damit ich was abschaben kann.«

»Das soll Holz vom Kreuz Jesu sein?« wunderte sich Theodor. »Hoffentlich stimmt das.«

Er leuchtete, während Walter, ohne etwas zu erwidern, mit einem Taschenmesser von jedem der vier Holzstücke ein paar Späne löste, um sie in einem kleinen, transparenten Kunststoffbeutel zu sammeln. Sowie eine bestimmte Menge, von der er genau zu wissen schien, wie groß sie sein mußte, beisammen war, hörte Walter auf.

»Das reicht«, sagte er. »Du kannst mir die Lampe wiedergeben. Als nächstes werden wir die Holzspäne in der Kapelle verbrennen.«

Für einen Augenblick gaben die Wolken den etwa dreiviertelvollen Mond frei, und der an alten Grabmälern reiche Teil des Friedhofs, der von der Kapelle aus sichtbar war, wurde von einem zauberhaften, wenn auch schimmlig anmutenden Licht übergossen, um gleich darauf wieder in Schwärze zu versinken. Unmittelbar vor dem Moment des Verlöschens, fast gleichzeitig damit, glaubte Theodor in der Entfernung vier Engelstatuen zu sehen und hatte den irrationalen Eindruck, sie winkten ihm zu wie zum Abschied. War das etwa die Ankündigung, daß ihm die Erzengel wegen seiner Seelenvergiftung tatsächlich den Energiehahn zudrehen wollten? Dann war es allerhöchste Zeit, von ihnen unabhängig zu werden!

Walter hatte davon nichts mitbekommen, er beschäftigte sich schon damit, die hintere Tür der Kapelle zu öffnen. Ob er einen Schlüssel oder etwas anderes benutzte, war nicht zu erkennen, jedenfalls war er erfolgreich. Der Raum, in den sie eintraten, war die Sakristei. Weil es sich aus Vorsichtsgründen nicht empfahl, das

Deckenlicht einzuschalten, leuchtete Walter mit der Taschenlampe umher, bis er anscheinend fand, was er suchte. Auf diese Weise sah Theodor wenig von dem Raum, außer flackernder Schatten lediglich einen Totenschädel, eine alte Jacke, ein vergoldetes Kruzifix und eventuell einen Vogelkäfig. Vor Angst, sein Anschluß an den Erzengel-Motor könne von der anderen Seite zu früh unterbrochen werden, war er unaufmerksam und ungeduldig wie ein Kind. Es kostete ihn große Überwindung, Ruhe zu bewahren und sich nicht dazu hinreißen zu lassen, Walter mit Schreien und Faustbieben zur Eile anzutreiben. Statt dessen schloß er die Augen und rang die Hände hinter dem Rücken des Drogenspezialisten, der voller Eifer mit irgendwelchen geheimnisvollen Manipulationen befaßt war. Endlich nahm Theodor Brandgeruch wahr und riß die Augen auf. In einem silbernen Gefäß, gewiß einem geweihten Gegenstand, verbrannten die Holzspäne unter Walters fürsorglichem Stochern.

»Kohle ist das ja eigentlich nicht«, stellte Theodor angesichts des Verbrennungsprodukts besorgt fest. »Es sieht eher nach ›Kreuz-Jesu-Asche‹ aus. Daß wir nur nichts falsch machen!«

Walter beruhigte ihn, es habe alles seine Ordnung, die alten Bezeichnungen seien halt manchmal etwas unpräzise. Man müsse den Bildungsstand jener Leute in früheren Zeiten bedenken. Er zerstieß die Asche in dem Gefäß, bis sie völlig pulverisiert war, um dann Theodor und sich selbst zwei ungefähr gleich große Häufchen in die Handflächen zu schütten.

»Vor dem Schlucken erst gut einspeicheln«, riet er.

Das war also der große Moment, den Theodor so sehnsüchtig erwartet hatte. Er war neugieriger und angespannter als je zuvor. All seinen Befürchtungen zum Trotz bestand die Verbindung mit dem Erzengel-Motor noch immer. Selbst wenn sie im nächsten Augenblick zusammenbrechen sollte, würde das durch die Wirkung der Kreuz-Jesu-Kohle mehr als kompensiert werden. Eigentlich konnte zu diesem Zeitpunkt nichts mehr fehlschlagen. Ganz unfeierlich und ohne jedes Ritual wurde das graue Pulver aufgeleckt. Es besaß einen widerwärtigen Geschmack, der nur im Hinblick auf den angestrebten Zweck zu ertragen war. Unverhältnismäßig lange kämpfte Theodor damit, bis er sich endlich überwinden konnte, den im Mund entstandenen Brei zu schlucken. Indessen schien Walter mit dem Lichtstrahl der Taschenlampe Schatten zu jagen.

»Was tust du da?« erkundigte sich Theodor irritiert.

»Mir war, als ob sich da etwas bewegt hätte«, kam die Antwort aus einem finsteren Winkel.

»Was sollte sich denn da bewegen?«

»Das will ich ja gerade herausfinden.«

Wesen aus Geschichten, die Walter ihm erzählt hatte, drängten sich Theodors Vorstellung auf, aber auch wieder solche, wie er sie auf den Photos gesehen hatte. Er verspürte entschieden keine Lust, noch länger an dem unerfreulichen Ort zu bleiben, und wollte wissen, ob man nicht einen angenehmeren aufsuchen könne.

»Dazu wird uns keine Zeit bleiben«, sagte Walter, »Kreuz-Jesu-Kohle wirkt innerhalb weniger Minuten, eigentlich müßten wir schon etwas merken. Da! Hast du es auch gesehen? Da hat sich wieder was bewegt, etwas Lebendiges, dort, bei der Tür zum Altarraum!«

Wieder fuchtelte er wild mit der Taschenlampe herum und setzte jenem Lebendigen nach, das sich, wie er glaubte, unter den kreuz und quer gehetzten Schatten verbarg. Er wollte es unbedingt stellen.

»Jetzt ist es nach drinnen entwischt!« rief er. »Ich habe genau gesehen, wie die Tür sich geöffnet hat! Komm mit und hilf mir!«

So unmittelbar vor dem Einsetzen der Wirkung fand Theodor eine derartige Verfolgungsjagd höchst unangebracht. Unruhe und Hektik waren das letzte, was er im Moment gebrauchen konnte, da es doch um eine erhabene Transformation seines inneren Wesens ging und er dabei war, gottbegabt zu werden. Verärgert über die Störung, folgte er Walter notgedrungen, weil dieser ja über die Lichtquelle verfügte. Der Lichtstrahl der wie von einem Wahnsinnigen geschwenkten Taschenlampe schien dementsprechend wirre Bildfragmente blitzartig ins Dunkel der Kapelle zu projizieren. Ehe das Bewußtsein sie erfassen konnte, wurden sie durch neue, ebenso unidentifizierbare, abgelöst.

»Kennst du die Fresken in der Apsis?« fragte Walter überraschenderweise. Trotz der Jagd auf das Phantom blieb ihm offenbar noch genügend Muße zur Kunstbetrachtung. »Sie sind sehr bemerkenswert und stellen ...«

Seine Rede brach ab, der Strahl der Lampe war jetzt dauerhaft auf das Altarkreuz gerichtet, und Theodor sah etwas, dem er keinen Glauben schenken konnte. Es ging schnell, aber immerhin nicht zu schnell, um es einigermaßen erfassen zu können: Von dem Kruzifix, an dem soeben noch die übliche Christusfigur gehangen hatte, löste sich eine lebende Gestalt und sprang, ohne daß zu verstehen gewesen wäre, wie sie diesen Absprung technisch fertiggebracht hätte, weshalb es vielleicht besser heißen sollte, sie flog in Richtung der Lichtquelle. Unterwegs nahm sie in unerhörtem Tempo und Ausmaß an Größe zu, so daß sich kaum eine Sekunde später ein mindestens zwei Meter großer, pechschwarzer Kerl auf Walter stürzte und ihn zu Boden riß. Das war gewiß nicht der Heiland, von dem waren solche Verhaltensweisen nicht überliefert. Eine durchdringend schrille, phrenetische Stimme – wem sie gehörte, wußte Theodor nicht – stieß die Worte aus: *»Das ist das Gift Gottes!«* Gleichzeitig erlosch das Licht der Taschenlampe. In der fast gänzlich nachtschwarzen Kapelle fand zwischen Walter und seinem Angreifer (falls nicht sogar weitere hinzugekommen waren, die in den Schatten gelauert hatten) ein erbitterter Kampf statt, wie an furchtbarem Schreien, Ächzen, Wälzen, Schlagen, Reißen und Brechen zu hören war. Auf dem Höhepunkt des Tumults trat eine furchtbare olfaktorische Komponente hinzu: der Gestank von versengtem Haar und angebranntem Fleisch. Theodors Bewußtsein tat wie zuvor das Licht.

»Tochter Zion, freue dich«, sangen die Tanten und fuhren dann wie üblich nach der Melodie von ›Deutschland, Deutschland über alles‹ fort: »Alle Menschen werden Brüder für das deutsche Vaterland!«

Die alten Damen waren außer sich vor Freude und Stolz. Ihr Neffe, von dem sie schon immer gewußt hatten, daß er genial und gottbegabt war, lieferte ihnen durch seine neusten Entwicklungsfortschritte allen Grund dazu. Gern hätten sie dies gebührend gefeiert und ihn mit selbstgebackenen Kuchen und Torten verwöhnt, aber er bedurfte der festen Nahrung nicht mehr. Neuerdings funktionierte der Energiehaushalt seines Körpers wie eine Autobatterie; indem er arbeitete, lud er sich auf. Daher konnte Theodor auf Schlaf ebenso verzichten wie aufs Essen, mußte aber viel trinken. Was die entzückten Tanten selbstverständlich nicht ahnten, war, daß er sich aufgrund der Einnahme von Kreuz-Jesu-Kohle so verändert hatte.

Wie hatten sie gelitten, als er an jenem Samstag nicht heimgekommen, sondern erst am nächsten Vormittag vom Pfarrer und einem Arzt gebracht worden war. Am Morgen hatte ihn der Küster ohnmächtig vor dem Altar der Friedhofskapelle liegend gefunden. Niemand, auch er selbst nicht, hatte eine Erklärung für die große, häßliche Narbe an seinem Kopf. Wohlgemerkt, keine Wunde, sondern eine Narbe, von der Mitte der Stirn bis zur rechten Schläfe. Das Auftreten eines dermatologischen Phänomens dieser Ausprägung machte den Arzt ratlos. Der Pfarrer bemühte biblische Parallelen von mysteriösen Wundmalen, die die Tanten später mit der außerordentlichen Gabe in Verbindung brachten, die Theodor nunmehr besaß. Ein Gezeichneter war er in ihren Augen, gezeichnet von einer göttlichen Macht, die sein Haupt berührt hatte. Auf die Frage, was er überhaupt in der Friedhofskapelle zu schaffen gehabt habe, antwortete Theodor, sein neuer Freund, der Friedhofsarbeiter, habe ihm unbedingt die Fresken zeigen wollen. Was dann geschehen sei, wisse er auch nicht.

»Aber«, hatte der Pfarrer vorwurfsvoll gefragt, »was für einen schlechten Scherz habt ihr euch mit dem Kruzifix erlaubt, Junge? Wie konntet ihr nur die Christusfigur abnehmen und statt dessen die häßliche verkohlte Puppe daranagelnn? Das ist Gotteslästerung!«

»Davon weiß ich nichts«, hatte Theodor erwidert, indem er von einer grauenhaften Ahnung beschlichen worden war.

Unmittelbar nachdem er in seinem Bett wieder zu Bewußtsein gekommen war, hatte er bemerkt, daß er seine geistigen und körperlichen Funktionen kontrollieren konnte, ohne sich zuvor an den imaginären Erzengel-Motor anzuschließen. Das konnte nur die Folge der Einnahme von Kreuz-Jesu-Kohle sein. Er besaß jetzt also übermenschliche Fähigkeiten und war tatsächlich gottbegabt! Sein Intellekt erwies sich als bedeutend geschärft, zudem wußte er auf einmal eine Unzahl technischer Dinge, die ihm die Erzengel seinerzeit nicht mitgeteilt hatten. Von ihnen war er auf seiner neuen Entwicklungsstufe zweifellos unabhängig. Ihren Zorn über etwaigen Verrat brauchte er nicht länger zu fürchten. Und das, schloß er messerscharf, bedeutete, daß er ohne Gefahr das geheime Energiesystem zur Grundlage seiner eigenen Motorentwicklung machen konnte. Ab sofort war er selbst beziehungsweise seine Arbeit sein Antrieb, und in diese Arbeit stürzte er sich.

Zuerst warf er das Bett aus seinem kleinen Zimmer und stellte statt dessen einen großen Tisch hinein. An dem Tisch saß er fortan, trank Wasser und bedeckte unzählige Blätter Papier mit Berechnungen und technischen Zeichnungen. Der kraftstoffunabhängige Motor nahm unter seinen emsigen Händen Gestalt an. Freilich geschah das nicht zugunsten von Herrn Oswald. Für den arbeitete Theodor nun in der Tat nicht mehr, außerdem wollte der ihn auch gar nicht mehr beschäftigen, nachdem der Verdacht der Gotteslästerung auf den jungen Angestellten gefallen war. Theodor hatte Größeres vor. Walters Worte gingen ihm nicht mehr aus dem Sinn: »Du sollst sehen, du kommst ganz groß raus, am Ende gehörst du noch zum elitären Ingenieurszirkel in Aervegebank.« Darüber hinaus aber verschwendete er an den Gefährten jener schicksalhaften Stunden, dem er so unendlich viel verdankte, keinen Gedanken. Auch die so überaus verstörenden Bilder und Informationen, von denen er durch Walter Kenntnis genommen hatte, waren verbannt aus seinem Denken, das inzwischen ein reines Ingenieursdenken war.

An einem der nächsten Tage kamen Kriminalbeamte, um ihn wegen des Verschwindens eines Friedhofsarbeiters zu befragen, den er gekannt und nach Aussage von dessen Schwester am Tag des Verschwindens besucht haben sollte. Theodor wiederholte seine Version vom gemeinsamen Betrachten der Fresken. Von dem Drogenexperiment und der schwarzen Gestalt, die Walter vom Kruzifix aus angesprungen hatte, erwähnte er wohlweislich kein Wort. Statt dessen berichtete er von Unbekannten, die plötzlich in die Friedhofskapelle eingedrungen und über Walter hergefallen seien. Beim Versuch, diesem zu helfen, sei er selbst niedergeschlagen worden und habe eine Ohnmacht erlitten. Da es dunkel war, habe er die Angreifer vorher kaum sehen können, ein eventuelles Wiedererkennen sei ausgeschlossen. Über Walters Schicksal wisse er nichts, und was die Schändung des Kruzifixes betraf, war er überzeugt, sie müsse gleichfalls den anonymen Tätern angelastet werden. Die Polizisten nahmen alles zu Protokoll und verließen das Haus, ohne sich je wieder zu melden.

Nun fanden die Tanten, es sei höchste Zeit, daß die Öffentlichkeit von Theodors einzigartigen Fähigkeiten erführe. Wie sollte seine Gottbegabtheit sonst der Welt nützen? Sie riefen bei der größten Tageszeitung von Aervegebank an und teilten dem verblüfften Redakteur mit: »Unser Neffe ist gebenedeit unter den Ingenieuren. Er hat *die Gabe*, ›Gottes wahre Gift‹, wie Goethe es nannte, und er funktioniert wie eine Autobatterie. Zur Zeit arbeitet er an einer umwälzenden Erfindung, an nichts Geringerem als einem veritablen Wundermotor.« Und sie nannten ihre Adresse.

Am folgenden Vormittag erschien ein Lokalreporter in Begleitung eines zweiten, mit einer großen Kamera ausgerüsteten Mannes. Der Photograph ergriff das Wort und fragte auf sehr unfeine Art nach dem »jungen Genie«, das hier angeblich wohne. Argwöhnisch sahen ihn die alten Damen an, denn er wirkte grobschlächtig, hatte eine Säufernase und roch stark nach Fusel. Doch weil das technische Resultat seiner Anwesenheit zweifellos der Verbreitung von Theodors Ruhm dienen würde, mußte er akzeptiert werden. Zuerst photographierte er das Häuschen, dann die Tanten, die er aufs albernste posieren ließ.

»Und wo ist jetzt das Wundertier?« rief er dann mit roher Stimme. Zu fünft fiel man in Theodors Zimmer ein. Während ihn der Reporter mit Fragen überschüttete und die Tanten aufgeregt dazwischenfunkten, stellte der Photograph die Zimmereinrichtung um. Den Arbeitstisch schob er ans Fenster und stellte aus den Zeichnungen und Berechnungen ein seiner Ansicht nach »kreatives Chaos« her. Theodor mußte sich auf die Papiere legen und einen Bleistift quer in den Mund nehmen.

»Jawoll«, tönte der Photograph, »der wahnsinnige Professor bei der Arbeit! Rollen Sie mal mit den Augen, junger Mann! Und eine von den Damen setzt ihm ihre Brille auf, ja? Die Haare ruhig etwas wirrer! So!«

Er machte einige Aufnahmen, dann wollte er unbedingt Theodors Schuhsohlen mit auf dem Bild haben und lichtete den Liegenden aus der entsprechenden Perspektive ab. Damit war er endlich zufrieden. Da der Reporter auch keine Fragen mehr hatte, verabschiedeten sich die Zeitungsmänner. Theodor räumte das Zimmer auf und sortierte seine Papiere.

»Nun bist du bald berühmt!« triumphierten die Tanten.

Es dauerte etwa eine Woche, bis wieder jemand aus Aervegebank kam. Diesmal war es ein auffällig seriöser, nicht mehr ganz junger Herr mit Melone, steifem Kragen und dunklem Mantel. Er überreichte den Tanten seine Visitenkarte, die ihn als Dipl. Ing. Arthur Goldbach auswies, und erkundigte sich, ob der junge Herr, über den die Zeitung vor ein paar Tagen berichtet habe, hier seinen Wohnsitz habe und zu sprechen sei. Dabei entnahm er der Innentasche seines Mantels die entsprechende Ausgabe des Blattes, faltete sie auseinander und präsentierte den fast eine Viertelseite füllenden Artikel. Die Überschrift lautete:

Genialer Mutant erfindet Wundermotor

Unter dem zwei Spalten breiten Photo, das von Theodors Schuhsohlen dominiert wurde, war zum Teil mehr oder weniger wortgetreu wiedergegeben, was die Tanten auf die Fragen des Reporters geantwortet hatten, zum größeren Teil aber bestand der Text wie üblich aus Mißverständnissen, Verdrehungen und mutwilligen Verfälschungen. Zum Beispiel hieß es, Theodor habe von Geburt an wie eine Autobatterie funktioniert. Und obwohl keine Rede davon gewesen war, schrieb der Verfasser, der Wunderknabe wolle künftig molekularbiologische Forschungen betreiben; sein Ziel sei die direkte Umwandlung von Fahrrädern in Automobile. Damit brachte der Journalist dann den in der Entwicklung begriffenen kraftstoffunabhängigen Motor in Verbindung und behauptete frech, er selbst habe diesen Antrieb bereits in Aktion erlebt. Tief ergriffen ließ er sich über die, wie er sich ausdrückte, »gottgefällige, nachgerade religiöse Qualität der Erfindung« aus, um endlich zu der Schlußformulierung zu finden: »Gott würde diesen Motor kaufen.«

Für die drei alten Damen war entscheidend, daß etwas über ihren Neffen, sogar mit Photo, in der Zeitung stand, auf Feinheiten des Textes konnten sie in ihrer Erregung nicht achten. Freudig gaben sie dem Besucher daher zur Antwort, ja, der Erfinder wohne bei ihnen in diesem Haus. Es machte großen Eindruck auf sie, daß ein Diplom-Ingenieur aus Aervegebank sich persönlich herbemühte, um Theodor zu sprechen. Die Tante, die die Visitenkarte entgegengenommen hatte, eilte zu dem »genialen Mutanten« und überbrachte ihm die Nachricht samt der Karte: »Herr Diplom-Ingenieur Goldbach kommt wegen des Zeitungsartikels über dich. Er hat ihn sogar mitgebracht! Wie wir gesagt haben: Nun bist du berühmt!«

Theodor las die Karte. ›Walters Prophezeiung erfüllt sich‹, dachte er. ›Und der Ingenieurszirkel von Aervegebank nimmt sogar von sich aus Kontakt auf. So ist es gut.‹

Er erhob sich und ging mit zur Haustür. Diplom-Ingenieur Goldbach, der nicht ohne Anstrengung Kontenance wahrte, während die Tanten willkürlich auf ihn einredeten, wandte sich Theodor mit einem Ruck zu, sobald er ihn erblickte. Ihm kollegial die Rechte hinstreckend, bat er um eine Unterredung unter vier Augen. Theodor stimmte ohne Umschweife zu und nahm Goldbach mit in sein Zimmer. Auf dem Tisch lag, säuberlich geordnet, ein höherer Stapel beschriebenen Papiers. Goldbach fragte: »Ist das Ihre Arbeit?«

»Ja.«

Theodor die aufgeschlagene Zeitung überreichend, fragte er weiter: »Was ist dran an dem Bericht? Funktionieren Sie tatsächlich wie eine Autobatterie?«

»Jawohl.«

»Beschäftigen Sie sich mit molekularbiologischen Forschungen?«

»Nein.«

»Nicht? Ist Ihr Ziel nicht die direkte Umwandlung von Fahrrädern in Automobile?«

»Was für ein bodenloser Unfug! Steht das in der Zeitung? Natürlich tue ich nichts dergleichen!«

»Aber an der Entwicklung eines kraftstoffunabhängigen Motors arbeiten Sie doch?«

»Ja, das trifft zu.«

»Und wie weit sind Sie damit, wenn ich fragen darf?«

»Fertig.«

»Stimmt es, daß Sie der Presse eine Demonstration von der Wirkungsweise des Motors geboten haben?«

»Nie und nimmer. Ich habe die Arbeit gestern erst abgeschlossen.«

Theodor zeigt auf den Papierstoß. Goldbach forschte weiter: »Eine praktische Umsetzung Ihrer Pläne und Berechnungen, ein Modell oder einen Prototyp gibt es also noch nicht?«

»Nein«, erwiderte Theodor, »aber ich habe den Antrieb gewissermaßen schon vorher in der Praxis erprobt.«

»Das hört sich nach einem Widerspruch an, finden Sie nicht?« fragte Goldbach.

»Es ist aber keiner.«

»Könnten Sie den Beweis für die praktische Funktionstüchtigkeit Ihrer Erfindung antreten?«

»Jederzeit.«

»Wie wollen Sie das schaffen, ohne Modell et cetera?«

»Ich synthetisiere die materielle Dimension.«

»Wie das?«

»Durch meine Imagination.«

»Ihnen ist aber hoffentlich bewußt, daß zwischen einer Sache, die Sie sich vorstellen, und einem serientauglichen Antriebssystem ein erheblicher Unterschied besteht?«

»Durchaus.«

»Und diesen Unterschied zu überbrücken, sehen Sie sich in der Lage, falls Ihnen später die technischen Möglichkeiten zu Gebote stehen sollten?«

»Auf jeden Fall. Ich garantiere dafür.«

»Dann darf ich Sie im Namen des Technischen Vereins von Aervegebank zu einer praktischen Vorführung Ihrer Arbeit einladen. Trauen Sie sich zu, jeden beliebigen motorlosen Apparat, der Ihnen präsentiert wird, zum Laufen zu bringen?«

»Jawohl.«

»Sehr gut. Paßt Ihnen Donnerstag? Neunzehn Uhr?«

»Danke, ja. Wohin soll ich kommen?«

»Zum Haus des Technischen Vereins. Ein Chauffeur wird Sie abholen. Halten Sie sich bitte bereit. Ich darf mich empfehlen.«

Den Tanten tat es leid, nicht dabeisein zu können, wenn ihr gottbegabter Neffe seinen ersten großen Auftritt in der Welt der Technik hatte. Doch ins Zentrum von Aervegebank zu reisen, erfüllte sie mit Furcht, und unter all den Fachleuten wären sie sich fehl am Platz vorgekommen. Deshalb versahen sie Theodor mit guten Ratschlägen und legten tüchtig Hand an bei der feierlichen Gestaltung seines Äußeren. Der Scheitel war wie mit der Axt gezogen, der Krawattenknoten hätte einem Staatspräsidenten zur Ehre gereicht, Hemd und Anzug waren makellos gebügelt, die Schuhe glänzten. Zum Tragen des Regenmantels sowie zum Mitnehmen eines Schirms rieten sie ihm sehr. In Aervegebank, so hörte man immer wieder sagen, regnete es unablässig, und über den Regen verlautete nichts Gutes.

»Es soll pure Säure vom Himmel fallen«, warnten die Tanten. »Von allen Autos ist der Lack gewaschen, heißt es, und die Häuser sind ganz zerfressen! Sieh dich nur vor, daß du nicht naß wirst!«

Um achtzehn Uhr fuhr eine dunkle Limousine vor. Der Chauffeur stieg aus und klingelte an der Haustür.

Zu den alten Damen, die ihm überstürzt öffneten, sagte er, er habe Auftrag, den jungen Herrn zum Technischen Verein in Aervegebank zu bringen. Als sei es ein Abschied für immer, geleiteten die Tanten Theodor unter Tränen und Umarmungen zum Wagen, der ihn dann aufnahm und davontrug.

Vom Fond der Limousine aus betrachtete Theodor die ihm unbekannte, sich rasch verändernde Landschaft. Sehr bald überwogen Industriebauten und trostlose Wohnquartiere. Der Himmel war von dicken schwarzen Rauchwolken aus unzähligen Schornsteinen verfinstert. Tatsächlich sah Theodor nicht wenige Fahrzeuge, deren rostige Oberflächen keine Spur von Lack aufwiesen. Und ganz wie die Tanten gesagt hatten, waren die Fassaden der Gebäude großenteils von Säure angegriffen. Es war dunkel, als die Limousine, deren Lack übrigens unversehrt schien, sich dem Zentrum von Aervegebank näherte. Bauwerke, die mehr als doppelt so hoch waren wie das Mietshaus, in dem Walter gewohnt hatte, ragten hier, künstliche Beleuchtung, wie Theodor sie noch nie gesehen hatte, trotzte der hereinbrechenden Nacht. Erschreckend viele Menschen liefen auf Straßen und Bürgersteigen herum, erschreckend war in vielen Fällen auch ihr Aussehen. Theodor glaubte, die Auferstehung der Toten sei im Gange, so viele ausgezehrte Madengesichter mit glühenden Augen in tiefen, schwarzen Höhlen waren unterwegs. Andere waren über und über bemalt oder mit Lehm beschmiert und trugen extrem langes, verfilztes und mit Dung durchmischtes Haupt- und Barthaar, irren Blicks auch sie. Überraschend zahlreiche große Kruzifixe fielen überall auf, teils an oder auf Gebäuden, teils von Menschen beidhändig getragen.

Bedrückende Musik dröhnte aus etlichen Lokalen. Theodor war heilfroh, im Innern des Wagens sitzen zu können, um nichts in der Welt hätte er sich zu Fuß auf die Straßen begeben. Zu seiner Erleichterung ließen sie diesen Teil des Zentrums hinter sich und erreichten schon bald eine wesentlich unbelebtere, spärlich beleuchtete Gegend. Es gab keine Geschäfte und Lokale, nur burgartige alte Bauten, wahrscheinlich die Residenzen von Großfirmen, Verbänden und Kanzleien. Vor einem fast schwarzen Sandsteinpalast hielt die Limousine. Der Chauffeur stieg aus und öffnete dem Fahrgast die Tür mit den Worten, hier sei das Haus des Technischen Vereins. Vor dem barocken Portal, auf das eine an der Mauer befestigte Laterne gelbes Licht warf, erschien ein alter Hausdiener. Er verständigte sich kurz mit dem Chauffeur, winkte Theodor heran und hielt ihm den rechten der beiden schweren Türflügel auf. Für den das Vestibül ausfüllenden pompösen Unsinn aus Stuck, Marmor und Kristall hatte Theodor keinen Blick, der Diener eilte bereits voraus und rief: »Kommen Sie bitte, man wartet!« Theodor setzte ihm nach, den breiten Flur entlang, der vor einer anderen großen Flügeltür endete. ›Versammlungssaal‹ stand in Messinglettern daran. In dem Augenblick, als die beiden dort ankamen, schlüpfte Diplom-Ingenieur Goldbach heraus. Sichtlich nervös grüßte er Theodor und fragte ihn, ob er bereit sei. Theodor blieb kaum Zeit zu antworten, im selben Moment wurde er schon in den Versammlungssaal befördert. Die Tür fiel hinter ihnen ins Schloß, für einen winzigen Moment konnte man noch im sich schließenden Türspalt sehen, wie der Diener draußen auf dem Flur ein Gesicht wie ein Ertrinkender machte. Ob es eine Warnung sein sollte, ob ihn ein privates Leiden überfiel, oder ob er sich einen Scherz erlaubte, war nicht ersichtlich.

Nebelartig trübte der Qualm zahlloser Zigarren das Licht im großen, von Murmeln und Raunen erfüllten Saal. Theodors Augen überflogen die Menge der Versammelten, Goldbach drängte ihn geschwind an den Sitzreihen vorbei zum Podium am anderen Ende des Raums. Es war eine richtige kleine Bühne, über zwei, drei Stufen zu besteigen. Kaum stand Theodor droben, zog sich Goldbach wieder zurück. Eine Vorrede zu dem folgenden war ja unnötig, denn alle Anwesenden wußten genau, worum es ging. Auf seiner neuen Entwicklungsstufe verfügte Theodor nicht nur über eine immense technische Begabung, sondern gleichermaßen über eine Selbstsicherheit, die ihm sogar in einer so ungewohnten Situation wie dieser weltgewandtes Auftreten ermöglichte. Infolgedessen straffte er seine ganze Haltung, vertraute auf den perfekten Sitz von Anzug und Krawatte sowie den Glanz seiner Schuhe und erklärte sich nach knappem Gruß bereit, auf der Stelle jeden beliebigen Apparat, dessen Motor man vorher entfernt hatte, zum Laufen zu bringen. Zwei Diener trugen im nächsten Moment einen großen, mit weißem Tuch verhüllten Gegenstand auf das Podium. Eine Stimme aus der Menge der versammelten Ingenieure gab ein Kommando, woraufhin die Diener das Tuch und gleich darauf auch sich selbst dezent entfernten. Theodor sah sich einer Maschine gegenüber, wie er nie zuvor eine gesehen hatte und konnte daher auch nicht wissen, welchem Zweck sie dienen mochte. Nichtsdestoweniger erkannte er dank seiner Begabung so schnell und zielsicher, wie ein Hund das Hinterteil eines anderen bei einer Begegnung aufspürt, die Stelle des Apparats, die mit dem Antriebssystem verbunden werden mußte. Er konzentrierte sich mit aller Kraft darauf, diese Stelle an sein inneres Bild des Erzengel-Motors anzuschließen, was innerhalb von Sekunden auch gelang. Jemand, der nicht wie eine Autobatterie funktionierte, wäre von der dazu nötigen Anstrengung tot niedergesunken, bei Theodor aber bewirkte diese sogar einen Kräftezuwachs, und er ließ die angeschlossene Maschine entsprechend schnurren. Mühelos hätte er sie durchbrennen und zerspringen lassen können, nahm aber, um einen seriösen Eindruck zu machen, Abstand von derart eitler Zurschaustellung seiner Stärke und sorgte für einen stabilen, vertrauenerweckenden Gleichlauf.

Man applaudierte reichlich. Theodor ließ die Maschine stillstehen und verbeugte sich. Als hätte auch die Deckenbeleuchtung ihre Energie bisher durch den nun abgeschalteten imaginären Wundermotor bezogen, wurde es augenblicklich düsterer und rauchiger im Saal. Für einen Moment sah Theodor eine Horde grauer, unscharfer Gespenster vor sich kauern, die ihre ungesund glimmenden Augen neugierig und mit fragwürdigen Absichten auf ihn gerichtet hatten. Doch da war Goldbach bei ihm, um ihn vom Podium zu geleiten, und der spukhafte Eindruck verflog.

»Ich darf Sie nunmehr mit Herrn Primaringenieur Leibgrus bekannt machen, der dem Technischen Verein von Aervegebank vorsteht«, sagte Goldbach, als er Theodor zu einem massigen Mann führte, der in der ersten Reihe auf einem Armstuhl förmlich thronte.

Der Primarius war in einen grauen Anzug gekleidet, hatte streng zurückgekämmtes, volles Haar und trug eine starke Brille. Was an ihm besonders auffiel, war sein großer Mund mit den ungewöhnlich wulstigen Lippen. Diesen entnahm er mit der Linken seine Zigarre und streckte Theodor die Rechte hin.

»Zum Frieden führe uns Jesus!« sprach er mit starker, tiefer Stimme. »Ich erlaube mir, Ihnen schon jetzt zu gratulieren, junger Mann. Das Ganze beruht auf Gleichgewicht. Sie haben die Prüfung bestanden, die erste wenigstens. Sehr richtig. Respekt! Wenn auch auf der Hand liegt, daß Sie in der Lage sind, einen Apparat kraft Ihres Willens zu betreiben, fehlt doch die materielle Umsetzung des Prinzips in Form eines serienmäßig herstellbaren Motors.«

Goldbachs Miene in diesem Augenblick besagte: ›Genau das habe ich ihm bereits bei meinem Besuch im Häuschen seiner Tanten gesagt.‹

Theodor erwiderte gelassen: »Ein sekundäres Problem, Herr Primaringenieur. Nach meinen Berechnungen und Zeichnungen kann ein solcher Motor leicht gebaut werden.«

»Fehlen darf nichts«, nickte Leibgrus. »Man muß die Gedanken auf Jesus richten, man muß die Gebote halten, sind Sie reif dafür? Bei der Realisation Ihrer Pläne werden Ihnen die versiertesten Ingenieure von Aervegebank zur Seite stehen. Zunächst muß die technische Seite der Erfindung allerdings von uns geprüft werden. So schreibt es der rechte Glaube vor, so ist es die Erfüllung des Gesetzes. Junger Mann!«

Er winkte Theodor mit dem Zeigefinger näher zu sich heran. Nach einem Zug an der Zigarre fuhr er, den Rauch ausstoßend, fort: »Auf Ehre und Gewissen, nur Tugend besteht und bleibt. Sprich die lautere Wahrheit, auf daß du lange lebest und es dir wohl ergeht auf Erden. Geschätzter Herr, sagen Sie mir, ob es wahr ist, was man von Ihnen behauptet: Funktionieren Sie wie eine Autobatterie?«

»Jawohl«, antwortete Theodor, »das trifft zu. Es kann ohne weiteres durch eine ärztliche Untersuchung nachgewiesen werden. Ich stehe zu Ihrer Verfügung.«

»Danke«, brummte Primaringenieur Leibgrus und sog an der Zigarre. »Unsere Ärzte werden es überprüfen. Sei rein, sei gesund. Wir müssen sichergehen, daß alles richtig ist. Für die Dauer der notwendigen Untersuchungen müssen Sie sich hier im Hause bereithalten. Können Sie abkommen? Ist Ihnen ein solcher Aufenthalt möglich? Er kann gewiß mehrere Tage dauern, alles muß richtig in der Welt stehen. Sei ehrlich mit dir selbst! Sie sind minderjährig, Herr, wir können Ihnen eine Sondergenehmigung erteilen. Bis das Ergebnis vorliegt, sind Sie unser Gast.«

»Ich nehme Ihr großzügiges Angebot dankend an«, sagte Theodor unvermindert selbstsicher. Leibgrus wies daraufhin Goldbach an, für Theodors Unterbringung, die nötigen Untersuchungen und alles weitere Sorge zu tragen. Dann entließ er die beiden mit den Worten: »Ich sehe Sie zu gegebener Zeit. Leben Sie einstweilen wohl. Zum Frieden führe mich Jesus.«

Goldbach nahm Theodor mit in sein Büro, um ein offizielles Schreiben an die Tanten aufzusetzen, worin stand, was soeben beschlossen worden war. Außerdem bat er sie, dem Überbringer ausreichend Wäsche für Theodor sowie sämtliche die Erfindung betreffenden

Unterlagen mitzugeben. Mit diesem von Theodor gegengezeichneten Schriftstück wurde dann der Chauffeur losgeschickt. Für Theodor bestand nicht der geringste Zweifel am Ausgang der Prüfungen. Zu den alten Damen würde er nie zurückkehren. Sie und alles, was mit ihnen zusammenhing, ließ er nun weit hinter sich. Vor ihm lag eine blendende Zukunft in Aervegebank. Es konnte nicht mehr lange dauern, bis er zum Ingenieurszirkel gehörte.

Ihm wurde ein im Keller gelegener Raum zugewiesen, der kein Bett, sondern bloß einen Tisch und einen Stuhl enthielt. Mehrere Ingenieure überwachten die Vorbereitungen und beobachteten sodann den Verlauf der Untersuchungen von außen durch eine Glasscheibe. Zunächst wurde Theodor von drei Ärzten, die Primaringenieur Leibgrus persönlich bestimmt hatte, untersucht. Man brachte bei ihm an diversen Körperstellen Elektroden an und verband diese mit Meßinstrumenten, die seine Atmung, Herztätigkeit und Hirnströme aufzeichneten. In regelmäßigen Abständen wurden Kreislauf- und Pulsmessungen durchgeführt und Blutproben entnommen. Damit festgestellt werden konnte, ob er sich wirklich mittels Arbeit energetisch auflud, versorgte man ihn mit schwierigen Aufgaben, ließ ihn komplizierte, seitenlange Berechnungen anstellen und technische Zeichnungen beziehungsweise Diagramme fertigen. Der Primarius überzeugte sich persönlich von den Prüfungsergebnissen: Bei dem Probanden stellte sich keinerlei Müdigkeit ein, noch verspürte er den geringsten Hunger. Seine Arbeitsleistung war nach vierundzwanzig Stunden unverändert und blieb auch weiterhin konstant. Eindeutig nahm sie durch noch so starke Beanspruchung nicht ab. Nach einer Woche, während der Theodor weder geschlafen noch gegessen, wohl aber viel Wasser getrunken hatte, beendete Leibgrus das Examen in der Gewißheit, es hier in der Tat mit einem Mutanten zu tun zu haben. Die Veröffentlichung des Testergebnisses bedeutete eine Sensation.

»Junger Mann«, sprach Leibgrus feierlich zu Theodor, als dieser wieder von den Elektroden befreit war, »sehr richtig, alles absolut richtig. Die Erfüllung des Gesetzes. Wir haben das Resultat, um Jesu Barmherzigkeit! Als nächstes bauen wir Ihren wunderbaren Motor! Zum Frieden führe mich Jesus! Kommen Sie mit in mein Arbeitszimmer.«

Dort, unter vier Augen, drückte er Theodor an seine Brust. »Mein Sohn, mein geliebter Sohn!« fuhr er gerührt fort. »Obwohl wir hier den Beweis haben, reicht unser Verstand doch nicht aus, die Ursache zu begreifen. An Ihnen hat sich das Wunder vollzogen, anbetend knien wir davor. Sie sind, zärtlich geliebter Freund, ein neuer Sproß am Stammbaum des Menschengeschlechts, der Repräsentant eines wahrlich unfaßbaren Evolutionsfortschritts. Bedenken Sie die Konsequenzen! Dank dieses Wunders, so der HErr an Ihnen tat, vermag sich unsere Spezies aufzuschwingen, das bis anhin für unerreichbar Gehaltene zu erreichen. Die aus Ihnen hervorgehen werden, Ihre gesegneten Nachfahren, werden Ingenieure von Geblüt sein, wie die Welt sie noch nicht gekannt hat.«

Das Wort »Nachfahren« hörte Theodor nüchtern und kalten Herzens, die geschlechtliche Vermehrung war ihm mittlerweile eine bekannte, wissenschaftlich eingeordnete Tatsache. Vor der Einnahme von Kreuz-

Jesu-Kohle war er wegen jener Dinge völlig außer sich geraten, jetzt begriff er sie als technische Angelegenheit, die ihn nicht persönlich berührte. Er war gottbegabter Ingenieur, der Erfinder des kraftstoffunabhängigen Motors, aber niemand, der Nachkommen haben würde. Trotz dieser Überzeugung widersprach er Leibgrus nicht, weil er seine Karriere nicht unnötig gefährden wollte. Sollte der Mann sich ruhig der irrigen Hoffnung hingeben, Theodor werde eine neue Generation von Überingenieuren zeugen, und mochte er sogar wie folgt fortfahren: »Bitte, sehen Sie, mein Sohn, Ihren künftigen Schwiegervater in mir, der Ihnen in dieser gesegneten Stunde seine einzige Tochter zur Frau angelobt. Verstehen Sie recht? Mein eigen Fleisch und Blut, die Perle, die ungepflückte Blüte – ich reiche sie Ihnen dar, weihe sie Ihnen! Erweisen Sie mir die Ehre, dies wertvollste Geschenk anzunehmen!«

Theodor tat erfreut und willigte ein. Zu seiner Erleichterung unternahm der Primarius weder jetzt noch später konkrete Schritte zur Anbahnung einer persönlichen Begegnung Theodors mit der ihm Versprochenen. Er bekam sie nie zu Gesicht, die Abmachung blieb rein theoretischer Natur. Gleichwohl galt er in Ingenieurskreisen ab sofort als mit der Tochter des Primarius verlobt.

Fortan bewohnte Theodor ein Gästezimmer im Haus des Technischen Vereins. Seine offizielle Aufnahme wurde erwogen, und es sollte ihm ermöglicht werden, einen Prototyp seines Motors zu bauen. Inzwischen scharfsinnig und gewitzt, wollte er sich nicht so ohne weiteres in die Karten sehen lassen und bestand darauf, das Projekt ganz allein in einer Werkstatt zu realisieren, zu der nur er die Schlüssel besaß. Aus Respekt erfüllte man ihm den Wunsch. So verbrachte er fortan seine Zeit hauptsächlich in Klausur, seine vom Chauffeur bei den Tanten abgeholten Aufzeichnungen mittels feinmechanischer Präzisionsarbeit in die Dimension der stofflichen Dinge übertragend. Nicht selten, an Nachmittagen oder Abenden, suchte Leibgrus seine Gesellschaft und nahm ihn in den Ingenieursklub oder zu Spaziergängen mit. Bei diesen Gelegenheiten wurde Theodor, der von der eigenen Arbeit nicht sprechen mochte, mit den Aktivitäten und zentralen Anliegen der Ingenieure von Aervegebank vertraut gemacht. Auf deren Prioritätenliste stand an oberster Stelle die Erforschung dumpfer, anscheinend aus großer Entfernung kommender Knallgeräusche, die, vor allem bei Nebel, an der Küste zu hören waren. Um sie ihm vorzuführen, nahm der Primarius seinen Wunsch-Schwiegersohn eines Nachmittags dorthin im Wagen mit. Bis zur Küste war es nicht weit, die Fahrt durch die abscheulichen Vororte dauerte höchstens zehn Minuten.

Schwarz, mit glänzendem Bruchstein gepflastert, war die Küste, schwarz war auch das Meer, und der Himmel sah nicht viel heller aus.

»Warten Sie hier auf uns, beten Sie für unsere Seelen. Geben Sie Alarm, wenn Regen droht«, wies Leibgrus den Chauffeur an, als sie in der Nähe eines alten Hotels auf die Strandpromenade stießen. Zu Theodor gewandt, sagte er dann, ein Stück weiter unten sei eine günstige Stelle, von der aus man die Knallgeräusche gut hören könne. Sie stiegen aus und gingen zum Strand hinunter. Der Küstenstreifen lag, soweit das Auge blicken konnte, verlassen da. Mit erhobenem Zeigefinger stand der Primarius neben Theodor und lauschte angestrengt. Tatsächlich waren jetzt, obwohl es kaum neblig war, dumpfe Knallgeräusche zu hören, wie Verpuffungen, die übers Meer herüberklangen.

»Ich kann es hören«, bestätigte Theodor. In größeren Abständen knallte es immer wieder. »Haben Sie eine Vermutung, was es sein könnte?« fragte er Leibgrus.

Der nickte ernst und sprach: »Man muß die Gedanken auf den rechten Glauben richten. Wir gehen davon aus, daß drei mögliche Ursachen in Frage kommen. Erstens: Manöver einer Geisterflotte des letzten deutschen Kaisers. Um Christi Barmherzigkeit, so abwegig, wie Sie vielleicht denken, ist das mitnichten! Zweitens: Geheime Rüstungsfabriken weit draußen auf See. Und drittens: Fremde Wesen, die seit Jahrmillionen eine Hochkultur unter dem Meeresboden betreiben.«

»Die letztgenannte Möglichkeit scheint mir die wahrscheinlichste zu sein«, meinte Theodor, doch der Primaringenieur vertrat eine andere Ansicht: »Ich persönlich tendiere zur ersten: Manöver einer Geisterflotte des letzten deutschen Kaisers. Ja, Sie staunen, aber es gibt, wie ich schon andeutete, etliches, das dafür spricht. Etliches! Ich werde Ihnen nächstens zeigen, was ich meine. Jedoch – der HErr lehre uns Bescheidenheit – Genaueres wissen wir bislang nicht.«

»Was tun Sie, also die Ingenieure von Aervegebank, in der Praxis, um die Ursache der Knallgeräusche zu ergründen? Kann man überhaupt etwas tun?«

»Es werden Messungen durchgeführt, Aufnahmen der Knallgeräusche werden analysiert, alles muß richtig stehen in der Welt, viel wird unternommen, uns wird nichts geschenkt. Der rechte Glaube ist die Erfüllung des Gesetzes! Ich persönlich unterhalte gleich hier in der Nähe eine spezielle Forschungseinrichtung. Ich will sie Ihnen zeigen.«

»Ich bitte darum.«

Leibgrus bedeutete Theodor, ihm zu folgen und wandte sich nach rechts, wo nach einigen zwanzig Metern ein steinerner Wellenbrecher ins Meer ragte. »Sehen Sie, dort!« rief er und zeigte in eine bestimmte Richtung. Tatsächlich konnte Theodor etwas erkennen, das draußen vor der Küste trieb.

»Ein Boot?« fragte er und erhielt zur Antwort: »Ja, ein Boot. Ein mit Puppen bemanntes sowie mit einer elektronischen Sende- und Aufzeichnungsanlage ausgestattetes. Hier, nehmen Sie, durchs Fernglas können Sie es sehen.«

Theodor nahm das Fernglas und sah hindurch. In dem Boot schienen drei oder vier Personen zu sitzen, genau vermochte er es wegen des mangelhaften Lichts nicht festzustellen. Einiges Gerät befand sich im Boot, es gab auch einen Sendemast und ein Mikrophon an einem Stativ. Obwohl es lächerlich und unmöglich war, erinnerten Theodor die Silhouetten der Puppen an die alten Damen, bei denen er gelebt hatte. Je länger er sie ansah, desto größer wurde die Ähnlichkeit. Nickten sie ihm nicht freundlich zu? Hob nicht eine sogar die Hand, um ihm zu winken? Blödsinn! Unwillig gab er Leibgrus das Fernglas zurück und fragte: »Wie lange ist das Boot mit den Puppen und der Anlage schon da draußen?«

»Oh, ein paar Jahre«, antwortete Leibgrus.

Theodor überlegte laut: »Was mögen sie seither alles aufgezeichnet und gesendet haben?«

»Das weiß nur Gott allein«, sagte der Primarius, »ich habe es noch nicht überprüft. An einem ganz besonderen Tag, vielleicht an dem Ihrer Hochzeit mit meiner Tochter, werde ich es tun. Glauben Sie mir, ich habe Angst vor dem, was ich da erfahren werde.«

Da erklang die Hupe der wartenden Limousine, der Chauffeur gab Alarm. Leibgrus rief: »Es wird gleich anfangen zu regnen, wir müssen rechtzeitig im Wagen sein. Mit dem Regen von Aervegebank ist nicht zu spaßen, wie Sie vielleicht wissen. Barmherziger Jesus, bitte für mein Herz!«

Fernes Donnern kam übers Meer herüber. In Gedanken, während er dem Primaringenieur zum Wagen nachlief, nahm Theodor sich vor, die dumpfen Knallgeräusche zu erforschen, sobald er sein gegenwärtiges Projekt abgeschlossen hatte. Auf der Heimfahrt ließ ihn der Gedanke an die Puppen in dem Boot nicht los. Unaufmerksam gegen seinen Förderer, hörte er diesen wie durch einen Nebel undeutlich reden. Nur Bruchstücke erreichten ihn, er glaubte zu verstehen, daß Leibgrus ihm ausmalte, wie es sein würde, wenn der große Tag gekommen war, an dem der Wundermotor der Öffentlichkeit präsentiert werden konnte. Die Worte des Primarius übten längst keine so starke Wirkung aus wie die Nachwirkungen der undeutlichen Eindrücke, die er vorhin mit Hilfe des Fernglases gewonnen hatte. Die Puppen im Boot – waren es drei oder vier gewesen? Hatten sie tatsächlich Ähnlichkeit mit den alten Damen gehabt? Daß ihm eine vielleicht sogar zugewunken hatte, konnte doch nur Einbildung gewesen sein! Er erwog, demnächst heimlich zur Küste zurückzukehren, um sich zu dem Boot hinauszubegeben und sowohl dessen Insassen als auch deren Aufzeichnungen zu überprüfen. Ungeheuer erregend fand er diese Vorstellung. Zwischendurch vernahm er Fragmente dessen, was Leibgrus, seinerseits ähnlich erregt, zusammenphantasierte: Die Presse werde Theodor als »Motor-Messias« feiern, der am Tag der Präsentation seiner Erfindung gleichzeitig als Vollmitglied in den Technischen Verein aufgenommen und mit der Tochter des Primarius vermählt werden sollte. Geistesabwesend wie nie zuvor nahm er an diesem Abend Abschied von seinem künftigen Schwiegervater.

Die Konzentration auf seine Arbeit fiel ihm in dieser Nacht sehr schwer. Ob es nun mit den Puppen und ihrer angeblichen Sendeanlage zu tun hatte oder nicht, seit er sie gesehen, sich in ihrer Nähe aufgehalten hatte, war etwas anders geworden. Als registriere bei ihm ein zerebrales Empfangsrelais plötzlich ein Signal, das ein unbekannter, leistungsstarker Sender ausstrahlte, verspürte Theodor die dringende Notwendigkeit, die Gottesgabe, die er besaß, in den Dienst eines hohen Zieles zu stellen. Der eitle Gebrauch seiner Fähigkeiten um ihrer selbst willen erschien ihm als Mißbrauch und Verschwendung. Worin das hohe Ziel bestehen sollte, wußte er allerdings noch nicht. Wenn es ihm begegnete, würde er es sicher erkennen. Diesen Gedanken wurde er nicht mehr los, der »Sender« blieb aktiv.

Infolge solcher Orientierung empfand Theodor das Treiben und Gehabe der Ingenieure als schimpfliche Selbstherrlichkeit. In vielem glichen sie einer künstlerischen Avantgardeclique; Aktionen, Manifeste, Intrigen und Ausschlüsse waren an der Tagesordung. Die Nächte verbrachte der Zirkel in einem Kellerlokal, das nicht weit vom Haus des Technischen Vereins entfernt am Rand des Zentrums von Aervegebank lag. Bisher war Theodor nie dorthin mitgegangen, die Arbeit am Motor hatte ihn rund um die Uhr in seinem Labor festgehalten, außerdem verabscheute er Zusammenrottungen in verrauchten Räumen. Die Luft im Versammlungssaal seinerzeit hatte ihm gereicht. Doch da er nun im Begriff stand, eine bekannte Persönlichkeit zu werden, war es ihm nicht länger möglich, sich der Gemeinschaft, der er bald offiziell angehören sollte, zu entziehen. Leibrus machte ihm dies eines Tages unmißverständlich klar und kündigte an, ihn am folgenden Abend feierlich in den Kreis der Ingenieure einzuführen. Theodor schwieg von seinem frisch erwachten Bedürfnis, einem erhabenen Zweck zu dienen, und fügte sich. Solange seine Arbeit nicht abgeschlossen war und er noch nicht wußte, welches seine künftige Berufung war, mußte er gute Miene machen.

»Daß ich es nicht vergesse«, sagte der Primarius, bevor er ging, und reichte Theodor einen ungeöffneten Brief, »der ist heute mit der Post gekommen. Alles muß richtig stehen in der Welt. Zum Frieden führe mich Jesus.«

Absender des Briefes war der Pfarrer der Gemeinde, der Theodor angehört hatte und offiziell wohl immer noch angehörte. Theodor wunderte sich, was der Pfarrer ihm mitzuteilen haben könnte. Die Vorstellung, es könne etwas sein, das mit dem Abenteuer in der Friedhofskapelle zusammenhing, war ihm unangenehm. Hatte man etwas über Walters Verbleib oder die Kreuz-Jesu-Kohle herausbekommen? Einigermaßen beunruhigt riß er das Kuvert auf und faltete das Schreiben auseinander. Was er dann las, hatte mit seinen Vermutungen nicht das Geringste zu tun. In dürren, unpersönlichen Worten teilte ihm der Pfarrer etwas höchst Unerwartetes mit: Seine drei Tanten seien nach kurzer schwerer Krankheit gestorben. Die Beerdigung solle am folgenden Tag um sechzehn Uhr auf dem ihm bekannten Friedhof stattfinden. Theodor hatte, seit er sie verlassen hatte, nur noch indirekt, in Verbindung mit den Puppen im Boot, an die alten Damen gedacht. Er war nicht davon ausgegangen, sie je wiederzusehen. Nun plötzlich von ihrem Tod zu lesen, war eine echte Überraschung. Was für ein Glück für ihn, daß sie erst gestorben waren, als er etwas in der Welt erreicht hatte! Er würde wohl zur Beerdigung fahren müssen, wenn ihm dadurch auch ein ganzer Tag Arbeit verlorenging.

Umgehend unterrichtete er Leibgrus von der Neuigkeit.

»Mein Jesus, um Barmherzigkeit!« rief der dicke Mann mit den wulstigen Lippen. »Lieber, junger Freund, selbstverständlich nehmen Sie an den Trauerfeierlichkeiten für Ihre lieben dahingegangenen Tanten teil! Ich habe Mitleid mit Ihren Tanten. Erweisen Sie ihnen die letzte Ehre, so ist es die Erfüllung des Gesetzes. Man muß die Gebote halten. Du sollst Vater und Mutter ehren, auf daß du lange lebest und es dir wohlergehe auf Erden. Alles beruht auf Gleichgewicht, fehlen darf nichts. Auch müssen Hinterlassenschaftsdinge geregelt werden. Vielleicht erben Sie? Ihre Tanten hatten doch ein Haus? Kurzum: Der Chauffeur soll Sie zur rechten Stunde hinfahren und anschließend wieder herbringen. Eine Selbstverständlichkeit! Am Abend sind Sie rechtzeitig zurück, um in die Gemeinschaft der

Ingenieure aufgenommen zu werden. Ihre Tanten würden es so gewollt haben, sie sind gewiß voller Stolz auf Sie gestorben.«

Am nächsten Nachmittag holte der Chauffeur Theodor ab. Wieder ging es durchs Zentrum von Aervegebank, das nun, im trüben Tageslicht, einen deutlich anderen Eindruck machte. Es waren weniger erschrekkende Gestalten zu sehen, eine Stimmung müder Traurigkeit hatte den fiebrigen Irrsinn abgelöst. Unverändert aber boten sich die anschließenden Wohn- und Industriegebiete in ihrer optischen Niedertracht dar. Endlich war der weltabgewandte Außenbezirk erreicht, die Limousine hielt vor dem Haupteingang des Friedhofs. Gegenüber stand das Oswaldsche Geschäftsgebäude. Theodor fand, es sah verlassen aus. Er stellte sich vor, daß die Friedhofsarbeiter nach wie vor zweimal täglich durch sein ehemaliges Büro zogen, nur fehlte jetzt einer von ihnen. Und wie Oswald wohl reagiert haben mochte, als sein Angestellter, in den er solche Hoffnungen gesetzt hatte, nach dem Skandal in der Friedhofskapelle, ohne irgend etwas Brauchbares zu hinterlassen, verschwunden war, um dann eine solche Berühmtheit zu werden? ›Hoffentlich kommt er nicht zur Beerdigung‹, dachte Theodor beim Aussteigen. Die Wiederbegegnung mit seiner alten Heimat hatte etwas Beklemmendes, besonders unter solchen Umständen, die es auch noch erforderlich machten, die Leichen der Tanten anzusehen. Daß dies ausgerechnet in der Friedhofskapelle geschehen mußte, verschlimmerte die Situation zusätzlich.

»Ich hoffe, es geht schnell«, sagte er zum Chauffeur, der Weisung hatte, bis nach der Beisetzung auf ihn zu warten. Der Mann nickte und präsentierte zuversichtlich lächelnd ein dem Handschuhfach entnommenes dickes Buch.

Auf dem Weg zur Friedhofskapelle begegnete Theodor keinem Menschen. Bis zum angegebenen Termin waren es noch fünf Minuten, wahrscheinlich waren alle bereits in der Kapelle. Die Tür stand offen. Theodor sah vorsichtig hinein, doch von Trauergästen war auch drinnen keine Spur. Eindeutig sollte hier und jetzt nicht die Beisetzung seiner Tanten stattfinden, denn es stand nur ein einziger, offener Sarg vor dem Altar. Daher befürchtete er, zu spät gekommen zu sein. Der Pfarrer hatte ihm eine falsche Uhrzeit geschrieben, bestimmt war der Trauergottesdienst längst vorüber und alle befanden sich bei den Gräbern oder waren sogar schon wieder nach Hause gegangen.

Eine dumme und unangenehme Situation. Was tun? Er mußte warten, bis jemand kam, den er fragen konnte. Das war die beste Gelegenheit, sich die Fresken in der Apsis, von denen er die Tanten und auch Walter früher hatte reden hören, endlich einmal selbst anzusehen. Das tat er dann unter gewissenhafter Vermeidung jeden Blicks in jenen Sarg, peinlich darauf bedacht, ihm den Rücken zuzukehren. In der Tat schienen die Wandmalereien von ganz besonderer Art zu sein. Eben wollte Theodor nähertreten, um genauer zu untersuchen, was da eigentlich dargestellt war, als Schritte laut wurden. Schnell wandte er sich um in Richtung Eingang. Begleitet von vier Friedhofsarbeitern, die Theodor von früher bekannt waren, kam soeben der Pfarrer herein. Zielstrebig näherten sich alle fünf dem Sarg. Der Pfarrer, der Theodor sofort erkannte, fragte ihn streng: »Haben

Sie Abschied von Ihren Tanten genommen? Wir werden sie jetzt dem Erdreich überantworten.«

Theodor wunderte sich: »Abschied von meinen Tanten? Nein, natürlich nicht, wo sind sie denn? Ich dachte ...«

Sichtlich angewidert unterbrach ihn der Pfarrer: »Belieben Sie zu scherzen, junger Freund? Dies ist weder die Zeit noch der Ort für dergleichen. Oder wollen Sie mir ernsthaft weismachen, Sie hätten sich wer weiß wie lange hier in der Kapelle aufgehalten, ohne Ihre Tanten eines Blickes zu würdigen? Und dann haben Sie die Stirn, mich nach ihnen zu fragen?«

»Alles was recht ist, Herr Pfarrer, es handelt sich immerhin um drei alte Damen, und hier steht ein einzelner Sarg ...«

»Haben Sie hineingesehen in diesen Sarg?« forschte der Geistliche in schneidendem Tonfall. »Haben Sie?«

»Nein, aus dargelegten Gründen nicht!« antwortete Theodor ungeduldig.

»Dann tun Sie es jetzt!« befahl der Pfarrer. Theodor wurde ärgerlich und erwiderte: »Was geht mich eine fremde Leiche an? Aber wenn Sie es durchaus wünschen, bitte sehr.«

Er ging zum offenen Sarg, bereit hineinzusehen, obwohl er es eigentlich nicht wollte, nur damit der absurde Auftritt ein Ende fand. Danach wollte er gehen, ohne sich weiter um die Sache zu kümmern, denn es reichte ihm jetzt. Doch der Anblick, der sich ihm bot, warf alles über den Haufen, drohte sogar, ihn selbst umzuwerfen. Theodor zuckte zusammen und stieß einen erstickten Laut aus. Dank der besonderen Verhältnisse seines Energiehaushalts sorgte die Anstrengung dieses

Augenblicks aber dafür, daß er sich sofort wieder auflud. So konnte er den Schreck überwinden und hatte Kraft genug, die Bescherung genau in Augenschein zu nehmen. In dem Sarg lagen, der Länge nach aufgereiht, drei puppengroße Körper. Und wirklich trugen sie die Züge seiner Tanten, wenn sie auch etwas älter und verhärmter aussahen. Völlig verständnislos sah Theodor den Pfarrer an und fragte: »Wie ... wieso sind sie denn um alles in der Welt so klein? Was ist denn mit ihnen geschehen? Woran sind sie gestorben?«

Indessen die Arbeiter den Sarg eilig verschlossen und hochhoben, mußte Theodor sich vom Pfarrer anfahren lassen: »Sie, gerade Sie, wagen es, eine solche Frage zu stellen? Sind Sie so über alle Maßen begriffsstutzig oder vielmehr abgebrüht wie ein Teufel? Was wird schon geschehen sein mit den armen Frauen? Pfui, schämen Sie sich!«

Und er ließ Theodor einfach stehen, um den Arbeitern zu folgen, die mit dem geschulterten Sarg schon die Kapelle verlassen hatten.

»Ja, was denn?« rief Theodor ihm nach. »Warum beschimpfen Sie mich, anstatt mir vernünftig zu antworten? Und weshalb jetzt die Eile?«

Er bekam keine Antwort. Mit dem Ausruf »Das ist ja furchtbar!« begann er, die Verfolgung aufzunehmen. Draußen sah er, daß die anderen keinen allzu großen Vorsprung hatten. Er konnte sie gut einholen. Der wütende Geistliche hatte es geschafft, ihm so etwas wie ein schlechtes Gewissen einzureden, obwohl er überhaupt nicht einsah, weshalb er eines haben sollte. Was hatte er den Tanten denn angetan? Sie waren doch so stolz auf ihn gewesen, als er vom Ingenieurszirkel nach Aervegebank eingeladen worden war. Und über seinen dortigen Erfolg hätten sie sich zweifellos gefreut!

Pfarrer und Sargträger legten auf einmal ein Tempo vor, daß es Theodor unmöglich schien, den Abstand zu ihnen zu verringern. Zwar mußte er nicht fürchten, ihm könne die Kraft ausgehen, doch vermochte er einfach nicht schnell genug zu laufen. Wie er so vorwärtshastete und ängstlich bemüht war, die Verfolgten nicht aus den Augen zu verlieren, hatte er jäh die überdeutliche Empfindung, bei seinem Namen gerufen zu werden. Die dadurch entstehende Verunsicherung ging zu Lasten des Laufens. Theodor geriet, da er wild um sich blickte, ins Stolpern. Niemand war zu sehen. Es war albern anzunehmen, jemand (vielleicht drei puppengroße, vertrocknete Wesen?) mochte sich hinter einem Grabstein versteckt und ihn gerufen haben. Er sah nach rechts, weil es geklungen hatte, als wäre der Ruf von dort gekommen. Hoch über ihm standen an den Eckpunkten einer pompösen Familiengruft vier verwitterte Engelstatuen. Ein kalter Schauer lief ihm den Rücken hinab. Doch stärker als jedes unheimliche Gefühl plagte ihn die Furcht, die fünf Männer mit dem Sarg könnten entkommen. Und da war es auch schon geschehen – der Weg, auf dem sie vor einer Sekunde noch dahingeeilt waren, war leer. In seiner aufgezwungenen Pflichttreue wollte Theodor den verstorbenen Tanten wenigstens die symbolische Ehre erweisen dabeizusein, wenn sie unter die Erde kamen, und nun hinderte man ihn daran, um ihm hinterher noch ärgere Vorwürfe machen zu können. Es gab nur einen Seitenweg, den die Flüchtigen genommen haben konnten, und den schlug er ein, so schnell er konnte.

Der Weg war nicht sehr lang, und die Sicht wurde von Bäumen, Büschen und Grabmälern behindert. Außerdem standen zwei weitere Abzweigungen zur Auswahl. Nun war es fast schon egal, wohin er lief, und Theodor wandte sich einfach nach links. Danach rannte er wieder rechts herum, geradeaus, links, nirgends waren die Gesuchten zu entdecken. Der Friedhof war von einigermaßen überschaubarer Größe, deshalb konnte Theodor nach einer Viertelstunde sicher sein, wirklich überall nachgesehen zu haben, aber an keiner Stelle hatte er eine Spur vom Pfarrer, den Arbeitern oder dem Sarg gefunden, auch war kein frisches, geschweige denn offenes Grab zu sehen gewesen. Sie mußten den Friedhof verlassen oder sich in einer Gruft versteckt haben. Wozu aber solche Spielchen? Weiterzusuchen war sinnlos, zudem wurde es dunkel, und Regen begann zu fallen. Theodor hatte seinen guten Willen bewiesen, was geschehen war, war nicht seine Schuld. Außerdem hatte er keinen Schirm bei sich. Er erinnerte sich, was die Tanten ihm über den Regen in Aervegebank erzählt hatten, und er hatte dort ja selbst die angefressenen Gebäude und die Autos ohne Lack gesehen, weshalb er hoffte, an seinem gegenwärtigen Aufenthaltsort, der ein gutes Stück von der Industriegegend entfernt war, möge es ungefährlich sein, sich dem Niederschlag auszusetzen.

Trotzdem beeilte sich Theodor, einen Unterstand zu finden, durchnäßt zu werden war auf keinen Fall in seinem Sinn. Die Gruftgebäude, an denen er vorbeilief, zog er als Wetterschutz nicht in Betracht. Zu seinem Glück erreichte er, als soeben ein schwerer Wolkenbruch einsetzte, die Kapelle. Die Eingangstür stand noch immer offen, mit einem Satz sprang er in den leeren, dunklen Raum. Nahe bei der Tür blieb er stehen. Während ihm das Wasser vom Kopf lief, sah er ins Freie hinaus, lauschte dem herabstürzenden Regen und begann zu frieren. Sein Anzug fühlte sich klamm an, die Socken waren tropfnaß. Aber wenn er jetzt zum Wagen weiterlief, wäre er, bis er ankäme, völlig durchgeweicht. Mit seiner nassen Kleidung würde er die Sitze ruinieren, was keinen guten Eindruck auf Primaringenieur Leibgrus machte. Somit galt es, das Ende des Unwetters abzuwarten. Vielleicht käme ja sogar noch der Küster oder jemand von den Friedhofsarbeitern vorbei, auch den Pfarrer hätte er gern einiges wegen der unbegreiflichen Umstände der Beerdigung gefragt. Es kam aber niemand. Der schauderhafte Anblick der drei Zwergmumien drängte sich seiner Erinnerung auf, wieder fragte er sich völlig ratlos, was nur zu einem so plötzlichen Tod und diesem bestürzenden Schrumpfungsprozeß der Tanten geführt haben konnte.

Indessen machte der Regen keine Anstalten nachzulassen. Theodor fiel ein, daß er gar nicht notwendigerweise im Dunkeln zu stehen brauchte, es mußte einen Lichtschalter geben, und am sinnvollsten wäre ein solcher doch wohl in der Nähe der Eingangstür angebracht. Bei Beleuchtung würde es nicht nur weniger gruselig sein, sondern er könnte sich sogar die Zeit vertreiben, indem er endlich die absonderlichen Fresken in Augenschein nahm. Er mußte nur den Schalter finden. Nachdem er die Innenwand auf einer Seite der Tür ohne Erfolg abgetastet hatte und sich zur gegenüberliegenden aufmachen wollte, stieß er mit dem Fuß an einen Gegenstand, der laut über den gefliesten Boden rollte. Im weniger finsteren Eingangsbereich blieb der Gegenstand liegen. Er war länglich und rund, Theodor hob ihn auf – es war Walters Taschenlampe! Zweifelsfrei erkannte er sie wieder, hatte er sie doch an dem schicksalhaften Abend einmal in der Hand gehalten. Der Fund sorgte für zusätzliches Erschauern. Seit damals mußte die Taschenlampe die ganze Zeit über in der Ecke gelegen haben. Daß niemand sie gefunden hatte! War sie noch zu gebrauchen? Theodor probierte es aus und hatte Erfolg. Im Besitz einer Lichtquelle zu sein, beruhigte ihn ungemein. So konnte er sich vergewissern, daß nirgendwo in der Kapelle etwas Unliebsames wartete. Er war ganz offensichtlich allein. Unverändert rauschte draußen der Regen, sonst war es still, nur Theodors Schritte hallten in der Kapelle, als er mit eingeschalteter Taschenlampe hindurchging, um sich die Fresken in der Altarnische anzusehen.

Wohin er den Lichtstrahl auch richtete, überall, sogar an der Decke, prangten unerwartete, für einen solchen Ort ganz und gar untypische Darstellungen. Theodor, der von seinen Tanten gründlich in Dingen des christlichen Glaubens unterwiesen worden war, wunderte sich über die fremdartigen Bildwerke, bei denen es sich nicht im mindesten um biblische Themen handelte. Vielmehr muteten die rohen, ziemlich ungelenk gefertigten Malereien heidnisch an, selbst wenn vereinzelt christliche Symbole wie Kreuz und Heiligenschein vorkamen. Herumfliegende, astronautenhafte Figuren und vage an Jules Verne erinnernde Flugmaschinen waren da zu sehen, weiter gab es Himmelskörper und monströse Gestalten, Kampfszenen und eine Art Apotheose, in deren Mittelpunkt etwas wie eine Gottheit stand. Sie zeichnete sich durch ein Nußknackermaul und einen aufgezwirbelten Schnurrbart aus. Rings um sie schwebte, mit üppigsten Gloriolen versehen, ein mit etwas Phantasie gleichermaßen an Ritter wie an Engel gemahnendes Personal. In Frakturschrift stand darunter ›*Ewig hinan! Du Deutscher, erlöse die Sterne und Götter!*‹. Daß die Kirche so etwas duldete! Andererseits schien der Pfarrer selbst vollkommen verrückt zu sein, so daß es wieder kein Wunder war. Vielleicht hatte der Mann am Ende sogar höchstpersönlich diesen schrecklichen Unsinn an Wände und Decke gepinselt?

Ein Geräusch riß Theodor aus seinen Gedanken, jemand kam zur Tür herein und schloß gut hörbar einen Regenschirm. In Erwartung des Pfarrers oder des Küsters leuchtete Theodor hin. Es war jedoch weder der eine noch der andere, sondern eine fremde Frau. Sie hob blinzelnd eine Hand vor die Augen und rief: »Wer ist da? Machen Sie doch die Taschenlampe aus, Sie blenden mich!« Dann flammte eine Neonröhre auf, die Frau hatte, wie Theodor jetzt sah, auf einen Schalter neben der Tür gedrückt. Er knipste sein nun überflüssiges Licht aus.

»Ich habe mir die Fresken angesehen«, sagte er, ohne sich ihr vorzustellen. »Sie sind sehr ungewöhnlich, um nicht zu sagen verstörend. Eigentlich will ich hier nur abwarten, bis es aufhört zu regnen. Ich habe nämlich keinen Schirm.«

Die Frau näherte sich ihm. Unerfahren, wie er im Umgang mit Frauen war, konnte er weder ihr Alter noch ihre äußere Erscheinung richtig einschätzen. Jedenfalls mußte sie um einiges älter als er, aber bedeutend jünger als seine Tanten sein. Sie war hochgewachsen und schlank. Vom Haar über die blasse Haut bis zur Kleidung war alles an ihr auffallend grau. Ob sie reizvoll, unscheinbar oder häßlich zu nennen war, wußte Theodor nicht. Auf ihn jedenfalls übte sie keine körperliche Anziehung aus, doch das hieß überhaupt nichts.

»Sie sind naß geworden«, sprach sie mit besorgt klingender Stimme. »Waren Sie lange dem Regen ausgesetzt? Ich hoffe es nicht!«

»Ein paar Minuten. Nun ja, die Haare sind naß und auch meine Füße ... aber durch den Anzug ist kein Wasser gedrungen.«

»Sie hätten sich längst abtrocknen müssen«, sagte die Frau. »Warten Sie.«

Sie lief am Altar vorbei, öffnete die Tür zur Sakristei und ging hinein. ›Holt sie etwa ein Handtuch?‹ fragte sich Theodor, und richtig, da kehrte sie schon mit einem zurück. Er nahm es dankend entgegen: »Daß Sie sich meinetwegen solche Umstände machen, ist doch nicht nötig.«

»Nötiger als Sie denken«, widersprach sie, als er sich die Haare frottierte. »Trocknen Sie Ihre Haut so gründlich, wie Sie können. Auch die Füße! Das Regenwasser hat schon viel zu lange einwirken können.«

»Aber hier, in diesem Außenbezirk, ist es doch nicht so giftig wie in der Industriegegend«, brachte er vor. Die graue Dame entgegnete: »Mit den Industrieabgasen hat das nichts zu tun. Es ist ein Gift, das von einem gewissen Planeten im Sternbild des Kepheus zur Erde niedersickert. Den Namen darf man nicht aussprechen, denn es ist die schädlichste, zersetzendste Substanz im gesamten Universum!«

Theodor war mit den Haaren fertig und setzte sich in eine Bank, um Schuhe und Socken auszuziehen. Er sagte: »Ich habe früher ganz in der Nähe gewohnt und oft mit meinen Tanten diesen Friedhof besucht, aber davon, daß der Regen auch hier so gefährlich sein soll, habe ich nie gehört.«

Ihm kam in den Sinn, daß er allerdings nie bei Regen draußen gewesen war, und er wurde etwas unsicher. Vielleicht hatte man ihm früher nichts gesagt, um ihn nicht zu beunruhigen. Wozu hätte man ihm auch von giftigem Regen erzählen sollen? Als er die Reise nach Aervegebank angetreten hatte, war es früh genug gewesen für eine solche Warnung.

»Leider ist es aber so, wie ich sage«, beharrte die Frau. »Ich glaube, ich habe mich noch gar nicht vorgestellt vor lauter Schreck. Klann ist mein Name.«

»Freut mich«, sagte Theodor, »ich bin ...«

»Ich weiß, wer Sie sind«, unterbrach sie ihn, indem sie ihm genau ins Gesicht sah, »Sie sind das junge Genie, das den Wundermotor erfunden hat.«

»Ach, Sie wissen davon?«

»So etwas liest man. Sie sind doch ein berühmter Mann, gehören zum Ingenieurszirkel von Aervegebank. Ich bin sehr erfreut, Sie zu treffen. Mein Sohn würde sich ebenfalls freuen, denn er ist auch Ingenieur. Bestimmt würden Sie sich gut mit ihm verstehen, Sie haben viel gemeinsam mit ihm.«

Theodor hatte den Eindruck, daß sie bei diesen Worten seine Narbe an Stirn und Schläfe eingehend betrachtete. Und was kümmerte ihn ihr Sohn? Solche Vertraulichkeiten stießen ihn ab, er hatte jetzt endgültig genug. So schnell er konnte, trocknete er sich die Füße ab und steckte die nassen Socken in die Tasche. Mit dem Handtuch tupfte er dann das Innere seiner Halbschuhe ab, so gut es ging. Er wollte umgehend diese Frau und diesen Ort verlassen.

»Ich muß so schnell wie möglich zurück nach Aervegebank«, sagte er gefaßt und selbstsicher. »Mein Chauffeur wartet schon seit geraumer Zeit vor dem Haupteingang. Dürfte ich Sie bitten, da Sie einen Schirm haben, mich freundlicherweise hinzubringen?«

»Selbstverständlich«, antwortete sie, fuhr jedoch mit dem besorgten Ausdruck fort, den er schon kannte: »Hoffentlich wartet Ihr Chauffeur noch nicht allzu lange im Regen. Heute sollte eigentlich niemand draußen unterwegs sein. Die Giftemission erreicht jetzt ihren Höhepunkt! Aber lassen Sie uns gehen, vielleicht haben Sie ja Glück, Sie und Ihr Chauffeur.«

Theodor sah sie bei diesen Worten überaus skeptisch an und konnte ein ungläubiges Kopfschütteln kaum unterdrücken. Was erzählte sie da! Gern nutzte er aber die Gelegenheit, trocken zum Wagen zu gelangen, mochte die Schirminhaberin noch so verschroben sein. Es war ihm eine große Erleichterung zu wissen, daß er in sehr kurzer Zeit in die Limousine steigen und all dies hier für immer zurücklassen konnte. Bei der Tür schaltete Frau Klann das Licht in der Kapelle aus und öffnete den Schirm.

»Kommen Sie schnell«, forderte sie Theodor auf. »Ich möchte den Schirm nicht länger als nötig dem Regen aussetzen. Außerdem müssen wir unsere Schuhsohlen schonen.«

Diskret begab sich Theodor an ihre Seite, dann liefen sie los. Zum Friedhofstor war es nicht weit, schon zeichnete sich vor ihnen die dunkle Masse der Limousine ab, in wenigen Augenblicken würde Theodor sein Ziel erreichen, und ihm lag schon eine Dankesformel für seine Begleiterin auf der Zunge, da befiel ihn der Verdacht, etwas könne nicht stimmen. Es war die Form des Wagens – in der Tat eine dunkle Masse, aber entschieden nicht das Automobil, das an dieser Stelle stehen sollte! Breiter und flacher sah der sinistre Klumpen aus, der da am Bordstein hockte. Von der Lackierung gab es keine Überreste mehr, die übrigen charakteristischen Eigenschaften waren aufgelöst und zerlaufen, als hätte das stolze Fahrzeug bloß aus mit Wasserfarben bemalter Pappe bestanden.

»Ich habe es befürchtet!« sagte Frau Klann unglücklich.

»Nein!« rief Theodor. »Wie soll ich jetzt nach Aervegebank zurück?«

Da fiel ihm der Chauffeur ein – was war aus ihm geworden? Bestimmt hatte er sich rechtzeitig in Sicherheit gebracht, oder etwa nicht? ›Er wird doch nicht bis zuletzt im Wagen geblieben sein‹, hoffte Theodor und versuchte angestrengt, in dem kolossalen Brei eine Antwort auf seine Frage zu finden.

»Was starren Sie da noch?« drängte ihn die Frau. »Der Fahrer ist längst tot. Es sei denn, er hat sich früh genug in Sicherheit gebracht. Aber wenn er auf Sie gewartet hat, fürchte ich ... Wo wollen Sie hin? Bleiben Sie um Gottes willen unter dem Schirm!«

Sie mußte Theodor folgen, damit er nicht in den Regen geriet, denn er näherte sich dem Bereich in der Masse, wo früher die Fahrertür gewesen war. Das Fenster konnte kaum mehr als solches identifiziert werden, es war nur noch ein verrutschter, buckliger Geleestreifen mit Pusteln. Von der Seite her konnte er nichts erkennen, daher beugte Theodor sich vorn herüber, um einen Blick durch die ehemalige Windschutzscheibe zu werfen. Mißmutig versuchte seine Beschützerin, den Schirm über ihn zu halten, ohne selbst naß zu werden. Sie rief ihm zu: »Kommen Sie endlich da weg, Sie können hier nichts mehr ausrichten! Los! Wir müssen schnellstens ins Trockene!«

Damit war es ihr so ernst, daß sie ihn am Arm faßte und fortzog. In dem Augenblick, bevor er ihr nachgab, meinte Theodor in der Tiefe der trüben Gallerte, wie am Grund eines brackigen Gewässers, schattenhafte Umrisse von etwas stark Geschrumpftem, nur noch entfernt Menschenähnlichem auszumachen. Trotz der Dunkelheit fiel ihm eine Reihe entblößter, gelblicher Zähne auf. Er wurde zu schnell fortgezogen, um feststellen zu können, ob das, was er darüber zu sehen glaubte, wirklich zwei blödsinnig stierende Augen waren.

»Ich muß aber doch zurück nach Aervegebank!« protestierte er.

»Heute fährt Sie niemand mehr«, sagte Frau Klann mit Bestimmtheit. Sie setzte sich in Bewegung. Entgeistert, wie er war, ließ Theodor sich mitzerren. Mit wachsendem Unbehagen hörte er sie reden: »Nach Aervegebank kommen Sie erst wieder, wenn es aufhört zu regnen. Oder wollen Sie so enden wie Ihr Chauffeur? Ich biete Ihnen an, bei mir zu bleiben, bis Sie ohne Gefahr reisen können.«

In Gedanken immer noch bei den Zähnen und Augen, achtete er nicht darauf, wohin sie ihn führte. Wenig später fand er sich an ihrer Seite auf einem wild überwucherten Grundstück wieder. Riesige, dem Anschein nach emissionsresistente Bäume und Sträucher hielten den Regen ab. Unter den ineinandergewachsenen Kronen einiger hundertjähriger Kastanien und Linden war ein zweigeschossiges Haus verborgen, im Parterre brannte Licht. Ein paar steinerne Stufen führten zur Haustür. Die graue Dame eilte darauf zu. Sie ließ Theodor den Vortritt mit den Worten: »Es ist offen.« Während sie den Schirm gründlich ausschüttelte, zuklappte und dann in ein hohes Gefäß bei der Garderobe stellte, sagte sie zu ihm: »Sie müssen ihre Kleidung zum Trocknen ablegen und sich schnellstens das Regenwasser abwaschen. Ich hole Ihnen etwas zum Anziehen von meinem Sohn, er dürfte die gleiche Größe haben wie Sie. Das Bad ist am Ende des Flurs, ich reiche Ihnen die Sachen dann hinein.«

Die Frau lief die Treppe zum Obergeschoß hinauf, Theodor begab sich ins Bad. Ihn ärgerte, daß er gezwungen war, in diesem fremden, nach hohem Alter riechenden Haus festzusitzen, wo er sich sagen lassen mußte, was er zu tun hatte und sogar die Textilien eines Fremden tragen sollte. Nachdem er aber gesehen hatte, wozu der Regen fähig war, mochte er Frau Klanns Warnungen und Ratschläge nicht so einfach ignorieren. Das Badezimmer sah wenig einladend aus, alles war uralt, rostig und beschädigt. Gewiß war seit Kaisers Zeiten nichts mehr daran geändert worden. Theodor fragte sich, wie hier nasse Kleidung getrocknet werden sollte, denn es war kalt in dem Raum. Auch warmes Wasser gab es nicht, dazu hätte erst der Badeofen geheizt werden müssen. Der Wasserhahn am Waschbecken tropfte stark. Von draußen war das Rauschen des Regens so laut zu hören, daß Theodor glaubte, ein Fenster stünde offen. Dieser Eindruck verdankte sich aber nur dem schlechten Zustand des Holzrahmens. Es gab Ritzen, durch die man hinausschauen konnte. Theodor zog die Schuhe aus, den Jackentaschen entnahm er die feuchten Socken. Als er überlegte, wohin er sie legen sollte, mußte er feststellen, daß sie zahlreiche Löcher aufwiesen. Daraufhin sah er sich die Schuhe genauer an. Ihnen war der Regen ebenfalls nicht bekommen, Oberleder und Sohlen sahen aufgequollen, stellenweise wie verätzt aus. Voller Angst untersuchte Theodor seine Füße. Die Haut hatte rote Flecken, warf aber keine Blasen und schmerzte auch nicht. Und die Kopfhaut? Sie hatte schließlich am meisten abbekommen. Der halbblinde Spiegel über dem Waschbecken offenbarte keine besorgniserregenden Schäden, nur eine Rötung ähnlich wie bei den Füßen. Haarausfall war nicht zu registrieren. Theodor atmete auf, beschloß aber vorsichtshalber zu befolgen, was man ihm geraten hatte.

Es wurde angeklopft, barfuß lief er über die eiskalten Fliesen, um zu öffnen. Frau Klann stand draußen mit einem Stapel Kleidung und einem Handtuch. Sie reichte ihm alles und sagte: »Wenn Sie fertig sind, finden Sie mich vorn im Salon.«

Er dankte und schloß sich mit den Sachen ein. Sodann legte er ab, was naß geworden war, Jacke, Hemd, Hose, und hängte alles über einen Stuhl sowie den Wannenrand. Frierend begann er, mit kaltem Wasser die Hautpartien abzuwaschen, die mit dem Regenwasser in Berührung gekommen waren. Dabei verspürte er zum ersten Mal ein ungewohntes Nachlassen seiner Kraft, nur ein leichtes, doch unleugbares Schwächegefühl, vielleicht sogar einen Anflug von Müdigkeit und Hunger. Er überlegte, ob sich seine »Batterie« nicht ausreichend aufladen konnte, weil er an diesem Tag nicht gearbeitet hatte, oder, und dabei erschrak er, ob sie unter dem Regen gelitten hatte. Nachdem er sich abgetrocknet hatte, zog er, vor Kälte zitternd, an, was Frau Klann ihm gebracht hatte: ein Hemd, einen Pullover, eine Cordhose und, gottlob, dicke Wollsocken. Jedes einzelne Stück paßte ihm erstaunlich gut, der Sohn des Hauses mußte exakt die gleiche Statur haben, und er erinnerte sich, daß sie gesagt hatte, ihr Sohn sei gleichfalls Ingenieur. Wenn das den Tatsachen entsprach, brauchte er während seines erzwungenen Aufenthalts vielleicht nicht gänzlich auf alles Gewohnte zu verzichten. Anregende Fachgespräche mit dem Kollegen, der selbstverständlich wußte, mit wem er es zu tun hatte, könnten Theodor ein wenig entschädigen. Etwas Bewunderung von seiten des anderen würde dem berühmten, genialen Erfinder des Wundermotors in seiner gegenwärtigen Notlage gut tun. Weshalb also nicht? Dank dieser Aussicht sowie der wohltätigen Wärme, die die geliehene Kleidung spendete, sah er gleich viel zuversichtlicher in die Zukunft. Lediglich das nicht nachlassende Schwächegefühl störte ihn. Wahrscheinlich würde es aber mit der Zeit vergehen, wenn die Wirkung des aufgenommenen Regengiftes nachließ. Geistige Betätigung, etwa ein fachlicher Austausch unter Ingenieuren, mochte beim Aufladen mit Energie hilfreich sein. In guter Stimmung brach er auf, um Frau Klann und ihrem Sohn Gesellschaft zu leisten. »Vorn im Salon« finde er sie, waren ihre Worte gewesen. Auf dem Flur, nach den ersten Schritten, knurrte Theodors Magen. Unmittelbar darauf mußte er gähnen. So etwas durfte eigentlich nicht vorkommen – die Symptome verschlimmerten sich! Er nahm sich zusammen und klopfte an die Tür zum Salon.

»Bitte kommen Sie herein«, hörte er Frau Klann rufen. Indem er sich innerlich und äußerlich straffte, betrat er das Zimmer. Warme Luft wogte ihm entgegen, hier wurde tüchtig geheizt. Das Licht hingegen mußte kümmerlich genannt werden. Der Salon verlor sich in Schatten und obskuren Umrissen, nur in einer Ecke brannte die schwache Glühbirne eines Tischlämpchens mit gelbem Glasschirm. Dort machte sich Frau Klann an einem Sessel zu schaffen, von dem Theodor nur die ihm zugekehrte Rückseite sehen konnte. Näher kommend, erkannte er, daß es ein sehr alter, fahrbahrer Krankensessel mit hoher Lehne war, in dem jemand saß. Der Sohn? Nein, ein ganz alter Mann, bis zur Brust von einem Plaid bedeckt. Seine Augen waren geschlossen, und von Theodor schien er keine Notiz zu nehmen.

»Das ist mein Vater, Major im Ruhestand«, erklärte Frau Klann. »Ich muß ihn zur Nacht in sein Zimmer bringen. Seinetwegen ist es auch so warm hier. Die Durchblutung ... Aber wie ich sehe, passen Ihnen die Sachen meines Sohnes!«

»Ja, erstaunlich gut.«

»Ich sagte Ihnen ja schon, Sie haben einiges gemeinsam mit ihm. Machen Sie es sich bequem, ich bin bald zurück. Bitte, nehmen Sie sich etwas zu trinken, wenn Sie mögen.«

Theodor dankte und nahm in einem Ledersessel

Platz. Auf einem Beistelltisch standen zwei Gläser und eine Flasche Rotwein, laut Etikett ein Bordeaux von stattlichem Alter. Allerdings sagte dies Theodor nicht viel, denn von Wein hatte er so wenig Ahnung wie von Frauen. Da sein Magen wieder knurrte und die Müdigkeit zunahm, glaubte er, es könne nur von Vorteil sein, Flüssigkeit aufzunehmen, zumal er seit Stunden nichts mehr getrunken hatte. Er entkorkte die Flasche, füllte sein Glas und trank es in einem Zug aus. Der Geschmack war sehr ungewohnt, Wasser wäre ihm lieber gewesen. Sein Mund fühlte sich nun merkwürdigerweise trocken an, weshalb er sich genötigt sah, noch ein Glas zu leeren. Danach wollte er lieber nichts mehr von diesem Getränk und beschloß, Frau Klann später um Wasser zu bitten. Sein Kopf wurde schwer, desgleichen seine Glieder. Nicht, daß ihm das Gefühl unangenehm gewesen wäre, es durfte nur einfach nicht sein. Die hohe Raumtemperatur drohte ihn vollends einzuschläfern. Gähnend saß er im Sessel, dem Rauschen des Regens lauschend, das im Salon noch vernehmlicher war als im Bad. Bevor er einnicken konnte, kehrte Frau Klann zurück. Sie setzte sich in den Sessel auf der anderen Seite des Beistelltisches.

»Mein Sohn wird sicher auch bald kommen«, begann sie. »Er hat enorm viel zu tun. Die Aufgabe, die er zu lösen hat, ist selbst für einen hochbegabten Ingenieur fast nicht zu bewältigen. Leider hat er außer den technischen mit gesundheitlichen Problemen zu kämpfen, die seine Arbeitskraft verringern. Bitte, fassen Sie es nicht falsch auf, es ist ja auch geradezu eine Zumutung, aber vielleicht können Sie nachsichtig sein mit einer Mutter, die etwas für ihren Sohn tun möchte, weil sie sieht, wie er sich abmüht und krank wird und womöglich langsam zugrunde geht, ohne sein hohes Ziel zu erreichen ...«

»Sprechen Sie nur weiter«, ermutigte Theodor sie, obwohl es ihn noch müder machte, was sie vorbrachte. Wenn das jetzt in Bittstellerei ausartete, konnte sein Aufenthalt unter diesem Dach noch recht lästig werden. Seine im Bad gefaßte Zuversicht empfing einen Dämpfer. Was hätte er gegeben, um wenigstens das sich ausbreitende Schwächegefühl loszuwerden. Frau Klann fuhr fort: »Sie sind überaus freundlich, ich weiß das sehr zu schätzen. Nun, ich dachte, Sie, der Sie ein berühmter Mann sind und über außergewöhnliche Gaben verfügen, könnten vielleicht meinem Sohn bei seiner Arbeit unter die Arme greifen, ihm einen guten Rat geben, einen Blick in seine Berechnungen werfen, ihn auf mögliche Fehler hinweisen oder ihm einfach sagen, wie das eine oder andere eventuell effektiver angegangen werden könnte. Würden Sie das tun?«

Eigentlich war ihm alles zu viel, doch auf der anderen Seite führte die Schwäche dazu, daß er das Ansinnen nicht ablehnen konnte. Beinahe willenlos bekundete er seine Bereitschaft. Um freundlich zu wirken, stellte er dann die Frage: »Woran arbeitet Ihr Sohn denn?«

»Eigentlich ist es geheim«, antwortete sie, »aber so viel darf ich wohl verraten: Das Projekt hat mit dem giftigen Regen zu tun. Mein Sohn soll letzten Endes dafür sorgen, daß keine schädlichen Stoffe mehr darin sind.«

»Und wie gedenkt er das zu erreichen?«

»Indem er den Antrieb für ein spezielles Weltraum-Fahrzeug entwickelt. Erinnern Sie sich, was ich Ihnen vorhin in der Friedhofskapelle über das Gift sagte? Daß es von einem Planeten im Sternbild des Kepheus herabtropft?«

Theodor erinnerte sich. Er dachte: ›Das wäre gewiß ein Thema für Primarius Leibgrus.‹ Ob ihr Sohn schon Kontakt mit dem Ingenieurszirkel von Aervegebank aufgenommen habe, fragte er Frau Klann deshalb. Ihre Miene verfinsterte sich augenblicklich. »Die Ingenieure von Aervegebank wären wohl die letzten, an die mein Sohn sich wenden würde!« rief sie empört.

Theodor wunderte sich: »Weshalb? Ich bin doch schließlich auch ...«

Er hätte sich gefreut, wenn diese Irritation ihn etwas aufgemuntert hätte. Statt dessen trug sie zu seiner Entkräftung bei.

»Wissen Sie überhaupt, was das für Leute sind?« fragte die graue Dame.

»Wieso? Was meinen Sie?«

»Haben Sie es wirklich nicht bemerkt?«

»Ich hatte bisher sehr wenig Umgang mit den Ingenieuren. Was hätte ich denn bemerken sollen?«

»Daß es perverse, morbide Kreaturen sind. Heiden sind sie, durch und durch. Und ihr Anführer Leibgrus, der laufend Gott lästert, ist ein altes Schwein.«

Nun glaubte Theodor, etwas zugunsten seines Förderers vorbringen zu müssen, wurde aber mundtot gemacht.

»Ein altes Schwein«, wiederholte Frau Klann. »Jeden Monat läßt er sich im Bordell auspeitschen!«

»Mit Verlaub, er ist ... Ich bin sozusagen mit seiner Tochter verlobt ...«

»Mit seiner Tochter? Haben Sie die denn schon einmal gesehen?« rief Frau Klann höhnisch.

»Nein«, mußte Theodor zugeben, »das habe ich noch nicht.«

»Kein Wunder! Der Alte wird sie Ihnen vor der Hochzeit auch nicht zeigen, denn sie ist ein Monstrum!«

Das gab Theodor zu denken, denn er hatte sich trotz allem Desinteresse an der Heirat schon gefragt, warum er seine Zukünftige nie zu Gesicht bekam.

»Was genau meinen Sie mit Monstrum? Was wissen Sie von ihr?« fragte er.

Frau Klann war jedoch nicht bereit, sich ausführlicher zu dem Thema zu äußern und sagte: »Von mir erfahren Sie kein weiteres Wort, ich mische mich nicht ein. Mit wem Sie verlobt sind, ist allein Ihre Angelegenheit, ebenso wie Ihr beruflicher Umgang. Jedenfalls sind die Auftraggeber meines Sohnes von ganz anderem Format.«

»Wer sind denn seine Auftraggeber?«

»Ich bedaure sehr, Ihnen darauf nicht mehr antworten zu können, als daß auch dieser Punkt strengster Geheimhaltung unterliegt.«

»Entschuldigung, ich wollte nicht neugierig sein.«

Eine Gesprächspause trat ein. Theodor versuchte, seiner Erschöpfung zum Trotz, für sich zusammenzufassen und zu verarbeiten, was er gehört hatte. Frau Klanns Sohn war an einem geheimen Raumfahrtprojekt beteiligt, das die Giftemission des Regens von Aervegebank unterbinden sollte, hatte aber offenbar Schwierigkeiten, ein dazu notwendiges Antriebssystem zu entwickeln.

›*Ich* habe eins‹, dachte er, ›ich könnte ihm tatsächlich helfen.‹

Bei diesem Gedanken war es ihm, als empfange er plötzlich wieder das Signal, das ihn vor der Reise zur Beerdigung der Tanten aufgerufen hatte, seine Gabe in den Dienst einer würdigen Aufgabe zu stellen. Bis jetzt war ihm unbekannt gewesen, was für eine Aufgabe das sein sollte, doch in diesem Augenblick, obwohl er sich müde und hinfällig fühlte, begriff er, daß es so weit war. Hier war der hohe Zweck, dem er seine Erfindung weihen konnte: Der Kampf gegen das Gift! Das war es! Er erzitterte vor der Größe der Herausforderung. In der Tat schienen Frau Klanns Sohn und er einiges gemein zu haben, vielleicht hatten sie sogar eine gemeinsame Zukunft. Er wollte, ja mußte seine Hilfe anbieten. Wenn er mit den Auftraggebern bekannt und von ihnen eingeweiht würde, stünde dem Gelingen des Projekts zumindest hinsichtlich des Antriebs nichts mehr im Wege. Sein Motor konnte jedes Raumfahrzeug antreiben.

Wie schwer ihm das Denken fiel! In seinem Zustand schien es die Energie aus ihm herauszusaugen und nur ein widerliches Gefühl im Kopf zu hinterlassen, eine gähnende Leere und gleichzeitig etwas schädelsprengend Aufgequollenes. Ein anderer Gedankengang schleppte sich hinkend durch das getrübte Blickfeld seines Geistes: Weshalb, fragte er sich, und ihm wurde schwindlig von der mentalen Anstrengung, weshalb unternahm eigentlich der Ingenieurszirkel von Aervegebank nichts gegen den Giftgehalt des Regens, sondern spekulierte statt dessen lieber über die Ursache von Knallgeräuschen? Am Ende hatte Frau Klann mit ihrem Urteil über Leibgrus und die Ingenieure womöglich recht?

Ihn fröstelte trotz der großen Wärme im Salon. Allem Anschein nach war seine »Batterie« beinahe leer. Es war Zeit, Energie auf herkömmliche Weise zu gewinnen. Bevor er jedoch um etwas zu essen bitten konnte, hörte er jemanden ungestüm ins Zimmer kommen. Simultan mit dem Geräusch der Tür und den heftigen Schritten auf dem Parkettboden entstand ein weiterer Laut, ein hemmungsloser, von Vorwurf und Anklage erfüllter Schrei ohne Worte. Theodor fuhr vor Schreck zusammen, sein ausgelaugter Kopf drehte sich unwillkürlich und viel schneller als ihm bekömmlich war in die Richtung des Eindringlings. Dieser stand nun, schwach beleuchtet, auf halbem Wege zwischen Tür und Frau Klann, während sein langgezogener Schrei in den finsternisverklumpten Winkeln des Salons verhallte. Mit einem ungläubigen, an Blödsinnigkeit kaum zu übertreffenden Blick aus schreckgeweiteten Augen sprang Theodor auf. Er wollte ebenfalls schreien, aber die weltallartige, licht- und luftlose Tiefe, in die er nun fiel, erstickte jeden Ton.

Entweder weil er durch das Nichts hindurchgefallen und auf der anderen Seite herausgekommen war, oder weil es ihn nach einer gewissen Frist wieder ausgespien hatte, nahm Theodor den Faden seines Bewußtseins zu einer anderen Zeit, an einem anderen Ort erneut auf. Er war allein in einem kleinen, spärlich möblierten Zimmer. Seine Position war horizontal, unter einer dicken Wolldecke. Nach dem durch die zugezogenen Vorhänge fallenden Licht zu urteilen, war Tag. Ohne Schwierigkeiten konnte er sich die Ereignisse des vergangenen Tages ins Gedächtnis rufen, und etwas sagte ihm, daß er noch immer im Haus von Frau Klann war, wo ihm zuletzt etwas zugestoßen sein mußte, das zu seiner gegenwärtigen Lage geführt hatte. Beim Versuch sich zu erinnern, was es gewesen war, kam er über ein vages Gefühl, eine Ahnung, nicht hinaus. Es schien ihm irgendwie, als hätte er sein eigenes Spiegelbild angesprungen und bei der Kollision mit der Glasscheibe das Bewußtsein verloren. Der Gedanke ließ sich aber nicht weiterverfolgen, sondern zerlief wie eine Traumerinnerung nach dem Erwachen. Sein Hunger war inzwischen so quälend, daß ihm übel war. Zum Aufstehen fühlte er sich zu schwach, erfrischenden Schlaf hatte er in der Zeit seiner Ohnmacht ganz sicher nicht gefunden. Mit geschlossenen Augen lag er auf dem Rücken, der Unterkiefer klappte herab. Gut und gern konnte dies sein Sterbelager sein.

Aus einem nicht weit entfernten Raum jenseits der ihn umgebenden Wände vernahm er zwei Stimmen. Die eine mußte Frau Klann gehören, die andere verursachte ein kindliches oder tierisches Gequengel und Geschrei, das an den vorwurfsvollen Laut erinnerte, den Theodor zuletzt im Salon gehört hatte. Frau Klann schien die Unmutsäußerungen der anderen Stimme stereotyp mit derselben unveränderlichen Formel zu beantworten. Ein endloser monotoner Dialog entstand daraus, als ob eine Bandschleife abgespielt würde. Der Wortlaut war jedoch nicht zu verstehen. Theodor fiel jetzt das anhaltende Rauschen des Regens auf. Also hatte sich die Wetterlage nicht geändert, es bestand keine Aussicht auf die Rückreise nach Aervegebank. Es blieb demnach genügend Zeit, mit dem Sohn von Frau Klann zu sprechen, von Ingenieur zu Ingenieur, und ihm den Motor anzubieten. Aber ob Theodor kräftemäßig dazu in der

Lage sein würde, stand dahin. Wenn er nicht bald Nahrung zu sich nahm, konnte es leicht geschehen, daß er umkam. Niemand sah nach ihm, ob er etwas brauchte. Infolgedessen war er gezwungen, aufzustehen und sich zur Küche zu schleppen. Gewisse Geräusche legten die Vermutung nahe, daß dort eventuell eine Mahlzeit zubereitet wurde. Wie er beim schmerzlich mühsamen Verlassen seines Ruhelagers entdeckte, trug er immer noch die geliehene Kleidung von Frau Klanns Sohn. Seine eigene war in dem kalten Badezimmer bestimmt noch nicht getrocknet. Dann wäre es nötig, sie an einen wärmeren Ort zu schaffen. Um dies zu überprüfen und bei der Gelegenheit mit einer kalten Katzenwäsche zum Munterwerden beizutragen, schleppte er sich zunächst zum Bad.

Als Theodor seine Textilien wiedersah, erlebte er eine unangenehme Überraschung: Sie waren total verdorben. Vermutlich hätte alles vor dem Trocknen gründlich ausgewaschen werden müssen, so aber hatte das Regengift ungehindert weiter eindringen und sein Zerstörungswerk fortsetzen können. Der Stoff war in seiner molekularen Grundstruktur tödlich getroffen und erweckte den Anschein eines schwer empfangsgestörten Fernsehbilds. Wie nach dem Kappen der Antenne gab es nur noch ein chaotisches Flimmern und Prasseln aus schwarzen und weißen Punkten. Unmöglich konnte Theodor irgend etwas davon gebrauchen. Frau Klann, die um diese Dinge wußte, hätte ihn doch davor warnen müssen, seine Sachen unausgewaschen trocknen zu lassen. Es empörte ihn, und er wollte sich bei ihr beschweren. Er sah diese Katastrophe als Bestätigung der Notwendigkeit an, seine Erfindung dem

Projekt zur Bekämpfung des Regengifts zugute kommen zu lassen. Indem er weiterhin die Kleidung von Frau Klanns Sohn tragen mußte, fühlte er sich diesem zusätzlich verbunden. Wann würde er ihn endlich kennenlernen?

Gebückt, zum Hinfallen müde, erreichte er die Küche. Kaum hatte er genug Kraft, die Tür zu öffnen. Durch den Spalt sah er Frau Klann, sie schnitt soeben Brot. »Nein«, hörte er sie zu jemandem sagen, »das ist nichts für dich. Du hast dein Essen da auf deinem Teller. Etwas anderes gibt es nicht.« Darauf ertönte wieder das Quengeln und Schreien, das schon zuvor zu hören gewesen war. Theodor war bei aller Schwäche doch neugierig, wer wohl der Urheber solcher Töne war, konnte es von der Tür aus aber nicht feststellen. Bevor er einen umfassenderen Blick in die Küche tun konnte, sah ihn Frau Klann.

»Hallo! Wieder auf den Beinen?« erkundigte sie sich nicht übermäßig freundlich. »Ich hoffe, es geht Ihnen besser als gestern abend. Darf ich Sie jetzt mit meinem Sohn bekannt machen, ohne daß Sie gleich in Ohnmacht fallen? Dietrich, sieh mal, wer hier ist!«

Vor Theodors aufgesperrten Augen erschien sodann eine Gestalt, bei deren Anblick er wieder glaubte, einen Spiegel vor sich zu haben. Diesmal verlief die Begegnung aber glimpflicher, sie vermittelte nicht wieder das Gefühl eines Zusammenpralls, und Theodor blieb bei Besinnung. So nutzte er die Gelegenheit, sein Gegenüber eingehend zu betrachten. Der, den Frau Klann da als ihren Sohn Dietrich präsentierte, sah ihm verblüffend ähnlich. Die gleiche Statur und Größe, exakt das Gesicht, das Theodor im Spiegel zu sehen gewohnt war, sogar die gleiche, nur seitenverkehrte große Narbe an Stirn und Schläfe. Unglaublich! Wie konnte dieser Dietrich Klann sein spiegelbildlicher Zwilling sein? Die Worte der Mutter, »Sie haben viel mit ihm gemein«, bedeuteten in äußerlicher Hinsicht eine Untertreibung, doch gab es wohl einen auffälligen Wesensunterschied zwischen ihnen beiden. Während Theodor den anderen fassungslos angaffte, schien dieser lediglich mit einem flüchtigen Blick zu überprüfen, ob der Besucher als Alternative zu dem Essen in seinem Teller in Frage kam. Sowie feststand, daß dies nicht so war, verlor Dietrich jedes Interesse an seinem Ebenbild, das er womöglich nicht einmal als solches erkannt hatte. Maulend kehrte er an seinen vorherigen Platz zurück.

»Wie …«, begann Theodor hilflos und zeigte auf Dietrich. Er hoffte, Frau Klann würde seine Frage, zu der ihm die Kraft und die Worte fehlten, unschwer erraten und ihm alles erklären, doch sie antwortete statt dessen: »Er muß streng Diät halten wegen einer Vergiftung, die er sich berufsbedingt zugezogen hat. Aber das paßt ihm natürlich nicht, und den lieben langen Tag versucht er, mir etwas abzutrotzen, was ihm besser schmeckt. Leider muß ich zu seinem eigenen Besten hart bleiben, denn das, was er will, würde er nicht vertragen. Sehen Sie nur, wie unvernünftig er ist. Nein, Dietrich, nein! Du kannst nichts anderes bekommen als das, was auf deinem Teller ist. Geh hin und iß das! Etwas anderes gibt es nicht.«

Zu Theodor sagte sie: »Wenn Sie wollen, können Sie mit mir frühstücken. Es ist alles fertig. Setzen Sie sich nur an den Tisch.«

Das ließ er sich nicht zweimal sagen. Mit knurrendem Magen und froh, sich hinsetzen zu können, nahm er am Tisch Platz.

»Greifen Sie zu«, lud Frau Klann ihn ein. Wie selbstverständlich sie das sagte! Sie mußte doch in der Zeitung gelesen haben, daß er eigentlich die Funktionsweise einer Autobatterie besitzen sollte und keine feste Nahrung brauchte. Von seinen neuerdings aufgetretenen Energieproblemen konnte sie schließlich nichts wissen. Vielleicht hatte sie diesen Punkt auch einfach vergessen. Sie setzte sich ihm gegenüber.

Kaum hatte Theodor damit begonnen, eine Schnitte Brot dick mit Butter zu bestreichen, als Dietrich sich auf den Stuhl neben ihm fallen ließ und voller Neid jeden seiner Handgriffe verfolgte. Der Oberkörper des unverschämt starrenden Doppelgängers schwankte aufgeregt vor und zurück, hin und wieder zuckte die rechte Schulter; es war ihm anzusehen, wie gewaltsam er sich zurückhalten mußte. Theodor war zu hungrig, um sich davon stören zu lassen. Entschlossen legte er eine Scheibe Schinken auf die Brotschnitte. Da verlor Dietrich die Beherrschung und streckte gierig die Hand danach aus. Mit dem Ruf »Pfui, Dietrich! Nein!« schlug ihm seine Mutter blitzschnell auf die Finger. Dietrich zog die Hand zurück und sprang auf. Sobald er Theodor jedoch essen sah, setzte er sich wieder. Er ließ das Butterbrot nicht mehr aus den Augen und beobachtete unablässig, wie sein Tischnachbar es zum Mund führte, davon abbiß und kaute. Nach ein paar Minuten sah er ein, daß er hier nichts bekam, und versuchte es bei seiner Mutter, die es sich gleichfalls schmecken ließ.

»Guck uns doch nicht das Essen aus dem Mund«, herrschte sie ihn an. »Geh zu deinem Teller! Was da drauf ist, kannst du essen und nichts anderes. Du hast eine Vergiftung, deshalb mußt du Diät halten.«

Der Sohn strich rastlos um den Tisch und stieß die bekannten anklagenden Laute aus. Theodor fragte sich, wie ein fachliches Gespräch mit diesem Kerl möglich sein sollte, der sich offenkundig für nichts anderes als fürs Essen interessierte. So einem den Wundermotor anzubieten, war doch ziemlich aussichtslos. Aufs ermüdendste wiederholte sich Mal um Mal das immer gleiche Spiel. Dietrich belagerte abwechselnd seine Mutter und Theodor, um jedesmal mit dem Hinweis auf seine Vergiftung und seinen eigenen Teller beschieden zu werden. Allein vom puren Zusehen und -hören konnte einem die Lebenskraft schwinden, und Theodor spürte, wie es ihm den Rest zu geben drohte.

»Schluß mit der Bettelei!« rief Frau Klann zuletzt ungehalten, als Dietrich nicht aufhörte, ihnen zur Last zu fallen. »Hinaus!« Sie scheuchte ihn aus der Tür, die die Küche direkt mit dem Garten hinter dem Haus verband. Geduckt und stumm nahm Dietrich die Vertreibung hin.

›Nun hat er schon eine Vergiftung‹, dachte Theodor, ›und seine Mutter jagt ihn auch noch in den Regen hinaus!‹

Frau Klann schloß die Tür und kehrte zum Tisch zurück. Endlich konnten sie ungestört weiterfrühstücken. Theodor wollte nach einer Weile einen zweiten Anlauf zu der Frage nehmen, weshalb er und Dietrich einander so verblüffend ähnlich sahen. Als Mutter mußte Frau Klann doch etwas dazu sagen können. Ehe er aber den Mund auftun konnte, stand sie ganz plötzlich auf.

»So«, sagte sie, »ich muß Sie jetzt leider bis zum Abend allein lassen. Wie ich sehe, muß ich mich sogar beeilen, um nicht zu spät zu kommen. Solange es regnet, können sie nicht nach Aervegebank zurück. Betrachten Sie sich bitte weiterhin als meinen Gast. Essen und trinken Sie, so viel Sie mögen. Ich wünsche Ihnen einen schönen Tag. Bis heute abend also!«

Ohne seine Antwort abzuwarten, lief sie aus der Küche. Irgendwo in der Wohnung verloren sich ihre Schritte. Allein am Tisch, fragte sich Theodor, wohin sie gegangen sein mochte, draußen regnete es doch unvermindert stark. Hatte sie überhaupt das Haus verlassen? Das Frühstück war eine Enttäuschung. Essen und Trinken fielen ihm schwer, anstatt kräftiger fühlte er sich mit jedem Bissen kränker. Kaum brachte er noch die Energie zum Kauen auf. Wie Pappe war das Brot, verlor den Geschmack und klebte ihm am Gaumen. Er mußte sich wieder hinlegen. In dem kleinen Zimmer, in dem er an diesem Tag zu sich gekommen war, kroch er unter die Wolldecke zurück. Stunde um Stunde verdämmerte er, von niemandem gestört. Zwischendurch versuchte er sich mit der Frage zu beschäftigen, weshalb Dietrich ihm so ähnlich sah, schlief jedoch stets entkräftet darüber ein.

Allmählich wurde es dunkler, der Tag verging. Daß irgendwann am Abend Frau Klann zurückgekehrt war, entnahm Theodor entsprechenden Geräuschen aus der Küche. Und auch Dietrich mußte wieder im Haus sein, denn es wiederholte sich der ewig gleiche Dialog vom Morgen. Es lockte Theodor nicht, Mutter und Sohn Klann Gesellschaft zu leisten, außerdem fühlte er sich zu elend dazu. Man vermißte ihn allem Anschein nach auch nicht, denn niemand kam, nach ihm zu sehen oder ihn zum Abendessen einzuladen, und so blieb er, wo er war. Abgesehen von einem grauenvoll anstrengenden Ausflug zur Toilette irgendwann in der Nacht, verließ er sein Lager nicht, bis es erneut hell wurde. Er wunderte sich, daß er überhaupt noch lebte und sogar die Kraft hatte, die Augen zu öffnen. Aus der Küche war nichts zu hören, vielleicht schliefen alle noch. Und da war noch etwas, das nicht zu hören war, wie Theodor allerdings erst nach einiger Zeit auffiel. Das Rauschen, das während der letzten anderthalb Tage dauerhaft den akustischen Hintergrund gebildet hatte, war verstummt. Es regnete nicht mehr. Demnach mußte die Rückreise nach Aervegebank möglich sein, es bestand kein Hindernis außer Theodors Hinfälligkeit. Die aber war beträchtlich. Schwer atmend lag er da und überdachte die notwendigen Schritte:

1. Versuchen, die Küche zu erreichen und etwas zu essen.
2. Versuchen, das Haus zu verlassen.
3. Versuchen, die Straße zu erreichen.
4. Versuchen, eine Fahrmöglichkeit aufzutreiben.

Von der großen mentalen Anstrengung erschöpft, nickte er für ein paar Sekunden ein, um aufs unbarmherzigste von einer rauhen Stimme geweckt zu werden:

»Ein schöner Ingenieur bist du! Liegst tagelang untätig beim Feind herum, ohne auch nur zu versuchen, mit uns Kontakt aufzunehmen! Es gibt da seit geraumer Zeit eine gewisse technische Einrichtung zur fernmündlichen Verständigung, Telephon wird sie allgemein genannt. Hast du davon schon einmal gehört, du Wunderknabe? Te-le-phon!«

Theodors Oberkörper schnellte in die Höhe, er lauschte ängstlich, während die Silben des Wortes *Telephon* in seinen Ohren verklangen. Um ihn herum war alles still, zweifellos hatte die Stimme in seinem Kopf gesprochen. Sie erinnerte ihn an den Unterricht, den er früher von den Erzengeln erhalten hatte. Aber er fand nicht, daß es wirklich eine von ihren Stimmen gewesen war. Ein wenig hatte sie geklungen wie Primaringenieur Leibgrus und auf unerklärliche Weise sogar wie die verstorbenen Tanten. Eine befremdliche Mischung! Nichtsdestoweniger war der Inhalt der Mitteilung von praktischer Bedeutung. Er hatte tatsächlich so viel Zeit an diesem Ort verbracht, ohne auch nur im entferntesten daran zu denken, daß er in Aervegebank anrufen könnte. Wie ihm das hatte passieren können, vermochte er sich nicht zu erklären. Die Schwäche, die ihn befallen hatte, mußte seine Denkfähigkeit noch dramatischer verringert haben, als er ohnehin gefürchtet hatte. Richtig schwachsinnig war er geworden. Wenigstens wußte er jetzt darum und konnte, wenn auch sehr verspätet, endlich handeln. In diesem Haus gab es ganz sicher ein Telephon, wahrscheinlich im Salon, er brauchte es nur zu finden. Indem er sich von der Liege herunterquälte und versuchte, aufrecht zu stehen, ging ihm durch den Kopf, was er Leibgrus sagen wollte und was dieser vermutlich antworten würde. Wegen des Verlustes von Chauffeur und Limousine gäbe es bestimmt harte Worte zu hören und auch wegen des langen Ausbleibens. Aber man mußte ihn doch abholen!

Sich an den Wänden entlangtastend, schlurfte Theodor wie ein kranker Greis zur Küche. Um auch nur genug Kraft zum Suchen des Telephons, geschweige denn zum Führen eines Gesprächs zu haben, mußte er zuerst etwas essen, ob es nun schmeckte oder nicht. In der Küche traf er niemanden an, auf dem leeren Tisch fand er lediglich einen Zettel. Darauf stand:

Ich mußte schon früh zum Dienst in die Friedhofskapelle. Bitte, machen Sie sich Ihr Frühstück selbst. Dietrich ist ebenfalls zur Arbeit gegangen und kann Ihnen leider nicht Gesellschaft leisten. Seien Sie bitte so freundlich, auch meinem Vater Frühstück zu bringen und darauf zu achten, daß er keinen Alkohol trinkt. Sie finden ihn im Keller (zweite Tür rechts neben der Treppe). Der Schlüssel hängt neben der Tür.
Bis heute abend!

Klann

Fiebrig, dem Zusammenbruch nahe, buchstabierte er sich die Nachricht zusammen. Welch ein Ansinnen! Da ließ man ihn vierundzwanzig Stunden lang allein herumliegen und bat ihn nun auch noch, den Alten zu versorgen, wo er doch schon außerstande war, sich selbst zu helfen. An Frau Klanns Vater, den Major im Ruhestand, hatte er seit dem ersten Abend in diesem Haus überhaupt nicht mehr gedacht. Im Keller war der Mann eingesperrt und mußte vom Alkohol ferngehalten werden – ob er am Ende gefährlich war? Eine Zumutung. Wenigstens war der schreckliche Sohn nicht da, dessen Futterneid hätte ihm sonst den Garaus gemacht. Theodor begann, so gut es seine beklagenswerte Verfassung erlaubte, die Küche nach Eßbarem abzusuchen. Sehr langsam kam er dabei voran, und wo er auch nachsah, nirgends fand er etwas. Kühlschrank, Speisekammer und alle übrigen in Frage kommenden Aufbewahrungsvorrichtungen für Nahrungsmittel waren leer. Alles in allem machte die Küche den Eindruck, schon lange nicht mehr in Gebrauch zu sein. ›Nicht zu glauben, daß ich gestern hier gefrühstückt habe‹, dachte Theodor und staunte über den Staub und andere, für die Abwesenheit von Menschen sprechende Anzeichen. Ihm wurde unheimlich, denn er fürchtete um seine zeitliche Orientierung.

»Das Telephon«, sagte er, um der Stille und Leere, aber auch seiner wachsenden Angst etwas entgegenzusetzen. »Ich muß das Telephon finden.«

Das war leichter gesagt (obwohl ihm das Sprechen schwerfiel) als getan. Auf allen vieren kroch er den Flur entlang zum Salon. An der Tür richtete er sich stöhnend so weit auf wie nötig war, um die Klinke herunterzuziehen. Mit der Schulter drückte er dann so lange gegen das Türblatt, bis er durch den entstehenden Spalt paßte. Der Salon bot bei Tageslicht den Anblick einer seit langer Zeit nicht mehr betretenen Rumpelkammer. Theodors übermüdete Augen brauchten lange, bis sie unter all dem Trödel einen altmodischen Telephonapparat entdeckten. Er wankte und stolperte zu dem verstaubten Gerät, das auf einem asiatischen Konsoltischchen stand, und nahm schwerfällig den Hörer ab. Die Leitung war tot. In einem seit langem unbewohnten Haus mußte logischerweise auch der Fernsprechanschluß stillgelegt sein. Und wenn niemand hier wohnte, war sicher auch kein alter Major im Keller eingesperrt. Doch das zu überprüfen, war Theodor nicht mehr fähig. Es wäre sowieso zweckmäßiger gewesen, den kaum noch nennenswerten Rest der schwindenden Leistungsfähigkeit dazu zu nutzen, die Straße zu erreichen, ein Fahrzeug anzuhalten oder Passanten um Hilfe zu bitten. Doch würde auch dies eine Kraftanstrengung bedeuten, zu der er sich nicht in der Lage sah. In diesem stickigen Raum voller Gerümpel mußte er hilflos sterben. Er, von der Zeitung als genialer Mutant und von seinen Tanten als ein Geschenk Gottes, ja als gebenedeit unter den Ingenieuren bezeichnet; er, der Erfinder des kraftstoffunabhängigen Motors, der künftige Schwiegersohn des Primaringenieurs Leibgrus, der vor zwei Tagen noch zu den kühnsten Hoffnungen berechtigt hatte, er mußte nun infolge der Einwirkung des giftigen Regens ein solch klägliches Ende nehmen!

Theodor ließ sich resigniert in den Sessel fallen, der ihm schon am ersten Abend als Sitzgelegenheit gedient hatte. Sein Blick trübte sich, es bestand für ihn kein Zweifel daran, daß er bald in diesem Sessel sein junges Leben aushauchen würde. Schon sah er sich selbst, das heißt seine verdorrten Überreste, dort sitzen, gespenstisch mit dem brüchigen Leder des Sessels verschmolzen. Ihm schien, daß seine Seele den Körper verlassen hatte. Irritierenderweise fixierten ihn, der nun mit der Optik der immateriellen Seele zu sehen glaubte, die Augen des abgelebten Leibs eindringlich, und der Mund in dem knochigen, ausgetrockneten Gesicht öffnete sich, um mit rauher Stimme zu sprechen: »Sie leben noch, junger Mann? Damit hatte ich schon nicht mehr gerechnet!«

Theodor begriff, daß er offenbar doch noch lebte, und daß es ein anderer Mensch war, der da im Sessel gegenüber saß und ihn ansprach. Er zwang sich, genauer hinzusehen. Das mußte, wenn ihn seine Erinnerung nicht trog, der alte Major sein, der angeblich im Keller eingesperrt war. Bis jetzt entsprachen die Tatsachen in keinem Punkt den Worten auf Frau Klanns Zettel. Demnach konnte sie, und auch ihr Sohn, ohne weiteres im Haus sein. Aber was bezweckte sie damit?

»Glauben Sie meiner Tochter kein Wort«, fuhr der Major fort, als wisse er, was Theodor dachte. »Meine Tochter ist nicht bei Verstand, war es nie, woran ich, wie ich gestehen muß, wegen meiner Vergangenheit eine gewisse Mitschuld trage. Es ist fürchterlich und abscheulich, was sie sich einbildet und wofür sie zu leben glaubt. Hat sie Ihnen von den größenwahnsinnigen Plänen erzählt, die sie für ihren Bastard hegt?«

Theodor fühlte sich in seinem Argwohn, mit Frau Klann könne etwas nicht stimmen, bestätigt. Er antwortete: »Sie sagte, Dietrich arbeite an einem geheimen Raumfahrtprojekt gegen das Gift im Regen.«

»Was habe ich gesagt!« rief der Major. »Größenwahnsinniger Unfug! So ein Projekt gibt es selbstverständlich nicht, und das Söhnchen arbeitet so wenig an irgend etwas, wie ich Miss Universum bin.«

»Aber Ihre Tochter hat mich gebeten, ihm bei seiner Arbeit zu helfen, denn ich habe ein Antriebssystem entwickelt ...«, brachte Theodor vor, doch der Alte fiel ihm höhnisch ins Wort: »Ja, Antriebssystem! Für einen fiktiven Raumkreuzer, der in der kranken Phantasie meiner Tochter ›Sleipnir‹ heißt und mit dem, wie sie glaubt, Kaiser Wilhelm der Zweite eine Weltraum-Mission durchführen will. Meine Tochter ist völlig vernarrt in Kaiser Wilhelm den Zweiten – haben Sie ihr Zimmer gesehen? Nicht? Da haben Sie etwas versäumt. Einen ekelhaften Kaiser-Kult treibt sie, sämtliche Wände sind nach Backfischart mit seinen Konterfeis tapeziert.«

Theodor versuchte ohne Erfolg sich vorzustellen, wie das aussehen mochte. Bei der einseitigen Bildung, die ihm zuteil geworden war, verfügte er über sehr bescheidene Geschichtskenntnisse, und vom letzten deutschen Kaiser wußte er ziemlich wenig. Der Major schimpfte weiter:

»Aber das ist ja längst nicht alles! Nein, sie ist darüber hinaus von der Vorstellung besessen, in geistiger Verbindung mit Wilhelm zu stehen. Für sie lebt er noch! Stellen Sie sich vor, sie hält ihn sogar für den Vater ihres Sohnes! Hin und wieder inszeniert diese Verrückte Notzuchts-Attentate an sich selbst, indem sie sich entblößt auf den Boden legt und an Tisch und Stühlen festbindet. Während eines solchen Vorgangs will sie Dietrich vom, wie sie sich ausdrückt, ›verewigten Kaiser‹ in Trance empfangen haben. Auf ihrem Teppich! Woher sie ihn wirklich hat, weiß niemand. Es ist unerträglich, was für ein Aufhebens sie um den Nichtsnutz macht. Sie bezeichnet ihn als ›von Gott und Kaiser ausersehen‹, eine Strafexpedition gegen einen bestimmten Planeten im Sternbild des Kepheus durchzuführen.«

»Weil von dort die gefährlichste Substanz im ganzen Universum ausgeht, etwas Unaussprechliches, das auch den hiesigen Regen vergiftet«, warf Theodor ein. »Das hat sie mir jedenfalls gesagt.«

»Nun bitte, dann wissen Sie es ja schon«, erwiderte der Major resigniert. »Hat sie Ihnen weitere charmante Details verraten?«

Theodor verneinte.

»Dann will ich das tun«, fuhr der Alte fort. »Nach der Überzeugung meiner Tochter ist besagter Planet der Stützpunkt eines Teufels mit Namen Samael Tamarvan und seines Weibes Ishet Zemunin, des ›Dämons aller Unzucht‹. Hauptziel dieser beiden ist es, der deutschen Nation Schaden zuzufügen, daher schicken sie besagtes Gift zur Erde. Um das abzustellen, muß der Planet zerstört werden. Der Kaiser als ›planetarischer Gerichtsherr‹ hat bislang noch nicht durchgreifen können, da es an einem geeigneten Antrieb für seinen Raumkreuzer ›Sleipnir‹ fehlt. Sobald dieser Mangel behoben ist, prophezeit meine Tochter, wird ihr Bastard an der Spitze eines Heers aus ›Lichtrittern‹ zur siegreichen Strafexpedition ins Weltall aufbrechen.«

Bei der Erwähnung von »Lichtrittern« mußte Theodor an die Erzengel denken, vom übrigen begriff er nicht viel. Die vielen Namen und Details quälten ihn. Er hörte den alten Major weiterreden: »Dietrichs Kohorte an Bord von ›Sleipnir‹ besteht aus sogenannten ›Neublondgottsmännern‹, hat mir seine Mutter anvertraut. Possen, sage ich, nichts als Possen! Der Kerl interessiert sich in Wirklichkeit doch nur fürs Fressen! Auf so einem ruhen die Hoffnungen der deutschen Nation! Es kann einem schlecht davon werden, wie seine Mutter ihn verhätschelt. Hin und wieder gibt sie ihm sogar noch die Brust! Nein, das ist nicht ihr Sohn, es ist überhaupt kein richtiges Kind, sondern eine herausgeschnittene, begrenzt denkfähige Abdominalgeschwulst, die sie im Krankenhaus nicht totgekriegt haben. Das Ding ist aus der Erde, in der man es verscharrt hatte, wieder heraus und in das Bett gekrochen, in dem es eines Morgens von meiner Tochter gefunden wurde.«

Theodor vermochte nicht länger zuzuhören. Ihm war sterbenselend, sein Kopf schmerzte, seine Nerven schienen zu brennen. Ihm wäre lieb gewesen, wenn der alte Mann endlich geschwiegen hätte, doch der tat ihm den Gefallen nicht: »Das mit Abstand schlimmste aber ist, daß Kaiser Wilhelm der Zweite all das, was meine Tochter von Gift, Kepheus, Samael, Lichtrittern und Neublondgottsmännern faselt, schon im Jahre 1912 tatsächlich so doziert hat. Ich selbst sollte anno '13 an einer Weltraum-Mission teilnehmen, aber die Raumfahrt war damals noch nicht soweit. Statt dessen hat Wilhelm dann ein Jahr später den Ersten Weltkrieg vom Zaun gebrochen. Und ausgerechnet mein angeblicher Enkel soll jetzt dafür sorgen, daß der Feldzug wider Samael nachgeholt wird, indem er die technischen Voraussetzungen dafür schafft! Er! Lachhaft! Sehen sie sich nur einmal den von ihm erfundenen Antrieb, seinen vermeintlichen Wundermotor, an!«

Theodor schreckte auf – Dietrich *hatte* einen Motor entwickelt? Für eine Sekunde überwog die Neugier seine Agonie. Der Major reichte ihm mit zittriger Hand einen alten Schuhkarton über den Tisch. Auf den Deckel hatte jemand in ungelenken Buchstaben geschrieben:

EWIK. LAUFENTER. VON. GOTT.
GESCHAFFENER. MOTOR.
ES. IST. EIN. WUNDER.

Mit nicht minder zittrigen Händen öffnete Theodor erwartungsvoll den überraschend leichten Karton. Es lag nichts darin als vier alte Holzklötze.

In Theodors Kopf entstand ein Sausen und Rasen. Nichts konnte einen Amoklauf seines Nervensystems verhindern. Vielstimmiges, wieherndes Lachen erfüllte seine Ohren, mißtönend wurde, wie von Betrunkenen, ›Tochter Zion, freue dich‹ gegröhlt. Und in dieses Chaos rief die aufgeregte Stimme des Majors: »Fliehen Sie, junger Mann! Bleiben Sie auf keinen Fall hier! Sie schweben in höchster Gefahr! Haben Sie vielleicht gedacht, man gewährt Ihnen hier aus lauter Freundlichkeit und Nächstenliebe Obdach, so ganz selbstlos? Ist Ihnen nicht aufgefallen, daß man Sie mit voller Absicht ausnutzen, ja ausrauben und -saugen will? Die beiden wollen Ihre Erfindung stehlen und Sie anschließend beseitigen. Dann soll Dietrich den Ruhm einstreichen. Sie müssen nach Aervegebank zurück, hören Sie? Sehen Sie zu, daß Ihnen dort geholfen wird. Man muß Sie entgiften und mit neuer Energie aufladen. Wenn Sie hierbleiben, ist das Ihr sicherer Tod!«

Alles Licht erlosch, in Theodors Ohren pochte es dröhnend. Dann bellte und kreischte eine Stimme unverständliche Worte, im Hintergrund sang der wüste Chor nach der Melodie von ›Deutschland, Deutschland, über alles‹: »Alle Menschen werden Brüder für das deutsche Vaterland.« Die bellende Stimme wurde deutlicher:

»Hallo, hier spricht Leibgrus! Über die Sendeanlage der Puppen im Boot! Mann, was tun Sie da nur? Sie tragen ja die Kleider des Feindes! Hat Sie der Major nicht gewarnt? Wir arbeiten übrigens mit ihm zusammen, weil er viel über die Geisterflotte des letzten deutschen Kaisers weiß. Wie konnten Sie sich bloß mit seiner irren Tochter und ihrem Homunkulus einlassen? Jetzt ist es zu spät für Sie, Sie sind erledigt. Die Klann-Hexe hat Ihnen Ihre Gabe geraubt. Für uns sind Sie daher nutzlos. Hiermit

löse ich ausdrücklich die Verlobung zwischen Ihnen und meiner Tochter. Einen solchen Versager wie Sie würde ich nicht einmal eine von den Puppen in meinem Boot heiraten lassen!«

»Theodor!« ließen sich nun die Erzengel hören. *»Du hast uns verraten! Verraten und mißbraucht! Unseren Motor wolltest du in ruhmsüchtiger Absicht als deine eigene Erfindung ausgeben, verblendet von der vorübergehenden Wirkung des Giftes, das du auf gotteslästerliche Weise genommen hast. Doch jetzt ist es vorbei!«*

Theodors atavistische Angst, vom imaginären Erzengel-Motor getrennt zu werden, brach mit neuer Gewalt wieder aus.

»Ha, ha, ha, hören Sie, junger Freund, wie die Püppchen zwitschern?« fuhr Leibgrus fort. *»Es ist doch zu köstlich, daß sie fast aussehen wie Ihre verstorbenen Tanten! Aber nein, es sind ja nicht drei, sondern ihrer vier – was ist das?«*

»Ja, deine trügerische Gabe hast du verloren, und nun mußt du zurückzahlen, was du an Lebensenergie erschlichen hast. Bedenke, wie lange du nicht gegessen und geschlafen hast! Es konnte nicht gutgehen, Theodor! Ist dir denn kein Verdacht gekommen? Du als Ingenieur hättest es wissen müssen, daß kein Mensch wie eine Autobatterie funktionieren kann. So ein Blödsinn!«

Die Stimme des Primarius gellte dazwischen wie Pfiffe: *»Um Jesu Barmherzigkeit! Die Puppen! Großer Gott! Es sind …«* Der Rest des Satzes erstarb in einem langgezogenen schrillen Schrei, der schnell an Lautstärke verlor, als würde Leibgrus mit hoher Geschwindigkeit aus der Reichweite des Mikrophons gezerrt.

Theodor fand sich auf dem schütternden, rüttelnden Fahrrad wieder, das, kaum zu bändigen, in tiefster Nacht die mit Bruchsteinen befestigte Uferböschung entlangraste.

»Hallo, Dorli!« rief es vom Meer her, wo rechterhand das Boot auf den Wellen schaukelte.

»Hallo, Teigklumpen!«

»Schöne Grüße!«

»Von Louie, Louie, Louie und Louie!«

Diese höhnischen Rufe destabilisierten Theodor aufs marterndste, er mußte verzweifelt um sein Gleichgewicht ringen. Da trafen ihn in kurzer Folge vier harte, kantige Wurfgeschosse, eins am Kopf, eins am Rücken, eins am Knie, und das letzte fuhr zwischen die rotierenden Speichen des Vorderrads. Es gab ein metallen-berstendes Geräusch, und ein dunkler, fast würfelförmiger Gegenstand wurde mittels der Zentrifugalkraft in die Nacht davongeschleudert. Im selben Augenblick verlor Theodor endgültig die Kontrolle über das Fahrrad und stürzte damit ins Meer.

Eine schöne Frau ist gut anzuschauen, und ein gutes Gefühl kommt, und der Glauben bekommt ein anderes Gesicht, und man fühlt, daß die Welt vollkommen zu glauben ist.

Karl Z.

Die ideale Geliebte

Von Zeit zu Zeit unternahm Norbert Krest mutterseelenallein Ausflüge, die für ihn die Bedeutung magisch-romantischer Reisen hatten. Dann fuhr er mit Bus oder Bahn einige Stationen weit, stieg planlos irgendwo aus, machte ausgedehnte Spaziergänge in der ländlichen Umgebung von F. und photographierte alles, was ihm magisch und romantisch erschien. Ansonsten aber brachte er seine Tage in seinem Zimmer zu, versunken in die literarischen und musikalischen Werke der deutschen Romantik. Seine Mutter hatte sich daran gewöhnt, daß sie ihn nur bei den Mahlzeiten zu sehen bekam und daß er während der Sommermonate tagsüber schlief, weil er das grelle Sonnenlicht nicht ertrug. Mit seinem zurückgezogenen Lebenswandel störte er ja niemanden, und wenn man ihn nicht störte, gab es keine Schwierigkeiten. Vater Krest war, bis zu seinem Tod vor vier Jahren, selbst ein großer Verehrer der Romantiker gewesen, und in der Verwandtschaft wurde geargwöhnt, er habe damit den Keim zur Lebensuntüchtigkeit seines einzigen Sohnes gelegt, dessen Entwicklung er bis zuletzt mit großem Unwillen verfolgt und wiederholt mit den Worten kommentiert hatte, die Werke der Romantiker als tüchtiger Mann in seinen Mußestunden zu genießen sei eine Sache, sich andauernd darin zu vergraben und selbst zur kränklichen Mondscheinexistenz zu verkümmern eine ganz andere. Dank seinem starken Hang zum versponnenen Einzelgängertum hatte Norbert keinerlei Freundschaften entwickelt. Im Verwandtschaftskreis brachte man seinen Eigenarten nach wie vor kein Verständnis entgegen. Unlängst hatte er einen Onkel zu seiner Mutter sagen hören: »Wie kannst du diesen finsteren Drückeberger nur immer noch beim Tachinieren unterstützen! Irgendeiner geregelten Berufstätigkeit wird er doch nachgehen können? Außerdem sollte er sich mit seinen fünfunddreißig Jahren endlich eine Freundin suchen, da käme er auf andere Gedanken!«

Seine Mutter hatte ihn verteidigt: »Arbeit kommt für Norbert nicht in Frage, das ist ärztlicherseits oft genug festgestellt worden. Dafür kann er nichts. Und wer weiß? Vielleicht hat er ja heimlich eine Feundin?«

»Woher denn?« hatte der Onkel gehöhnt. »Und was sollte das wohl für eine sein? Eine auf dem Friedhof ausgegrabene vielleicht?«

Eine heimliche Freundin hatte Norbert indessen nicht, aber gemäß seiner romantischen Ausrichtung kultivierte er schwärmerische Vorstellungen von einer weiblichen Phantasiegestalt, seiner idealen Geliebten. Er war seit langem überzeugt, daß es sie gab und daß er sie finden würde. Ihr bisher nur geahntes Bild suchte er in den Gesichtern junger Frauen, die ihm auf seinen Ausflügen, im Fernsehen, in Zeitschriften oder Zeitungen begegneten. Überraschend fand er es an einem Augustabend.

Allein in der Wohnung, da seine Mutter auf Reisen war und Verwandte besuchte, war er gegen zwanzig Uhr aufgestanden und hatte sich »Frühstück« gemacht. Nachdem er es in sein Zimmer getragen und zu verzehren begonnen hatte, setzte ein Gewitter ein. Heftiger

Regen fiel. Norbert zog angesichts dieser ihm günstigen Wetterverhältnisse die Jalousie hoch und öffnete das Fenster zum Garten. Draußen kühlte es merklich ab, herrlich duftende, frische Luft strömte ins Zimmer. Der Himmel wurde von dunklen Wolken aufs angenehmste bedeckt, das grelle Flutlicht der Banalität war einer schönen Dämmerung gewichen. Ein paar Minuten lang lauschte Norbert nur dem Rauschen und Plätschern des Regens. Dann schaltete er die Stereoanlage ein und setzte den Tonabnehmer des Plattenspielers geübt beim fünften Musiktitel auf die bereits aufliegende Schallplatte, eine Einspielung von Schumann-Liedern mit Dietrich Fischer-Dieskau und Christoph Eschenbach. Knisternd begann sein für alle Zeiten liebstes Lied, ›Mondnacht‹, op. 39 Nr. 5, aus dem Liederkreis nach Gedichten von Joseph von Eichendorff.

»Es war, als hätt' der Himmel die Erde sanft geküßt ...«

Wie noch jedesmal in so vielen Jahren, rührte ihn die Schönheit dieses Wunderwerks, in dem solche Worte mit solchen Tönen verbunden waren, auch jetzt wieder zu Tränen. Bei der letzten Strophe –

»Und meine Seele spannte
Weit ihre Flügel aus,
Flog durch die stillen Lande,
Als flöge sie nach Haus«

– schluchzte er laut auf und schaltete rasch das Gerät ab, kein anderes Lied durfte danach folgen, so pflegte er es immer zu halten. Doch dann geschah etwas. Norbert hatte das überwältigende Gefühl, daß in diesem Moment etwas ganz und gar Außergewöhnliches mit ihm vorging. Ihm war, als rage sein Kopf auf einmal weit aus dem gewohnten Schaukasten der Realität hinaus und in etwas Größeres, Wahreres hinein.

›Alles‹, empfand er in dieser Sekunde, ›alles kann jetzt geschehen – was ich nur will!‹

Es donnerte wieder. Zutiefst ergriffen wurde Norbert sich einer ungeheuren Möglichkeit bewußt: In diesem phantastischen neuen Zustand konnte er tatsächlich die ideale Geliebte treffen! Und nichts wollte er sehnlicher.

›Die Sonne senkt sich am Abendhimmel, dies ist die Stunde, in der ich die Liebe finde! Sie kommt von drüben her, mein Märchen wird wahr! Es beginnt das große Glück!‹

Kaum hatte er dies gedacht, als er schon die Nähe der idealen Geliebten spürte. Sie kam zu ihm, und sie liebte ihn rasend, es war unbeschreiblich, wie sie ihn liebte. Und er erwiderte diese Liebe – eine Liebe zum Himmel und zur lebendigen Hölle war das! Himmel und Hölle mußte sie den Atem rauben, so brennend war sie! Nun hörte er voller Entzücken auch die Stimme der Geliebten, eine Mädchenstimme, die ihn mit atemlosen Liebesbeteuerungen überschüttete. Ein Blitz ließ das Zimmer rosa aufleuchten, fast gleichzeitig erfolgte ein beängstigend lautes Krachen. Es mußte ganz in der Nähe eingeschlagen haben. Aus dem zusammengefalteten Lokalblatt, das Norbert ungelesen auf dem Tisch hatte liegen lassen, fuhr, nur für einen kurzen Augenblick und ohne wirkliche Brandgefahr, eine lodernde Flamme. Die unwiderstehliche Mädchenstimme wies ihn an, eine bestimmte Seite aufzuschlagen. Indem er es tat, hörte er sie rufen: *»Hier, süßer Freund, hier bin ich! Sieh mich an!«*

Und er sah sie an, direkt in ihre Augen sah er. Dunkle, schöne Augen waren es, wie überhaupt das ganze Gesicht sehr schön zu nennen war, ungemein wohlgeformt, wie von begnadeter Künstlerhand nach idealem Maß geschaffen – einfach perfekt!

Gleichwohl wußte Norbert, daß kein menschliches Antlitz vollkommen ebenmäßig geformt sein kann, weil es dann in letzter Konsequenz symmetrisch sein müßte, und so etwas gibt es in der Natur nicht. Bekanntlich kann dieser Sachverhalt leicht demonstriert werden, indem ein Spiegel an die Längsachse angelegt und jeweils eine Gesichtshälfte verdoppelt wird, so daß zwei klappsymmetrische Physiognomien entstehen, die sich dank zahlreicher Details sowohl von einander als auch vom Original unterscheiden. Da das Zeitungsphoto exakt en face aufgenommen war, konnte Norbert sich mit Hilfe eines randlosen Taschenspiegels sogleich davon überzeugen. Die beiden so zustande kommenden neuen Gesichter wirkten in der Tat etwas unnatürlich.

Um so natürlicher und lebendiger war das gedruckte Ausgangsbild der idealen Geliebten, die unter Blitz und Donner zu Norbert gekommen war, getarnt als Steckbriefphoto einer Suchmeldung, in der das Verschwinden einer Minderjährigen angezeigt wurde. Selbstverständlich war der im Text angegebene nicht der wahre Name der Geliebten.

»Finde mich!« forderte sie Norbert auf.

Er sah ihre Lippen auf dem Photo an und wußte mit beängstigender Gewißheit: ›Wenn ich jetzt denke, sie bewegen sich, dann tun sie's!‹

Ein eiskalter Schauer wollte ihn überlaufen, und Norbert strengte sich furchtbar an, dies zu verhindern, denn ihm war klar, wenn er es nicht verhindern konnte, würde der abgebildete Mund wirklich zu sprechen beginnen. Aber so sehr er es auch versuchte, es ließ sich nicht unterdrücken. Schreckliches Donnern und Krachen erschütterte den Raum, der im selben Augenblick von grellem Licht überflutet wurde. Für die Dauer dieses Blitzes glaubte Norbert, seinen verstorbenen Vater mit starrem Blick in der Tür stehen zu sehen. Eine ganze Flut von Schauern überfiel ihn jetzt, und er schrie gequält auf.

»Er kommt! Du mußt fliehen!« rief die Mädchenstimme, und wahrhaftig bewegte sich der Mund auf dem Zeitungsphoto. Sobald wieder die gewohnten Lichtverhältnisse herrschten, hatten sich die optischen Erscheinungen verflüchtigt. Die ideale Geliebte sprach aber weiter: *»Dein Vater kommt, um dich zu vernichten!«*

Wieder blitzte und donnerte es, mehrmals hintereinander diesmal. Norberts Vater stand jetzt nahe beim Tisch und streckte die klauenartige Rechte nach der Zeitung aus. Das Mädchen auf dem Photo rief lippensynchron: *»Er neidet dir deine schöne Seele, für die ich dich so glühend liebe! Dein Vater konnte die Romantik nie so tief verstehen wie du! Deshalb haßt er dich! Flieh vor ihm! Komm, finde mich!«*

Danach blitzte es nicht mehr. Norberts Vater war nicht länger da, das abgebildete Gesicht blieb regungslos, auch schwieg die Stimme. Norbert schnitt das Bild mit zitternden Händen aus und legte es fahrig in seine Brieftasche. Nun mußte er unbedingt losgehen, um seine ideale Geliebte zu finden. Im Haus des verstorbenen, mißgünstigen Vaters konnte er nicht bleiben. Hastig zog er Jacke und Schuhe an und steckte die Brieftasche ein. Seinen Photoapparat wollte er ebenfalls mitnehmen, doch da fiel ihm ein, daß er ihn seit seiner letzten magisch-romantischen Reise vermißte. Es konnte noch nicht lange her sein, daß er ihn verloren hatte. Ahnungslos, wohin er eigentlich wollte, lief er hinaus. ›Einfach drauflos‹, dachte er. ›Meine Geliebte wird mich durch geheime Zeichen leiten, ich muß auf alles achten, auf Steine, Pflanzen und Tiere. Dann finde ich automatisch den richtigen Weg.‹

Es hatte aufgehört zu regnen, der Himmel blieb aber dunkel bewölkt. Ohne nachzudenken ging Norbert zur nächsten Bushaltestelle. Weil soeben ein Bus in Richtung Bahnhof ankam, stieg er ein. Nur wenige Fahrgäste waren um diese Zeit auf dieser Strecke unterwegs. Norbert nahm weit hinten Platz, wo er niemanden im Rükken hatte. Vor ihm saß ein zeitunglesender Mann, dem er gedankenverloren über die Schulter sah, denn gedruckte Texte aller Art pflegten automatisch seine Aufmerksamkeit auf sich zu ziehen, und oft genug mußte er sich dann darüber ärgern, was für minderwertiges, dummes Zeug versehentlich in sein Bewußtsein eingedrungen war. Diesmal war es nicht so, denn die Seite, auf die sein Blick fiel, war keine andere als die mit dem Photo der Vermißten. Hier hatte er das erste Zeichen! Er begriff: Dem Mann mit der Zeitung mußte er folgen.

Am Südfriedhof stieg der Mann aus. Norbert hielt sich unauffällig hinter ihm und gelangte so durch eine alte, stinkende Unterführung auf die andere Seite der dort verlaufenden Bahnlinie. Die Stadt war hier praktisch zu Ende, hundert Meter weiter befand man sich schon auf dem Land. Der Mann mit der Zeitung ging zu einem dunklen PKW, der auf ihn zu warten schien.

Im nächsten Moment war er eingestiegen, und der Wagen fuhr davon. Norbert hielt Ausschau nach einem neuen Zeichen, das ihn weiterleiten sollte. Auf dem Asphalt der Straße waren kindliche Kreidezeichnungen zu sehen, Kreise, Kreuze, Zahlen und Buchstaben, auch ein paar Gesichter. Eins dieser Gesichter, das zweifellos ein Mädchen darstellen sollte und rechteckig eingerahmt war, schien Norbert eine stark vereinfachte Version des Zeitungsphotos seiner idealen Geliebten zu sein. Besonders auffallend war ein langer Pfeil, der von dem Gesicht fort landeinwärts zeigte. Leichter konnte man es ihm nicht machen! Bereitwillig ging er in die angegebene Richtung, immer weiter und weiter. Und immer neuen Zeichen folgte er; Stöcke, Steine und Knochen in besonderen Anordnungen sowie sich auffällig gebärdende Tiere wiesen ihm querfeldein den Weg.

Mit der Zeit empfand Norbert ein gewisses Unbehagen, das immer mehr zunahm. Es hatte für ihn grundsätzlich etwas unerträglich Trostloses, im Sommer draußen sein zu müssen, solange es hell war. Ohne irgendein Dach, und sei es aus Wolken, zwischen sich und dem strahlenden Himmel konnte er nicht existieren. Zu seinem Leidwesen hatte sich die mildtätige Bewölkung inzwischen aufgelöst, und die Sonne war vor dem Untergehen noch einmal kräftig hervorgekommen. Ein beklemmendes Gefühl der Verlorenheit quälte den einsamen Wanderer. Warum mußte ihn das Mädchen jetzt, in diesem unbarmherzigen Licht, so durch die Gegend scheuchen? Hätte sie ihn nicht im Herbst oder Winter, seinetwegen auch im Frühling, zu sich rufen können? Er begann ungeduldig zu werden und fragte sich, wie lange es noch dauern sollte, bis er sie endlich fand. Es machte ihn wütend, bloß herumzulaufen und nirgendwo anzukommen, während daheim die wunderbarsten Bücher und Schallplatten auf ihn warteten. Auf Zeichen achtete er nicht mehr. Dieses Mädchen mit seinem »Finde mich!« erlaubte sich vermutlich nur einen Spaß mit ihm. Nichts als eine Gewitter-Spukgestalt war sie gewesen, genauso wie die vermeintliche Erscheinung des toten Vaters. Überspanntheiten! Auf ein Zeitungsphoto hereinzufallen und sich wer weiß welchen romantischen Unsinn einzubilden! Das hatte er nun von seiner unnatürlichen Lebensweise und der einseitigen geistigen Beeinflussung! Norbert schämte sich und war geneigt, seinem Vater recht zu geben. Auf der Stelle mußte Schluß gemacht werden mit dem ungesunden Treiben. Das Photo von der dummen Pute mußte aus der Welt, am besten unter die Erde. Wo er gerade stand, wollte er es vergraben, um die Sache los zu sein.

Norbert bückte sich nach einem abgebrochenen Ast, mit dem er die lockere Erde aufwühlen konnte. Wie er ihn berührte, fuhr blitzartig eine kleine grüne Schlange darunter hervor und stieß nach seiner Hand. Obwohl ein Reflex ihn beinahe im selben Sekundenbruchteil zurückzucken ließ, war Norbert nicht schnell genug: Er verspürte einen feinen Stich an der Hand. Das Bewußtsein, in dieser menschenleeren Gegend fern jeder Hilfe von einer Schlange gebissen worden zu sein, verursachte ihm Todesangst. Er fürchtete, einen Kreislaufkollaps zu bekommen. Krampfhaft überlegte er, was zu tun sei und starrte auf seine Hand, um die Bißwunde im schwindenden Licht zu untersuchen. Doch da war nichts zu sehen, nicht die geringsten Spuren von Einstichen, nicht einmal eine Rötung der Haut. Er konnte nicht gebissen worden sein, die Schlange mußte er sich eingebildet haben. Das Photo, diese fiktive romantische Liebe, war an allem schuld! Ihm einen solchen Schock zu versetzen! Jetzt war endgültig Schluß mit dem Spuk. Ein schönes tiefes Loch wollte er graben, um das verhängnisvolle Stück Papier, das in kleine Fetzen zu reißen war, garantiert für alle Zeiten loszuwerden.

Als Norbert jedoch mit dem Ast gut zwanzig Zentimeter tief ins Erdreich eingedrungen war, stieß er auf einen festen Gegenstand. Neugierig machte er sich daran, ihn freizulegen und stellte bald schon fest, daß es sich um das Lederetui eines Photoapparates handelte. Offensichtlich sogar um eins, wie er es selbst bis vor kurzem besessen hatte. Beim Herausheben aus der Erde bemerkte er, daß es nicht leer war. Er säuberte das Futteral mit einem Papiertaschentuch, dann öffnete er es. Was darin lag, war seine eigene Kamera! Untrüglich erkannte er sie an diversen Kleinigkeiten. Wieder überlief ihn ein eiskalter Schauer. Er fragte sich, ob es deshalb seine Kamera war, weil er alles geschehen lassen konnte. Dazu hätte er vorher aber an die Möglichkeit, sie hier auszugraben oder überhaupt wiederzufinden, denken müssen. Und das hatte er nicht, jedenfalls nicht bewußt. Vielleicht ließ sein Unbewußtes derart verrückte Dinge geschehen!

›Nein‹, entschied er, ›so kann es nicht sein. Wenn mein Unbewußtes allein die Ursache wäre, wäre ich ja, auch für mich selbst, eine unberechenbare Gefahr.‹

Was aber steckte dann dahinter? Der Fund war so absurd, daß er einem den Verstand verrenkte. Nie zuvor war Norbert an diesem Ort gewesen, zuletzt hatte er die Kamera gehabt, als … ja, wann? Bei welcher Gelegenheit? Er kam nicht mehr darauf. Jemand mußte sie ihm gestohlen und hier vergraben haben. Aber: *Genau hier,* wo er sie jetzt wiedergefunden hatte? Solche Zufälle konnte es nicht geben. Er stutzte, denn wie er erst jetzt bemerkte, war der Film voll, dabei erinnerte er sich genau, beim letzten Mal nur wenige Aufnahmen gemacht zu haben. Wenn ihm also auf diese Weise seine Kamera wieder zugespielt wurde, dann konnte das doch nur bedeuten, daß er den Film entwickeln lassen sollte, um das nächste Zeichen zu empfangen. Und das hieß: Seine ideale Geliebte ließ all das geschehen. Sie hatte sich endlich wieder gemeldet! Dementsprechend sah er vom Zerreißen und Vergraben des Zeitungsphotos ab, hängte sich sein wiedergefundenes Eigentum um und beschloß, nach Hause zurückzukehren.

Infolge des vielen Kreuz- und Querlaufens hatte Norbert allerdings keine Ahnung, welchen Weg er einschlagen mußte. Sein Glück war, daß in der Nähe Bahngeleise verliefen. Die Strecke der Regionalbahn war vor langer Zeit stillgelegt worden, aber wenn er den Schienen weit genug folgte, mußte er früher oder später einen Ort erreichen, von dem aus er heimfahren konnte. Es wurde dunkel, doch das Mondlicht reichte einigermaßen aus; zwei Nächte zuvor war Vollmond gewesen. Unentwegt grübelte Norbert über den ausgegrabenen Photoapparat nach, und die Frage, ob der Schlangenbiß ein bloß eingebildeter gewesen war, machte ihm sehr zu schaffen; die Angst vor einer womöglich heimtückisch schleichenden Vergiftung konnte er nicht loswerden.

Nach einer Zeitspanne, die ihm übermäßig lang vorkam, erreichte der Nachtwanderer ein verlassenes Stationsgebäude. Der Name, der in abblätternden Lettern daran stand, war ihm unbekannt. Mit beschleunigtem Schritt setzte er seinen Weg fort. Bis auf gelegentliche schrille Schreie aus der Ferne wirkte die Gegend zu beiden Seiten wie ausgestorben. Nach einer weiteren Ewigkeit kreuzten die rostigen Schienen eine Straße, und endlich kam eine Ortschaft in Sicht. Von den schwarzen Silhouetten der Häuser hoben sich zahlreiche erleuchtete Fenster ab. Norbert hatte die Absicht, dort irgendwo nach einem Transportmittel zu fragen. Noch bevor er dazu Gelegenheit fand, kam er zu einer Haltestelle, an der ein Linienbus abfahrtbereit stand. Als Endstation war der Bahnhof von A. angegeben. Ohne zu zögern stieg Norbert ein und löste einen Fahrschein.

»Da haben Sie aber Glück«, sagte der Fahrer zu ihm, »das ist für heute der letzte Bus!«

Es sah aus, als würde dieser letzte Bus, der sogleich abfuhr, eigens für Norbert eingesetzt, außer ihm gab es keine Passagiere. Er ließ sich auf den nächstbesten Sitz fallen. Vor einigen Minuten war er noch ängstlich durch die Nacht geirrt, ohne zu wissen, wie er heimfinden sollte, und schon war er gerettet, sicher aufgehoben in der zivilisierten Menschenwelt!

Während der Bus ihn nach A. trug, ließ er seinen Gedanken freien Lauf. Erlöst von den Anspannungen der letzten Stunden, sah er die Dinge jetzt vollkommen klar. Seine ideale Geliebte leitete ihn. Und die Voraussetzung dafür, daß sie ihn leiten konnte, bestand in seiner Gabe, die er seit dem abendlichen Gewitter besaß, der Fähigkeit, alles Wirklichkeit werden zu lassen, was ihm beliebte. Auf dieser Grundlage hatte sie überhaupt erst mit ihm in Kontakt treten können. Trotzdem schien dieser Kontakt nicht einfach auf der Ebene einer kausalen Einbahnstraße stattzufinden. Wie am Fall des Photoapparats deutlich geworden war, existierte eine wesentlich komplexere, geheimnisvoll beschaffene Verbindung zwischen Norberts Willen und der Führung durch die ideale Geliebte. Der Funktionsmechanismus dieses Zusammenwirkens war für Norbert zu diesem Zeitpunkt noch nicht restlos durchschaubar. Es verhielt sich jedoch unverkennbar so, daß zuletzt irgendwie immer das geschah, was in seinem Sinne war. Darum war er auch nicht wirklich von der Schlange gebissen worden. Er betrachtete seine Hand, und auch im nüchternen Licht des Linienbusses war keine Spur eines Bisses daran zu entdecken. Seine Geliebte führte ihn auf magisch-romantischen Wegen, bis sie vereint sein würden. Wichtig war daher, daß er ihr vertraute und nicht wieder kleinmütig zweifelte. Auch das Suchen nach dürren rationalen Erklärungen konnte, wie Norbert weiterhin einsah, nur schaden, weil es zuletzt vielleicht das Wunderbare gefährdete. Er hielt den Photoapparat, der an einem Ledergurt um seinen Hals hing, mit beiden Händen fest. Um diesen Gegenstand war etwas entschieden Numinoses, nicht nur wegen der Umstände seiner Auffindung. In seinem Innern verbarg sich ein Geheimnis, das größer war, als Norbert ertragen konnte, und deshalb seine Phantasie qualvoll erregte. Es dauerte viel zu lange, bis er endlich erfahren würde, was auf dem Film war. Erst am nächsten Vormittag konnte er ihn zum Entwickeln bringen, und dann mußte er noch ein paar Tage auf die Abzüge warten – verlorene Lebenszeit!

›Hätte ich nur eine eigene Dunkelkammerausrüstung‹, dachte Norbert ungeduldig, doch fast im selben Moment wurde er sich seiner Fähigkeit bewußt: Wenn er *wollte,* daß er sehr bald, noch in dieser Nacht, Abzüge von den mysteriösen Aufnahmen zu Gesicht bekam, dann mußte das auch geschehen. Er konzentrierte sich auf diesen Wunsch. Etwa eine Viertelstunde später, um 23.07 Uhr, stieg er am Bahnhof von A. aus.

Den Photoapparat an sich drückend, betrat Norbert das alte, zeitgemäß verkommene Empfangsgebäude. Niemand sonst hielt sich im kränklichen Licht der Halle auf. Als erstes suchte Norbert den Fahrplan nach einer Verbindung in seine Heimatstadt ab. Der nächste Zug, der in Frage kam, war in einer Stunde fällig. So blieb ausreichend Zeit, eine Stärkung in der Bahnhofsgaststätte einzunehmen. Seit seinem »Frühstück« waren drei Stunden vergangen, und vom langen Laufen und den Aufregungen hatte er großen Hunger.

Die so spät tatsächlich noch geöffnete Gaststätte war klein und schäbig. Am Tresen, wo sich ein älterer Herr mit dem Wirt unterhielt, bestellte Norbert eine Portion Kartoffelsalat mit Würstchen, dazu einen doppelten Korn. Der Wirt begab sich hinter einen Vorhang, wahrscheinlich in die Küche, um ein Würstchen aufzubrühen. Norbert nahm an einem der Tische Platz. Bald schon brachte ihm eine junge Frau das Gewünschte. Ihr Anblick versetzte ihm einen Schlag, so frappant war ihre Ähnlichkeit mit der Vermißten aus der Zeitung. Entgeistert sah er sie an. Sie war aber nicht das Mädchen, das ihn so sehr liebte. Etwas sah anders aus in ihrem Gesicht, ein gewisser Unterschied zu dem abgebildeten bestand zweifellos. Wirkten ihre Züge nicht allzu gleichmäßig und infolgedessen geradezu unnatürlich? Und sie hatte auf beiden Wangen, jeweils an exakt der gleichen Stelle, ein kleines Muttermal.

Norbert holte das gottlob nicht zerrissene und vergrabene Photo aus der Brieftasche. Dabei stellte er fest, daß er kurioserweise auch den randlosen Taschenspiegel eingesteckt hatte. Der kam ihm jetzt wie gerufen, denn er brauchte ihn zur Überprüfung seines Verdachts. Er hielt ihn in die Mitte des gedruckten Gesichts und spiegelte die linke Hälfte. Mit einigen verstohlenen Blicken auf die junge Frau, die soeben am Tresen zu tun hatte, überzeugte er sich: Sie war ein leibhaftiger klappsymmetrischer Zwilling seiner idealen Geliebten. Er begriff, daß sie entstanden war, als er zu Hause das Experiment mit dem Spiegel gemacht hatte. Dann mußte es logischerweise auch das Gegenstück geben, den Zwilling aus der rechten Gesichtshälfte. Ihm wurde fast übel angesichts seiner Macht zur Beeinflussung der Realität. Photo und Taschenspiegel steckte er zurück, dann leerte er seinen Teller und das Glas. Die Stärkung tat ihm ausgesprochen wohl. Irgendwie verlor er darüber die symmetrische Dame aus den Augen, vermutlich mußte sie hinter dem Vorhang, in der Küche, etwas erledigen. Norbert bekam sie zu seinem Kummer nicht mehr zu sehen. Als es Zeit war, bezahlte er beim Wirt und ging zum Bahnsteig.

Der Zug kam pünktlich, Norbert stieg ein. Erst nach der Abfahrt wurde er sich klar darüber, daß er ohne nachzudenken, allein dem Fahrplan gehorchend, den Ort verlassen hatte, an dem ihm praktisch schon die Hälfte seiner Geliebten begegnet war. Die fraglos phantastischste aller magisch-romantischen Reisen, die er je unternommen hatte, beendete er vorzeitig, nur um den Film so bald wie möglich entwickeln zu lassen. Dazu hätte er aber auch am nächsten Morgen noch heimfahren können. Es wäre wichtiger gewesen, die Nacht für die Suche nach der Serviererin nutzen. Ein entscheidendes neues Zeichen hatte er somit sehenden Auges links liegenlassen, stumpfsinnig auf ein älteres Vorhaben fixiert, das durch die aktuelle Entwicklung zweitrangig geworden war. Er schämte sich vor seiner Geliebten. Gleichwohl konnte er sich nicht entschließen, nach A. zurückzufahren. Dazu bedurfte es eines überzeugenden Anstoßes, denn er hatte gleichzeitig Angst davor. Was ihn hauptsächlich verunsicherte, war die Frage, wie er sich in A. der Zwillingsfrau gegenüber verhalten sollte, falls er sie tatsächlich wieder träfe. Er vermißte eine klare Weisung durch die Stimme seiner idealen Geliebten, doch die schwieg schon so lange. In sehr unsicherer Verfassung erreichte er nach knapp zehn Minuten L., wo er noch einmal umsteigen mußte.

Von L. fuhr um diese Uhrzeit kein Bus mehr in Norberts Wohngegend, wohl aber ein Vorortzug, der an einer Station hielt, von der aus Nobert es nicht weit bis daheim hatte. Allerdings sollte dieser Zug erst in zwanzig Minuten eintreffen. In seinen Konflikt vertieft, stand Norbert auf dem Bahnsteig herum. Kein Mensch außer ihm schien in dieser Sommernacht unterwegs zu sein. Die Zeit verging. Auf dem Gleis gegenüber fuhr ein verspäteter Zug nach A. ein. Wenn das kein Zeichen, kein überzeugender Anstoß war! Dennoch handelte Norbert nicht sofort. Die Angst, einen Fehler zu machen, hinderte ihn. Vielleicht träfe er die Serviererin nicht mehr an und säße dann die ganze Nacht über in A. fest ohne eine

Möglichkeit zur Heimreise! Dieses Argument war nicht von der Hand zu weisen, warteten zu Hause doch all die Bücher und Schallplatten auf ihn. In solchen Gedanken schlenderte er zu dem abfahrtbereiten Zug hinüber. Die Türen standen offen, er brauchte nur einzusteigen. Sollte er, oder sollte er nicht? Was war richtig? Langsam schritt er an den Wagen entlang. Er fragte sich, wie es die Romantiker an seiner Stelle wohl gehalten hätten. Schließlich wurde seiner Entscheidungsnot ein Ende bereitet, die Türen fielen zu, der Zug nach A. setzte sich in Bewegung. Norberts Unentschlossenheit wurde umgehend abgelöst von der Befürchtung, das Falsche getan zu haben. Als Romantiker hatte er nun möglicherweise versagt, der Held in Wilhelm Müllers ›Winterreise‹ wäre bestimmt nicht so zaghaft gewesen, derart auf bürgerliche Bequemlichkeit ausgerichtet.

Apathisch sah Norbert in die Fenster, die langsam an ihm vorüberzogen. Er erwartete nichts zu sehen. Nur hier und da saß hinter den dreckigen Scheiben eine Gestalt, müde und unbeweglich, fast ohne körperliche Präsenz, innerhalb weniger Sekunden, ohne einen Eindruck zu hinterlassen, für immer aus seinem Blickfeld verschwunden. Das aber änderte sich von einem Moment auf den anderen gründlich, als ein Fenster herankam, das dem soeben noch teilnahmslosen Betrachter einen umwerfenden Einblick präsentierte. Drinnen saß niemand anderes als Norberts ideale Geliebte! Es traf ihn wie ein Blitz, er wußte nicht, ob er laut aufschrie, ob seine Arme und Beine unkontrolliert herumzappelten, oder ob ihm sein Photoapparat am Trageriemen um den Hals rotierte. Seine Augen konnte er nicht von dem Gesicht losreißen, und so erkannte er schnell: Nein, *sie* war es nicht, war es ebensowenig, wie es die Bedienung in der Bahnhofsgaststätte gewesen war. Hemmungslos starrte er in das ihn ignorierende schöne Antlitz, das allmählich vorbeischwebte. Die Zeit, nun scheinbar langsamer vergehend, reichte ihm aus, um festzustellen, daß es auch hier subtile Abweichungen von dem in der Zeitung veröffentlichten Original gab. Das bei der Serviererin beidseitig vorhandene Muttermal fehlte völlig. Demnach saß da der andere klappsymmetrische Zwilling, auf dem Weg zu seinem Pendant in A. Am Ende vereinigten sich die beiden dort zu einer Person, Norbert Krests idealer Geliebten!

»Komm, finde mich!«

Die Geschwindigkeit, mit der sich das Fenster entfernte, nahm zu. Im nächsten Augenblick war nur noch der letzte Wagen von hinten zu sehen. Norbert sprang zum Fahrplan. Fuhr in dieser Nacht noch ein Zug nach A.? Gottlob, in zwanzig Minuten – der letzte! Zwanzig Minuten lang konnte er sich nun Vorwürfe machen, nicht eingestiegen zu sein. Durch sein instinktloses Zaudern hatte er sich um den Genuß gebracht, beide Zwillinge bei ihrem Zusammentreffen und dem, was daraus folgte, zu sehen. Aber die ideale Geliebte mußte ihn in A. erwarten!

Warte- und Fahrtzeit, die er vor Aufregung zitternd verbrachte, reichten auch dazu, bestimmte Überlegungen in dieser Sache anzustellen. Wenn er die, die ihn gerufen hatte, so direkt erreichen konnte, indem er einfach ihren beiden verdoppelten Hälften folgte, erhob sich doch die Frage, weshalb sie ihn vorher auf so haarsträubende Weise die Kamera hatte finden lassen. An diesem Punkt stieß er sich mehr denn je. Wozu hatte das gut sein sollen? Was nützte jetzt der belichtete Film? Er würde ihn erst entwickeln lassen können, lange nachdem er sie heute nacht persönlich getroffen hatte. Es ließ sich kein Sinn darin entdecken. Aber vielleicht gab es ja einen, der ihm verborgen war und den nur *sie* kannte?

Auf dem Bahnsteig in A. nahm ihn niemand in Empfang. Die Gaststätte war aber noch immer geöffnet. Weder Gäste noch eine der Frauen, die er anzutreffen erwartete, hielten sich darin auf. Was mußte er denn noch tun, bis er am Ziel war? Da es ihm das Naheliegendste zu sein schien, fragte er den Wirt nach der jungen Frau, die ihn bei seinem letzten Aufenthalt bedient hatte. Während sich der Wirt sehr wohl an den Gast mit dem umgehängten Photoapparat erinnerte, wollte er aber von einer weiblichen Bedienung absolut nichts wissen.

»Hier arbeitet keine junge Frau.«

»Kommen Sie«, widersprach Norbert, »natürlich tut sie das. Sie hat mir vorhin eine Portion Kartoffelsalat mit Würstchen und einen doppelten Korn gebracht.«

Den schon sehr bedenklichen Ausdruck im Gesicht des Wirts nicht beachtend, holte Norbert das Zeitungsphoto und den Handspiegel hervor, um zum Beweis das genaue Aussehen der fraglichen Person zu demonstrieren.

»Kenn ich nicht. Ich sage Ihnen doch, hier arbeitet keine junge Frau«, entgegnete der Wirt. Er sah Norbert ausgesprochen schief an. Der jedoch gab nicht auf und spiegelte die andere Gesichtshälfte: »Haben Sie dann vielleicht diese gesehen? Sie muß vor zwanzig Minuten hier angekommen sein.«

Mit unverhohlenem Argwohn musterte der Wirt den auffälligen späten Gast. Norbert, ebenso argwöhnisch, war nicht bereit, dem Mann zu glauben, der gewiß aus irgendwelchen dunklen Gründen leugnete, eine Angestellte zu beschäftigen. Wahrscheinlich führte er keine Sozialversicherungsbeiträge für sie ab und bezahlte sie unter Tarif. Dann aber kam Norbert in den Sinn, die Serviererin könne tatsächlich nur er gesehen haben, weil sie ja ein Zeichen für ihn gewesen war. Es war nicht gut möglich, daß ein Phantom als Bedienung in einer Gaststätte arbeitete. Er hatte sich blamiert! Um seinen Fehler wettzumachen, steckte er den Spiegel fort und zeigte dem Wirt das vollständige Photo.

»Ich meine natürlich *diese* Dame«, sagte er versöhnlich, wie um sich für das vorige zu entschuldigen. »Ist Ihnen *die* bekannt?«

»Gesehen hab ich sie nicht«, antwortete der dadurch keineswegs weniger mißtrauisch gewordene Wirt. »Aber ich weiß, daß sie vermißt wird. Das Bild ist aus der Zeitung von heute. Erwarten Sie das Mädchen etwa hier?«

»Ja«, sagte Norbert stolz.

»Na, dann warten Sie mal. Vielleicht kommt sie ja noch. Wollen Sie noch was trinken?«

Norbert bestellte noch einen doppelten Korn. Mit dem Glas setzte er sich an den Tisch, an dem er früher schon gesessen hatte. Der Wirt begab sich hinter den Vorhang, von wo seine Stimme leise und unverständlich murmelnd zu hören war. Für einen Moment hegte Norbert den Verdacht, es könne die Serviererin sein, mit der der Mann sich unterhielt. Vielleicht waren sogar beide Zwillinge hinter dem Vorhang? Fand die Vereinigung der beiden Hälften dort statt? Etwas sagte Norbert, daß er auf der richtigen Fährte sei und nur abzuwarten brauche. Also wartete er. Um nur ja nichts zu verpassen, behielt er die Eingangstür wachsam im Auge. Sein Glas war im Nu leer. Nach zwei, drei Minuten kam der Wirt wieder zum Vorschein. Ohne Norbert zu beachten, machte er sich hinter dem Tresen zu schaffen.

Auf der Uhr über dem Eingang waren gerade neun Minuten vergangen, als jemand durch die Tür hereinkam. Dank Norberts Erwartung und seiner Fähigkeit, alles geschehen zu lassen, was er wollte, betrat ein hochgewachsenes, schlankes weibliches Wesen von höchstens achtzehn Jahren die Gaststätte. Ihr Gesicht war das dreidimensionale Original der Zeitungsabbildung. Endlich kam sie! Doch noch in derselben Sekunde, während ein starker Schauder euphorischer Erregung Norbert schüttelte, wich der so hochwillkommene visuelle Eindruck einer gänzlich anderen Manifestation. Aus der jungen Frau wurde so schnell, wie man eine elektrische Lampe ein- oder ausschaltet, ein hagerer Mann, dem ein zweiter, stämmiger, auf dem Fuß folgte. Die beiden waren sommerlich salopp gekleidet und trugen leichte Jacketts. Nach einem flüchtigen Blick zum Wirt, den dieser mit einer kaum merklichen Kopfbewegung erwiderte, steuerten die Männer geradewegs auf Norbert zu. Der Hagere fragte ihn, ohne sich vorzustellen: »Sie warten auf eine junge Frau?«

Überrascht bejahte Norbert. Der Unbekannte fragte weiter: »Auf *die?*«

Er hatte seiner Jackentasche ein Photo entnommen und hielt es Norbert hin – es war das Porträt der idealen Geliebten. Wenn diese beiden geheimnisvollen Herren wußten, auf wen er wartete und sogar ihre Photographie besaßen, mußten sie von ihr gesandte Boten sein, die ihn zu ihr bringen sollten. Damit waren sie akkreditiert, und man konnte offen mit ihnen reden.

Um zu beweisen, daß er wirklich der Richtige war, antwortete Norbert: »Ja, aber nicht auf die, als welche sie in der Zeitung dargestellt wird, sondern auf ihre wahre Persönlichkeit. Daher ist der angegebene Name natürlich auch falsch. Ihren richtigen weiß ich aber noch nicht.«

Die Männer sahen sich an.

»Verstehe«, sagte der Stämmige, und Norbert fragte mit mühsam unterdrückter Ungeduld: »Können Sie mich zu ihr bringen?«

»Deshalb sind wir hier. Sind Sie bereit?«

»Und ob!« rief Norbert. »Wenn Sie wüßten, wie lange ich schon nach ihr suche!«

Er stand auf. Der Stämmige deutete auf die Kamera: »Ist das Ihre?«

»O ja! Sie würden mir nicht glauben, was ich damit erlebt habe! Der Film muß schnellstens entwickelt werden, aber ich hatte noch keine Gelegenheit …«

»Was ist denn drauf?«

»Ich weiß es nicht, daß heißt, ich weiß es zum Teil nicht. Darum bin ich selbst so gespannt.«

Der Hagere sagte: »Wir könnten das umgehend für Sie erledigen, wenn Sie wollen. Entwicklung und Abzüge innerhalb von, sagen wir, zwei Stunden. Sie können darauf warten.«

Voller Begeisterung akzeptierte Norbert das Angebot. Seine ideale Geliebte belohnte ihn für die Treue, die er bewiesen hatte. Nun wurde sogar der Film entwickelt! Wie sich alles zum Guten fügte! In Begleitung der freundlichen Herren verließ er die Bahnhofsgaststätte. Der Wagen der beiden stand auf dem Vorplatz. Beim Einsteigen kam Norbert, als er auf dem Rücksitz neben sich ein Halstuch liegen sah, ein Gedanke. Um es richtig romantisch zu machen, bedurfte es einer bestimmten, ihm aus der einschlägigen Literatur altvertrauten und unter diesen Umständen zwingend gebotenen Vorkehrung, weshalb er seine Begleiter fragte: »Wollen Sie mir nicht die Augen verbinden?«

Sie hatten, wenn er es denn wünschte, nichts dagegen und entsprachen seinem Wunsch. Im Hochgefühl, dem beglückenden Finale seines romantischen Abenteuers entgegenzueilen, genoß Norbert die Fahrt in völliger Blindheit. Er hörte, daß es donnerte. Regen prasselte aufs Wagendach, die Helligkeit der Blitze nahm er durch seine Augenbinde wahr. Endlich hielt der Wagen.

»Wir sind da«, sprach die Stimme des Stämmigen. »Wollen Sie das Tuch abnehmen?«

Norbert lehnte schwärmerisch ab: »Am liebsten würde ich so bleiben, bis ich ihr gegenübertrete. Bitte, führen Sie mich.«

Es blitzte und donnerte. Sie halfen ihm beim Aussteigen und führten ihn durch den Regen in ein Gebäude. Von diesem hatte er die Vorstellung, es sei ein von einem wahnsinnigen Baumeister in grotesk märchenhafter Manier errichtetes, halb überwuchertes Palais oder Feenschloß in einem wilden, parkartigen Garten voller exotischer Pflanzen. Er wurde einige Treppen hinaufgeleitet, die er sich marmorn dachte, mit Palmen auf den Absätzen und üppig gerahmten, altersdunklen Gemälden an den Wänden. Dann ging es geradeaus, einen Flur entlang, bis zuletzt ein Raum betreten wurde. In Norberts Phantasie sah es darin aus wie beim Archivarius Lindhorst, und er erwartete, gleich Anselmus, die wunderbarsten Entwicklungen.

»Warten Sie hier«, hörte er den Hageren sagen. »Wir entwickeln den Film und fertigen Abzüge an, so schnell wir können. Machen Sie es sich einstweilen bequem.«

Man führte Norbert zu einem Sessel. Als er saß, ließ er sich den Photoapparat abnehmen. »Wann werde ich ihr begegnen?« wollte er wissen. »Sie kommt doch hierher?«

»Sie ist schon im Haus«, antwortete der Hagere. »Bald werden wir Sie zu ihr bringen. Haben Sie noch etwas Geduld. Möchten Sie solange Musik hören? Wir haben ein Radio hier.«

»Ja, bitte«, sagte Norbert, »das ARD-Nachtkonzert. Läßt sich das machen?«

»Selbstverständlich. Ganz wie Sie wünschen.«

Ein Radio wurde eingeschaltet, belangloses Schlagergedudel quoll auf. Nach kurzem Suchen war die richtige Senderfrequenz eingestellt, und es war klassische Musik zu hören, der Schluß eines Klavierkonzerts von Mendelssohn. Man ließ Norbert mit den romantischen Klängen allein und schloß von außen die Tür. Wie sie für ihn sorgte! Wahrhaftig, dieses Mädchen liebte ihn ganz unbeschreiblich. Bald schon würde er mit ihr vereint sein – was für ein Treffen das werden mußte! Ihm war klar, daß sein bisheriges Leben abgeschlossen war. Was in dieser Nacht auf so wundersame Weise beginnen sollte, war etwas ganz anderes!

Das Klavierkonzert war zu Ende, ein Streichquartett von Beethoven, eine Brahms-Sinfonie, eine Reihe Mörike-Lieder von Hugo Wolf, ein Hornkonzert von Richard Strauss und ein Klaviertrio von Schubert schlossen sich an. Norbert wunderte sich hin und wieder, daß er so lange warten mußte, lauschte aber hingebungsvoll der Musik. Soeben war wieder die Sprecherstimme zu hören, die den nächsten Beitrag ansagte, diesmal hieß es: »Hören Sie nun von Robert Schumann den Liederkreis op. 39 nach Gedichten von Joseph von Eichendorff. Es singt Dietrich Fischer-Dieskau, am Klavier begleitet von Christoph Eschenbach.«

Das ließ *sie* eigens für ihn senden! Eine ganz unbeschreibliche Aufmerksamkeit war das, so überhäufte sie ihn mit Liebesgaben! Ihr Kommen mußte unmittelbar bevorstehen. In kürzer werdenden Abständen donnerte es draußen; die Blitze verursachten ein Knistern im Lautsprecher. Von seligen Schauern ergriffen, saß Norbert im Sessel und lauschte Lied um Lied. Endlich kam Nr. 5, ›Mondnacht‹. Er weinte vom ersten bis zum letzten Ton, nie war er so von Rührung überwältigt gewesen. Diesmal konnte er jedoch nicht gemäß seiner Gewohnheit verhindern, daß ein anderes Lied folgte, weil er mit verbundenen Augen das Radio nicht zu erreichen vermochte und weil es darüber hinaus seiner Geliebten gegenüber undankbar gewesen wäre. Deshalb mußte er in dieser himmlischen Nacht den gesamten Liederkreis anhören, so war es eigentlich auch richtig, und die Musik hatte es verdient.

Da näherten sich Schritte und Stimmen, die Tür wurde geöffnet. Heiliges Erschrecken! Sie kam! Jemand ging eilig an Norbert vorbei durchs Zimmer, mit einem klickenden Geräusch erstarb die Musik.

»Nehmen Sie doch dies alberne Halstuch von den

Augen, Mann!« herrschte ihn eine bekannte und doch verändert klingende Stimme an. Irritiert vom jähen Umschwung der Atmosphäre, beeilte Norbert sich, das Tuch abzunehmen, um einen Überblick über die neue Situation zu gewinnen. Jemand half ihm auf unsanfte Weise. Was er dann sah, war ein kleiner, häßlicher Büroraum, in dem sich außer ihm noch drei Männer aufhielten. Allen war ein feindseliger, ja angewiderter Gesichtsausdruck gemein. Zwei kannte er, den Stämmigen und den Hageren. Letzterer hatte soeben gesprochen und ihm die Augenbinde heruntergerissen. Der dritte Mann, älter als die beiden anderen, hemdsärmlig, mit Brille und gelockerter Krawatte, richtete das Wort an ihn: »Wer sind Sie? Können Sie sich ausweisen?«

Norbert verstand nicht, weshalb nun auf einmal an seiner Identität gezweifelt wurde. Seine ideale Geliebte wußte doch, wer er war, sie mußte ihre Boten doch instruiert haben. Da er nichts zu verbergen hatte, suchte er dennoch seinen Ausweis hervor und reichte ihn dem unfreundlichen Menschen.

»Krest, Norbert«, las dieser laut vor, wies dann zu einem Schreibtisch, auf dem Norberts Photoapparat lag und fragte: »Ist das Ihre Kamera, Herr Krest?«

»Ja.«

»Und der Film, der darin war, ist auch Ihrer?«

»Ja.«

»Haben Sie die Aufnahmen gemacht?«

»Etwa ein Viertel davon. Dann habe ich den Apparat verloren und durch einen Zufall gestern abend wiedergefunden. Da war er voll. Ich habe keine Ahnung, was auf den restlichen drei Vierteln ist.«

»Wo haben Sie ihn wiedergefunden?«

»Auf dem Land, nicht sehr weit von hier. Da habe ich ihn zufällig ausgegraben.«

»Zufällig ausgegraben.«

Die Männer lachten grimmig. »Wir haben Ihren Film entwickelt, Herr Krest«, sprach der Ältere dann. »Wir haben auch Abzüge gemacht.«

Unwillkürlich verzog er bei diesen Worten den Mund auf schmerzliche Weise. Sein Ton war unüberhörbar vorwurfsvoll, als er fragte: »Wollen Sie diese Abzüge sehen?«

»Natürlich«, antwortete Norbert, »ich bin schrecklich neugierig!«

»So?« höhnte der ältere Herr. »Dann befriedigen Sie doch Ihre Neugier, Herr Krest. Viel Vergnügen!«

Der Stämmige zog einen Stapel großformatiger Abzüge aus einem Umschlag. Er legte sie nebeneinander auf den Schreibtisch, bis die Fläche bedeckt war. Norbert trat näher und sah hin. Donner krachte, der Raum flammte grellrosa auf, und Norberts Vater stand anstelle des Stämmigen am Schreibtisch, mit der klauenartigen Rechten auf die schwarzweißen Photoabzüge pochend und heulend: »Da! Sieh hin! Sieh hin!«

Und wie aus dem Keller oder noch größerer Tiefe, alle dazwischenliegenden Stockwerke des Gebäudes durchdringend, hörte Norbert die sich offenbar an gekachelten Wänden brechende, vom Echo verdoppelt klingende Stimme seiner idealen Geliebten:

»Hier, süßer Freund, hier bin ich! Sieh mich an!«

Das Porträt

Jens holte uns am Bahnhof Wannsee mit dem Wagen ab. Unser Wiedersehen, so schön und herzlich es auch ausfiel, war leider viel zu kurz bemessen. Wir waren praktisch nur auf der Durchreise, denn Reinhard, mein Mann, wie immer gnadenlos verplant, mußte am nächsten Tag zu einem Kongreß nach Dresden weiterreisen, und ich begleitete ihn, weil ich meine jüngere Schwester besuchen wollte, die kürzlich dorthin gezogen war. Unsere, wie er sich ausdrückte, »inhumane Terminpolitik« forderte Jens zu einigen spöttischen Bemerkungen heraus, die wir ihm nicht verdenken konnten; wir hatten Jens zuletzt vor fünf Jahren gesehen. Auf der Fahrt zu dem Häuschen, das seine Lebensgefährtin Sarah unlängst von ihrer Tante geerbt hatte, überlegten wir, ob wir einander in zehn, zwölf Jahren, wenn Jens und Reinhard erst im Ruhestand wären, wohl häufiger und ausgiebiger besuchen oder dann noch weniger Zeit haben würden. Sarah, rund ein Jahrzehnt jünger als wir und Lektorin bei einem Sachbuch-Verlag, machte ebenfalls ihre diesbezüglichen Witzchen, als wir ankamen. Bei unserem letzten Treffen war sie erst kurze Zeit mit Jens liiert gewesen, inzwischen betrachteten wir sie schon als eine alte Bekannte. Auf der Terrasse des sehr behaglichen Häuschens ließen wir Blitzgäste uns dann mit einer leichten Mahlzeit und altem Portwein verwöhnen. Am Nachmittag war es an uns, zu spotten, denn Sarah mußte wegen eines unaufschiebbaren Termins fort.

Wir übrigen fuhren zur Charité, wo Jens als Teratologe arbeitete. Für Reinhard, den Berufskollegen, war das zwangsläufig interessanter als für mich, aber damit auch ich etwas davon hatte, veranstaltete Jens für uns als krönenden Abschluß eine Privatführung durch die Pathologisch-Anatomische Sammlung des Medizinhistorischen Museums in der Charité. So recht begeistert war ich nicht davon, doch nun sahen wir einander nach so langer Zeit endlich wieder, da wollte ich nicht zimperlich sein. Außerdem konnte ich mich darauf verlassen, daß Jens die Besichtigung kurzweilig gestalten und sich nicht in elitären Fachsimpeleien ergehen würde. Nach einer halben Stunde aber bedauerte ich, nicht darauf bestanden zu haben, in der Cafeteria auf die beiden zu warten, bis sie diesen Gewaltmarsch durch die Unterwelt ohne mich absolviert hatten. Wäre mir dann doch etwas erspart geblieben, das mich nun höchstwahrscheinlich bis an mein Lebensende quälen wird.

Ich hatte in dieser halben Stunde so viele beklagenswerte, in Spiritus oder Formalin konservierte Opfer von embryonalen Entwicklungsstörungen gesehen, daß ich befürchtete, in der nächsten Nacht von schlimmen Albträumen heimgesucht zu werden. Daß es meine Nerven angriff, spürte ich an beginnenden Zuckungen der Nase und des Mundes. Es kam mir vor, als ob Jens uns durch die Ausstellung eines wahnsinnigen Bildhauers führte, der seine abscheulichen Wachspuppen in mit Wasser gefüllten Glasbehältern präsentierte. Vielleicht war die Assoziation des Kunst-Aspekts ein Bewältigungsversuch, den mein Bewußtsein unternahm, um die erdrückende Präsenz der so künstlich wirkenden, bleichen Skandale, die alle einmal mehr oder weniger gelebt hatten, ertragen zu können. Ich stellte ein Abschweifen meiner Aufmerksamkeit in Verbindung mit Ermüdung fest. Für Sekundenbruchteile schien ich zu träumen, ohne eingeschlafen zu sein. Es waren blitzartige Bilder und Gedanken, Ergebnisse einer ungesunden Erregung der Phantasie. Hin und wieder hat man ja ähnliche Zustände, wenn man, etwa nach einer Mahlzeit, auf dem Sofa sitzt und versucht zu lesen, während man immer müder wird und sich nicht konzentrieren kann. Dann kann es zu einem höchst wunderlichen Abirren der Gedanken kommen, die einem nicht länger als die eigenen erscheinen. Ich glaubte für einen kurzen Moment, ein Kind bekommen zu haben, und hörte den Geburtshelfer zu Reinhard sagen, das sei kein Kind, es sei nichts von einem Menschen daran, es sähe vielmehr aus wie ein Mühlstein mit einem Haifischmaul. Während einer anderen träumerischen Schrecksekunde war ich überzeugt, in der Nacht aufzuwachen, weil mein Kind gerufen hatte, und wie ich die Augen aufschlug, stand so ein bleiches, skandalöses Ding an meinem Bett.

Draußen hatte sich ein Sommergewitter zusammengebraut, und ich erinnere mich noch gut, wie ich daran dachte, ein Blitz könne einschlagen und die eingemachte Armee mißglückter Menschen, ähnlich galvanisierten Froschschenkeln, in Zuckungen versetzen. Je länger ich sie ansah, desto weniger war ich davon überzeugt, daß sie tot waren. Ich konnte mir einbilden, sie atmen zu sehen. In ihren Behältern warteten sie nur ab, überdauerten und brüteten etwas Unheilvolles aus. Mein eigenes Spiegelbild in den Glastüren der Schränke kam mir unheimlich verändert vor, als ich es so unmittelbar neben den entseelten Gesichtern in ihren Konservierungsflüssigkeiten sah. Ich bekam Angst vor der Zwangsvorstellung, alles, was ich anschaute, müsse so aussehen wie diese Terata. Unsinnige Befürchtungen machten sich in meinem Denken breit, etwa die, das molekulare Gefüge, der Bauplan allen irdischen Lebens könne jederzeit zusammenbrechen. Heimlich sah ich zu den beiden Männern in meiner Begleitung und überprüfte, ob sie sich irgendwie veränderten. In ihren rationalen, nüchternen Kommentaren versuchte ich, Trost und Halt zu finden. Dann wieder sah ich in Jens und Reinhard kaltblütige Verbündete des Deformierten, ja sogar dessen Agenten, die mir das Monströse als etwas ganz Natürliches nahebringen wollten. Ihre herzlose Sachlichkeit, ihr rein technisches Interesse war mir höchst verdächtig. Dahinter verbarg sich für meine Begriffe die Faszination des Falschen und Irrsinnigen, das, was Poe in bezug auf menschliches Verhalten »the Imp of the Perverse« nennt. Ich erkannte, wie dieses Prinzip von Grund auf alle Daseinsbereiche, längst nicht nur die menschliche Seele, durchdrang. Eine monströse Gottheit assoziierte ich damit, einen wächsern-schwammigen Götzen, der in seiner Ungestalt sämtliche hier vertretenen Mißbildungen vereinigte. Ich stellte mir vor, sein Schöpfungswerk bestehe im desinteressierten, arbiträren Zusammenwürfeln von genetischem Material, bis mir aufging, daß er ganz im Gegenteil eine bestimmte Absicht verfolgte: So wie Menschen Perlen züchten, züchtete der perverse Götze Terata, indem er Sandkörner ins genetische Getriebe streute.

Ich wähnte mich ohne den Schutz der gläsernen Barrieren zwischen mir und ihnen unter sie versetzt, unter die Monstren mit ihren blöden, unglücklichen Mündern und geschlossenen Augen (sofern sie die einen wie die anderen überhaupt aufwiesen). In einer veränderten Atmosphäre, wie unter Wasser, trieben sie weiß und entsetzlich heran. Dabei wirkten sie abwesend, ja traumversunken, aber gleichwohl bedrohlich. Ich fürchtete nichts so sehr wie ihre Berührung. In meiner Vorstellung war ich auf einem Kolonialplaneten gelandet, wo alles einen beklemmend deformierten Eindruck auf mich machte. Das Antriebssystem meines Schiffes war defekt, so daß ich um meine Rückreise zur Erde bangen mußte. Ich wußte nicht, ob das Furchtbare, das sich mir näherte, strahlengeschädigte Kolonisten waren oder Eingeborene, die natürlicherweise so aussahen. Sie hatten eine abstoßende Freude an dem ähnlichen Klang der Worte »Terra« und »Terata«, die sie mit widerlich hohen Quakstimmen unaufhörlich wiederholten.

Irgend etwas, das im Raum geschah, vielleicht auch das Donnern von draußen, unterbrach endlich die Szene. Zu meiner Erleichterung bemerkte ich, daß die Führung sich ihrem Ende näherte. Nicht mehr viele Schaustücke warteten auf uns. Doch für Überraschungen ist es nie zu spät, und plötzlich sah ich mich mit einem Präparat konfrontiert, das alle Müdigkeit und Tagträumerei mit einem Schlag vertrieb. Es war nicht die Art der Mißbildung allein und auch nicht der Umstand, daß es sich im Unterschied zu den meisten übrigen Präparaten um eine erwachsene Frau handelte. Nein, hier gab es noch etwas Besonderes, eine überraschende dokumentarische Beigabe. Und der daraus resultierende Gesamteffekt, die Kombination aller Elemente, war das, was mir so durch und durch ging und eine zwingende Assoziation erzeugte. Über eine Distanz von dreißig

Jahren hinweg sprang mich etwas längst Vergessenes an, geradezu gewaltsam wurde ich an Dora Thomas und die mit ihr verbundene Episode in meiner Vergangenheit erinnert. Die spärlichen Informationen zu diesem Präparat lieferten mir dann den Beweis, daß ich keineswegs irrte. Dadurch wurde die Sache aber enigmatischer, als sie es je für mich gewesen war. Schon damals, als mich die Geschichte in ihren Bann gezogen hatte, war etwas Unerklärliches daran gewesen. Auf gewisse Fragen hatte ich keine Antworten finden können. Ich hatte dann aber keine Gelegenheit mehr gehabt, mich weiter mit diesem Rätsel zu befassen, denn zu jener Zeit war mein Privatleben in gänzlich neue Bahnen gelenkt worden. Stärkere Eindrücke hatten meine volle Aufmerksamkeit beansprucht und die von besagter Episode ausgelöste Irritation wider Erwarten bald gänzlich verdrängt. An diesem Nachmittag in der Pathologisch-Anatomischen Sammlung kehrte sie um so vehementer zurück, aufgrund der Umstände verstörender denn je. Ich muß einen ziemlich mitgenommenen Eindruck gemacht haben, Reinhard sah mich besorgt an und fragte, ob mir nicht gut sei. Von meinem irrationalen Problem wollte ich auf keinen Fall reden, daher schob ich alles auf meinen Kreislauf und das schwüle Wetter. Damit waren die Mediziner zufrieden, und wir suchten die Cafeteria auf. Ich nahm mir vor, mich zusammenzureißen, versuchte nach Kräften, so zu sein, wie man es von mir erwartete, doch was ich gesehen hatte, konnte ich nicht mehr vergessen.

An Dora Thomas hatte ich nicht mehr gedacht, seit ich mit Reinhard verheiratet war und in Norddeutschland lebte. Ich hatte sie und sämtliche alten Bekannten spätestens nach der Geburt der Zwillinge vollkommen aus den Augen verloren. Die Entscheidung für dieses so ganz andere Leben, eigentlich ein Verrat an meinen sämtlichen früheren Absichten, habe ich nie bereut, denn mein künstlerisches Talent war objektiv lediglich durchschnittlich gewesen, früher oder später hätte ich vermutlich sowieso aufgegeben. So war ich froh gewesen, ein relativ sorgenfreies Leben in Wohlstand führen zu können. Meine Ehe durfte ich alles in allem als geglückt bezeichnen, mit unseren Söhnen hatten wir nie ernsthafte Schwierigkeiten. Und dann, nach so vielen Jahren des ungetrübten Familienlebens, aus heiterem Himmel diese wahrhaft aufwühlende Wiederbegegnung mit einem alten, längst vergessenen Gespenst! Noch am selben Tag versuchte ich, Kontakt mit Dora aufzunehmen, um ihr zu berichten, was ich in Berlin gesehen hatte, und sie nach der Auflösung des Rätsels zu fragen. Ich brachte aber lediglich in Erfahrung, daß sie in Deutschland nicht als Inhaberin eines Telephonanschlusses verzeichnet war.

Als Reinhard und ich zwei Tage später wieder zu Hause waren, konsultierte ich als erstes das Internet. Der Suchbegriff, den ich tippte, war ›Dora Thomas‹. Tatsächlich erfuhr ich auf diese Weise etwas, und wenn es auch nur die Information war, daß sie nicht mehr lebte. Offenbar hatte sie es zu Lebzeiten geschafft, mit ihrer Arbeit eine gewisse Reputation zu erlangen, denn irgendwo war sie eines knappen Nachrufs gewürdigt worden. Nach langer schwerer Krankheit sei sie kürzlich in Heidelberg gestorben, las ich. Von Interesse war für mich auch die Anmerkung, sie habe vorher ihr gesamtes Werk vernichtet.

Nach Doras Tod, der die Unlösbarkeit dieses Falles endgültig besiegelt hat, ist es mir nicht mehr möglich, den Prozeß aufzuhalten, in dessen Verlauf die bewußte Angelegenheit zur fixen Idee, zur Obsession, wird, die mehr und mehr mein Denken dominiert. So, wie eine Wunde, in der ein Fremdkörper verbleibt, sich entzündet und zur Blutvergiftung führt, schwärt die Wunde in meinem Geist von dem nicht zu entfernenden Stachel des unsinnigen Rätsels, das Dora Thomas mir aufgegeben hat. Es hat mich schon immer nervös gemacht und meinen Verstand angegriffen, wenn ich mir etwas nicht erklären konnte. Um so mehr rechne ich jetzt damit, daß das zermürbend fruchtlose Wälzen des Problems mein Alter überschatten und an meiner mentalen Gesundheit nagen wird. Von einer Tante väterlicherseits wurde früher ähnliches berichtet. Reinhard verschweige ich mein Problem. Er wird den Zustand, in dem ich mich befinde, meinem Klimakterium (oder, dank der Tante, erblicher Belastung) zuschreiben. Ich habe nicht die Nerven, mich mit ihm über derartige Dinge zu unterhalten. Welchen Sinn hätte es, mich als Mittfünfzigerin von ihm verspotten und wie ein kleines Mädchen mit herablassenden Sprüchen traktieren zu lassen? Doch wenn ich schon nichts mehr unternehmen kann, um Licht in diese dunkle Sache zu bringen, will ich wenigstens alles, was ich darüber weiß, schriftlich festhalten. Ferner füge ich zur Illustration (von einem Beweis im objektiven Sinne kann, wie ich sehr wohl weiß, nicht die Rede sein) die von mir seinerzeit eigenhändig angefertigten Photokopien eines Briefes beziehungsweise Berichts bei, von dem an entsprechender Stelle die Rede sein wird. Sollte ich also im Laufe der

Zeit wunderlich werden, kann meine Familie oder wer auch immer diese Aufzeichnungen finden mag, wenigstens den Grund dafür erfahren.

Mitte der siebziger Jahre war ich in bescheidenem Maße das, was man eine junge, aufstrebende Künstlerin nennt. Ich gehörte einer lokalen Gruppierung an, deren Mitglieder sich an der Kunsthochschule kennengelernt hatten. Selbst hatte ich nicht dort studiert, nachdem ich einmal den Anmeldetermin um einen Tag verpaßt und keinen zweiten Versuch unternommen hatte. Statt dessen arbeitete ich seither als Graphikerin in der Werbeabteilung einer Großhandelsfirma. Deshalb war ich stets die einzige, die regelmäßig Geld verdiente. Die Zugehörigkeit zu besagtem Kreis verdankte ich meinen Freundinnen Elise und Lotti, mit denen ich das Gymnasium besucht hatte. Inzwischen waren sie Meisterschülerinnen einer überregional bekannten Professorin. Meine Abende, Nächte und Wochenenden verbrachte ich in ihrer Gesellschaft, was sich nicht immer vorteilhaft auf meine Erwerbstätigkeit auswirkte. Natürlich hoffte ich, das langweilige, zeitraubende Lohnverhältnis bald aufkündigen zu können, doch war ich weit davon entfernt, von freier Kunstausübung leben zu können, und rückblickend muß ich mich wundern, es je ernsthaft in Betracht gezogen zu haben. Ich hatte kaum an Ausstellungen teilgenommen und auch noch nichts verkauft. Meine Freundinnen schienen immerhin etwas von dem zu halten, was ich hervorbrachte. Vermutlich deshalb, weil es sich mehr oder weniger an dem orientierte, was sie selbst produzierten, ohne diesem zu nahe zu kommen.

Eines Abends hörte ich in unserem Stammlokal von einer Ausstellung, die in der Kunsthalle gezeigt wurde und ein Thema hatte, das mich sehr ansprach. Es ging dabei um abwegige soziale Utopien, Versager-Paradiese und Krankenstaaten, also Projekte irgendwo zwischen Nimmerland und dem Naturtheater von Oklahoma. Eine Schweizer Künstlerin, deren Arbeiten wir sehr schätzten, war auch vertreten: Tina Yzyd (ein Pseudonym, bestehend aus dem rückwärts geschriebenen Unsinnswort ›Dyzyanit‹, mit dem ein debiler Nazi-Esoteriker in den Dreißigern »den giftigsten Stoff des gesamten Universums« bezeichnet hat). Und dann fiel auch der Name Dora Thomas.

»Ja, ist *die* denn auch dabei?« fragte ich ganz ungläubig. Und ob, wurde geantwortet, ihre Installation gehöre sogar zum Besten und Sehenswertesten der ganzen Ausstellung. Ich konnte es nicht fassen. Dora Thomas? Die ehemalige Kommilitonin meiner Freundinnen hatte nie richtig zu unserer Gruppe gehört, war immer eine Außenseiterin gewesen, die hauptsächlich durch ihre zerbrechliche, introvertierte Art aufgefallen war und nie etwas Spektakuläres vorgelegt hatte. Ich, die ich zu großen Teilen die Vorurteile meiner Umgebung übernahm und Dora nur ein paarmal gesehen hatte, hielt sie für ein kläglich anämisches Schattengewächs, für eine Versagerin. Daß man gerade sie an einer so bedeutenden Werkschau teilnehmen ließ, war für mich entweder ein Irrtum oder Schiebung. Das würde etwas sein, das sie da präsentierte!

Wenig später besuchten wir die Ausstellung. Voller Verachtung ließ ich den Saal, in dem Doras Installation zu sehen war, links liegen und sah mir ausgiebig alles übrige an. Das Gemurkse jener Dora Thomas konnte ich mir gut sparen, davon war ich überzeugt. Zu meinem Leidwesen wurde ich von den Arbeiten derjenigen, die mich am meisten interessierte, schwer enttäuscht. Tina Yzyd zeigte nur langweilige Familienphotos und Seiten aus Fernsehprogramm-Zeitschriften. Sie erklärte die ganze »normale« Gesellschaft zum Krankenstaat. Damit tat sie der Gesellschaft wahrscheinlich nicht unrecht, aber für mich machte das nichts her.

Meine Enttäuschung verwandelte sich in Ärger, als ich während des Rundgangs Bekannte traf, die überraschte bis hochachtungsvolle Kommentare zum Werk von Dora Thomas abgaben. Ob ich schon die Installation von Dora gesehen hätte, fragten mich auch Elise und Lotti in verdächtigem Tonfall, nachdem sie aus dem von mir gemiedenen Raum zurückkamen.

»Nein«, antwortete ich trotzig, »und ich kann mir ein langes Leben gut ohne diese Erfahrung vorstellen.«

An ihrer Reaktion konnte ich deutliche Mißbilligung meiner Einschätzung ablesen. Alle Welt schien entschlossen, Verrat zu begehen, ich war die letzte Aufrechte.

»Wir haben auch so gedacht wie du«, erwiderte Lotti, »aber wir haben Dora unterschätzt.«

Elise zog mich mit sich fort: »Los, komm! Du wirst staunen!«

Widerstrebend ging ich mit, nur damit ich meine Ruhe hatte. Es *konnte* einfach nichts Gescheites sein, was mich erwartete. Der Eingang zu dem Saal, in dem Doras Installation gezeigt wurde, war mit einem imposanten, kunstvollen Portal ausgestattet worden, das entfernt an ein nepalesisches Tempeltor oder etwas ähnlich Exotisches erinnerte. Um besonders sarkastisch zu sein, merkte ich dazu an: »Das ist wahrscheinlich *nicht* von ihr.«

»Doch«, widersprach Lotti mit dem beteuernden Blick einer bekehrten Heidin, die Mitleid für die im falschen Glauben Zurückgebliebenen empfindet. Sie zeigte auf eine Texttafel rechts neben dem Eingang: »Hier, lies.«

Ich las:

SAAL IV
Dora Thomas: Der Krankenstaat Nnklan
auf der Insel Santa Rosa (chilen. Patagonien).
Realisiert nach Projektskizzen von
Friedrich Franz Hoff aus dem Jahre 1921

Darunter waren verschiedene Passagen aus den Schriften eines Psychiatrieinsassen namens Friedrich Franz Hoff zitiert, worin dieser einen »Staatsaufbau mit leicht geisteskranker Tendenz« entwarf.

Verunsichert durch das Portal, von dem ich mir absolut nicht vorstellen konnte, wie eine so kümmerliche Person wie unsere Dora es geschaffen haben sollte, trat ich in den Saal ein – und war überwältigt. Ich kam mir vor wie in einer völkerkundlichen Ausstellung alten Stils. Als ich hindurchging, fühlte ich mich verzaubert von der herrlich altmodischen Art der Präsentation. Die schiere Menge der Exponate verschlug mir fast den Atem. Künstliche Pflanzen und ausgestopfte Tiere, Flora und Fauna Patagoniens verkörpernd, waren ringsum angeordnet, den größten Teil des Saales füllten kleine, teils zweistöckige und begehbare Holzhäuser aus, zwischen denen Wege verliefen. Europäisch aussehende

Schaufensterpuppen in dunkler, eigenwilliger Kleidung standen, saßen oder lagen an verschiedenen Stellen.

»Das hat doch nie im Leben alles Dora Thomas gemacht!« protestierte ich. Meine Freundin Elise sagte ernst: »Wir haben sie eben unterschätzt, die ganze Zeit über schwer unterschätzt. Sie muß jahrelang hieran gearbeitet haben.«

So schnell war ich nicht zu überzeugen: »Nicht in hundert Jahren schafft ein einzelner Mensch so etwas, erst recht nicht eine Neurasthenikerin wie die! Das Konzept kann wohl von ihr sein, aber die Ausführung haben andere besorgt, mindestens ein halbes Dutzend Handwerker, schätze ich.«

Lotti schüttelte den Kopf und widersprach: »Kein halbes Dutzend Handwerker. Im Katalog steht, sie hat alles zusammen mit einem einzigen Assistenten realisiert. Natürlich über einen ziemlich langen Zeitraum. Wir können sie ja bei Gelegenheit selbst danach fragen.«

Wir gingen durch dämmrige Gassen und Innenhöfe von Haus zu Haus, betraten und verließen fremdartig eingerichtete Räume. Ich kam aus dem Staunen nicht heraus, es war wie in einem überdachten psychedelischen Freilichtmuseum. Noch heute kann ich mir den Eindruck lebhaft ins Gedächtnis rufen. Seit Ende der Sechziger hatte ich einige grandiose Environments, von Kienholz etwa, in natura gesehen, doch dies hier war eindeutig der Gipfel. Meine ursprüngliche Ablehnung wich einer Faszination, die typisch war für eine solche Konversion. Daß ich mich in einem Saal der Kunsthalle aufhielt, vergaß ich völlig, so fesselte mich die Atmosphäre dieser phantastischen, ganz eigenen Welt, in der doch alles so verblüffend authentisch anmutete. Ohne weiteres konnte man die überzeugend gearbeiteten Artefakte in ihrer betäubenden Detailfülle für das halten, was sie zu sein vorgaben. Dora mußte wie eine hundertarmige Besessene gearbeitet haben. Schon sah ich in ihr eine verehrungswürdige Demiurgin. Elise und Lotti gegenüber äußerte ich mich entsprechend enthusiastisch, und wieder erntete ich kritisch-mitleidvolle Blicke. Sie mußten meinen plötzlichen Meinungsumschwung übertrieben finden.

Ich weiß nicht mehr, ob wir jemanden trafen, dem meine Freundinnen sich anschlossen, oder ob sie sich stillschweigend absetzten, weil ich ihnen auf die Nerven ging, jedenfalls fand ich mich bald allein wieder. So genoß ich meinen Aufenthalt um so intensiver, allmählich geriet ich in einen Trancezustand. Die Installation hatte etwas von einer Droge, die gleich bei der ersten Einnahme süchtig machte. Ohne den geringsten Widerstand gab ich mich ihr hin, dergleichen wäre noch vor einer Stunde undenkbar für mich gewesen! Mir wurde schnell klar, daß die hier aufgebaute Wunderwelt sich an einem Tag überhaupt nicht erfassen ließ. Viele stundenlange Besuche waren dazu nötig. Ich dachte daran, mich als ehrenamtliche Aufsichtsperson für Saal IV zu bewerben, um von morgens bis abends dort sein zu können, doch ließ sich das nicht mit meiner Ganztagsstelle als Graphikerin vereinbaren. Also spielte ich mit dem Gedanken, mich am Abend einschließen zu lassen – welche Wonne es bereiten mußte, die ganze Nacht lang allein und ungestört den Zauber von Nnklan erleben zu können! Gern hätte ich für immer in diesem künstlichen Ambiente gelebt. Um es so oft und so lange wie möglich aufsuchen zu können, nahm ich ein paar

Tage frei, an den Wochenenden ging ich sowieso hin, und in meiner Besessenheit meldete ich mich nach Ablauf des Urlaubs sogar krank. Ich kam, wenn die Kunsthalle öffnete, und ging, wenn sie schloß. Das Personal hielt mich höchstwahrscheinlich für verrückt, was ich ja auch war. Hin und wieder sah man vorsichtig nach mir, ob ich nichts anstellte. Im Laufe der Zeit lernte ich den Krankenstaat Nnklan immer besser kennen, alles wurde mir zusehends vertrauter. Ich erkundete Innen- und Außenräume, machte eine Menge Notizen, Zeichnungen und einen Lageplan, schrieb die Informationstexte ab, ebenso jedes Wort auf Formularen, Verpackungen, Schildern und sonstigen Exponaten.

Immer weniger konnte ich mir vorstellen, wie eine schmächtige Künstlerin mit einem einzigen Assistenten ein derartiges Riesenwerk hatte schaffen können. Ich hatte zahllose Fragen an Dora Thomas, deren Lebens- und Arbeitsverhältnisse ich in meiner Vorstellung fast schon mythologisch idealisierte. Da es mich auch heftig danach verlangte, für meine frühere Geringschätzung Abbitte zu leisten und ihr meine Hochachtung zu Füßen zu legen, mußte ich einfach Kontakt aufnehmen und sie besuchen. Das ließ sich leicht machen, damals stand ihr Name im örtlichen Telephonbuch. Als ich mit klopfendem Herzen anrief, meldete sich eine männliche Stimme, deren Besitzer nicht älter sein konnte als ich. Ich versuchte, so zurückhaltend und gefaßt zu wirken, wie ich irgend konnte. Aus meiner Bewunderung für die Installation und dem Wunsch, mit Dora zu reden, machte ich jedoch keinen Hehl. Mein Gesprächspartner war eher wortkarg; bei dem, was und wie er sprach, bekam ich das Gefühl, mit meinem Anruf einen tapfer leidenden Menschen zu behelligen. Dora gehe es nicht gut, erfuhr ich. Leider könne ich jetzt nicht mit ihr sprechen, da sie soeben schlafe. Nach Fertigstellung der Krankenstaat-Installation sei sie dem Tode nahe gewesen und erhole sich nur langsam. Er bat mich, in einer Woche wieder anzurufen. Dora war also noch immer, vermutlich sogar mehr denn je, eine zerbrechliche Neurasthenikerin, in Anbetracht ihrer ungeheuren Leistung erschien das jetzt aber in einem radikal anderen Licht und erklärte sogar, weshalb sie früher so verhuscht gewirkt hatte. Während der ganzen Zeit war sie damit beschäftigt gewesen, das zu schaffen, was mir so unendlich viel bedeutete.

Die Woche verging entsetzlich langsam. Ich konnte es kaum erwarten, wieder bei Dora anzurufen. Als es endlich soweit war, teilte mir der junge Mann mit, ich könne auf einen kurzen Besuch vorbeikommen, müsse aber auf Doras sehr angegriffenen Zustand Rücksicht nehmen. Schon für den nächsten Tag wurde ich eingeladen. Wie war ich aufgeregt! Nach Feierabend suchte ich das häßliche, unmittelbar an einer Hauptverkehrsstraße gelegene Mietshaus aus den frühen Sechzigern auf. Sehr weit oben lag die enttäuschend kleine und ärmliche Wohnung; an der Tür empfing mich der junge Mann, mit dem ich telelephoniert hatte. Seinen Namen habe ich längst vergessen. Optisch machte er den gleichen Eindruck wie akustisch: Eine wenig anziehende Physiognomie und frühzeitiger Haarausfall ließen ihn ältlich wirken, und er strahlte so gar nichts Besonderes aus, aber möglicherweise hatte er gemeinsam mit Dora das Wunder vollbracht, das seit einiger Zeit mein Leben bestimmte. Durch die winzige Diele geleitete er mich zur ebenso winzigen Küche, wo er mir einen Stuhl anbot. Nichts in dieser Wohnung besaß auch nur einen Anflug von künstlerischer Aura, es gab keinerlei Hinweise darauf, daß hier eine Person von so außergewöhnlicher Begabung lebte. Völlig beliebige, halbwegs ordentliche Leute mit geringem Einkommen und ohne ästhetische Ansprüche hätte man bei einer solchen Einrichtung erwartet. Dora sei noch immer sehr erschöpft, sagte der junge Mann, vielleicht könne sie mich aber später ganz kurz empfangen. Das Wort »vielleicht« gefiel mir nicht, ich fürchtete, umsonst gekommen zu sein und am Ende unverrichteter Dinge abziehen zu müssen, nachdem ich schon so weit vorgedrungen war. In einem dieser Zimmer, wenige Meter entfernt von mir, hielt sie sich auf. Ich brauchte nur aufzustehen und hinüberzugehen, tat es aber natürlich nicht. Statt dessen wartete ich ab und nahm mit der Gesellschaft des jungen Mannes vorlieb, der so fatal zu dem Bild paßte, das ich mir früher von Dora gemacht hatte. Es fiel mir schwer, etwas von der Bewunderung, die ich neuerdings für sie empfand, auf ihn zu übertragen, der wahrscheinlich ihr Lebensgefährte war und sich aufopfernd um sie kümmerte. Ich versuchte, der Enttäuschung über den drohenden Fehlschlag meiner Audienz zu begegnen, indem ich das, was ich Dora hatte sagen und fragen wollen, für alle Fälle schon einmal ihrem Fürsorger vortrug. So würde ich vielleicht wenigstens aus zweiter Hand an kostbare Informationen gelangen und konnte auch meiner Bewunderung Ausdruck verleihen im Vertrauen darauf, daß er der eigentlichen Adressatin davon Mitteilung machen würde. Wir sprachen über die Nnklan-Installation. Tatsächlich war er derjenige, der Dora bei der Realisation des Projekts assistiert hatte.

»Aber woher hatte sie nur die Inspiration dazu?« fragte ich ungeduldig. »Zu all diesen wundervollen Einzelheiten? Die zugrundeliegenden Projektskizzen von Hoff sind, so weit ich weiß, hinsichtlich der Äußerlichkeiten doch recht allgemein gehalten. Wie war Dora in der Lage zu einer solchen minuziösen Ausgestaltung?«

Der junge Mann antwortete sehr ernst: »Ich weiß es nicht genau. Sie selbst sagt, sie empfange detaillierte Angaben, die Gedanken würden ihr irgendwie eingegeben.«

»Von wem?«

»Das weiß auch Dora nicht«, sagte er. »Sie hat keine rationale Erklärung für ihre Arbeitsweise. Ich kann mir vorstellen, daß ihre zarte körperliche und seelische Konstitution den Kontakt mit der geistigen Sphäre ermöglicht, aus der die Anweisungen kommen. Gleichzeitig schadet das ihrer Gesundheit aber sehr, eben weil sie so schwach und zerbrechlich ist.«

Es wurde Abend, wir plauderten in der Küche, ohne daß ich Dora zu sehen bekam. Ich hatte das Gefühl, seine Zeit schon unhöflich lange in Anspruch genommen zu haben, daher sagte ich resigniert zu Doras Freund: »Ich glaube, ich gehe jetzt besser.«

Er nickte todernst und unternahm nicht den geringsten Versuch, mich aufzuhalten. Mit den besten Genesungswünschen für Dora verließ ich ihn. Als ich die Treppen hinunterging, überlegte ich, ob Dora überhaupt in der Wohnung war, oder ob sich der unscheinbare Mensch bloß einen Scherz mit mir erlaubt hatte. Eine weitere Möglichkeit fiel mir ein: Dora strafte mich für meine vormalige Geringschätzung ihrer Person. Zweifellos wußte sie von meiner Einstellung zu ihr aus der Zeit, bevor ich ihr Genie entdeckt hatte. Ich war gewillt, die Maßnahme hinzunehmen und damit Buße zu tun. Immerhin würde Dora von meiner Läuterung erfahren, wenn ihr Adlatus Meldung erstattete (oder sie hatte gelauscht). Daß ich ihr nicht persönlich begegnet war, stellte sie für mich auf ein um so höheres Podest. Eigentlich war ich dankbar dafür.

Bei meinem nächsten ausgedehnten Aufenthalt in der Installation stöberte ich, wieder rauschhaft gestimmt, heimlich in Schränken und Schubladen herum. Wenn ich mich unbeobachtet fühlen konnte, setzte ich meiner Neugier keine Schranken. Ich hielt mich gerade in einem kleinen Wohnraum auf, der zu einer medizinischen Praxis gehörte, vielleicht dem Privatbereich des Arztes. Zwischen diversen Fachbüchern und Fallberichten fand ich einen alten braunen A5-Briefumschlag, der eine Anzahl von Hand beschriebener Bögen Papier enthielt. Neugierig faltete ich sie auseinander und las. Wie ich schnell feststellte, handelte es sich um einen Bericht, den ein nicht zum Krankenstaat gehörender Außenstehender verfaßt haben mußte, ein Besucher oder Beobachter von »draußen«. Schon auf den ersten Seiten fand ich so viel Interessantes, daß ich das Konvolut samt Umschlag einsteckte, um es für mich zu photokopieren. Das Original gedachte ich beim nächsten Mal wieder mitzubringen. Ohne Schwierigkeiten ließ sich diese Aktion durchführen, und am selben Abend las ich zu Hause den ganzen Bericht (siehe folgende Kopien).

Buenos Aires, den 24. März 1926

Sehr geehrter Herr Dr. Bauer!
Nun, da ich langsam wieder zu mir finde, will ich versuchen, Ihrer Anregung zu folgen und das, was ich erlebt zu haben glaube, geordnet zu Papier zu bringen. Ich möchte Ihnen an dieser Stelle noch einmal ausdrücklich für Ihre tatkräftige Sorge um meine Wiederherstellung danken. Nicht jeder Auftraggeber würde sich in solchem Maße für das verantwortlich fühlen, was dem von ihm Beauftragten während der Durchführung seiner Mission zugestoßen ist, zumal, wenn diese durch ein solches Unglück als gescheitert betrachtet werden muß. Ich bedaure zutiefst, daß die ganze Sache nicht den geringsten Nutzen für Sie hatte, da ich Ihnen keine einzige Photographie liefern konnte. Was von den folgenden Aufzeichnungen zu halten ist, mögen Sie selbst entscheiden.

Bis zu meiner Ankunft auf Santa Rosa verlief, wie schon mündlich berichtet, alles nach Plan. Aus der Luft hatte alles genauso ausgesehen, wie Sie es mir beschrieben hatten: die Mauern, die Hütten, das Rollfeld, wo schon mehrere Personen warteten. Es war früher Nachmittag, als der Pilot mich und meine Ausrüstung zusammen mit der monatlichen Lebensmittellieferung absetzte und nach Rio Gallegos zurückflog. Beim nächsten Mal sollte er mich wieder mitnehmen. Die Frauen und Männer, die ich schon beim Anflug gesehen hatte, trugen grobe, dunkle, wahrscheinlich selbstgefertigte Kleidung. Sie hatten Fahrräder mit kleinen Anhängern bei sich, die sie mit den Lebensmitteln beluden. Auf mich machten sie allesamt einen etwas »entrückten«

Eindruck, ihre Augen waren gerötet und glänzten fiebrig. Meine Anwesenheit schien ihnen zu entgehen, niemand beachtete mich. Ich grüßte, sagte, wer ich war und was ich wollte – keine Reaktion. Ich erklärte mir dies damit, daß sie einer Kolonie von leicht nervenkranken beziehungsweise seelisch gestörten Menschen angehörten. Aber ich wunderte mich, weshalb niemand vom Betreuungspersonal gekommen war. Die Frauen und Männer bestiegen ihre Räder, um die Lebensmittel zur Kolonie zu schaffen. Schon fürchtete ich, man werde mich einfach auf dem Rollfeld stehenlassen, wo der Wind erbarmungslos pfiff, da näherte sich eine weitere dunkel gekleidete Gestalt auf einem Fahrrad, genauer: einem Tandem mit Anhänger. Es war ein schon älterer Mann mit weißem Haar, der mich auf deutsch fragte, ob ich der Photograph aus Buenos Aires sei. Seine Stimme war rauh, seine niederländisch gefärbte Redeweise etwas abgehackt. Aber er hatte nicht diesen geradezu irren Blick der anderen. Er stellte sich mir mit dem Namen Bredevoort vor und sagte, er sei mir für die Dauer meines Aufenthalts als Fremdenführer und Assistent zugeteilt. Nachdem ich mein Gepäck auf dem Anhänger seines Tandems verstaut und selbst auf dem hinteren Sattel Platz genommen hatte, folgten wir den anderen zur gut hundertfünfzig Meter entfernten Kolonie. Ich war froh, mich durch das Pedaletreten ein wenig aufwärmen zu können.

Obwohl ich von dem Plan her, den Sie mir in Ihrem Büro gezeigt hatten, wußte, daß die Mauer, die die Ansiedlung einfaßte, gut fünf Meter hoch und auf der Torseite hundert Meter lang war, und obwohl ich vor ein paar Minuten alles schon aus der Vogelperspektive überblickt hatte, kam mir der frontale Anblick der Anlage, wie wir so auf sie zufuhren, recht beklemmend vor. Es mochte an dem nebligen Wetter und der öden Landschaft und nicht zuletzt an dem gefängnisartigen Aussehen der Kolonie liegen, jedenfalls befiel mich eine Mutlosigkeit, als ob ich in die Verbannung geschickt worden wäre. Das Wesen der Einheimischen hatte gewiß nicht unwesentlich zu dem Gefühl beigetragen.

Durch das große, aus geteerten Holzbohlen gefertigte, ebenso solide wie schmucklose Tor gelangten wir in die Kolonie, und jenseits der Mauer bot sich ein ebenso tristes Bild. Weder Menschen noch Tiere waren zu sehen oder zu hören. Die Anlage schien wie verlassen, doch von einigen Hütten stiegen dünne Rauchfahnen auf. Ein übler Geruch schlug uns entgegen. Es war offenkundig, daß hier keine besondere Sorgfalt auf die sanitären Verhältnisse verwandt wurde. Einen ganzen Monat sollte ich in diesem Gestank verbringen! Auf dem kargen, fast gänzlich kahlen Boden standen die Hütten in Reih und Glied um das zweite, innere Mauergeviert herum, von dem ich ja wußte, daß es für alle Fälle zur Sicherheit des Betreuungspersonals errichtet worden war und die medizinischen sowie ein paar weitere Versorgungseinrichtungen enthielt. Laut Plan maß es fünfzehn Meter im Quadrat. Ich nahm an, ich würde zunächst dort hineingebracht, um Dr. von der Heydt meine Aufwartung zu machen und ihm die Unterlagen auszuhändigen, die Sie mir für ihn mitgegeben hatten.

Tatsächlich war, wie sich zeigte, die innere Mauer das Ziel der dunkel vermummten, ihre Fahrräder nun schiebenden Gestalten einschließlich des Tandemlenkers, der mich und meine Ausrüstung transportierte. Wir fuhren auf dem geraden Weg, der die beiden Mauern verband, zwischen den Holzbauten hindurch, und ich bemerkte zu meinem Mißvergnügen, daß der Gestank zunahm. Abwässer standen wie schmale Kanäle neben dem Weg. An manchen Stellen bildeten sie widerwärtige Pfützen. Mir war unbegreiflich, wie dergleichen von medizinischer Seite geduldet werden konnte. Worüber ich mich aber fast noch mehr wunderte, war das Portal der inneren Mauer. Da Sie mir nichts von seinen Besonderheiten berichtet hatten, nahm und nehme ich an, daß Sie es selbst nicht kannten. Durch seine prachtvolle künstlerische Gestaltung stach es extrem von der scheußlichen Umgebung ab. Seine farbig bemalten, phantastischen Formen muteten vage asiatisch an. Ich war sofort hingerissen von der sprichwörtlich wahnwitzigen Exotik der üppigen Schnitzereien, die ich so recht keinem mir bekannten Kulturkreis zuordnen konnte. Daher vermutete ich eine Patientenarbeit, die mir einen Vorgeschmack dessen gab, was mich auf der anderen Seite erwarten mochte. Alle am Lebensmitteltransport Beteiligten warteten vor dem Tor. Herr Bredevoort stieg ab, schloß es auf, und die beladenen Fahrräder wurden in den inneren Bereich geschoben. Ich war ebenfalls abgestiegen, gespannt folgte ich den anderen. Doch drinnen sah es nicht viel anders aus, auch dort standen schlichte, teils zweigeschossige Holzhütten, etwas von der Qualität des Portals konnte ich nirgends entdecken. Wenigstens schien es aber nicht so übel zu riechen wie draußen. Die Lebensmittel wurden von den schweigenden Menschen in eine bestimmte Hütte getragen. Herr Bredevoort schloß, nachdem dies erledigt war, die Hütte ab, und die Träger verließen den inneren Bereich durch das exotische Tor. Hinter ihnen wurde es gründlich verriegelt.

Wir nahmen meine Koffer vom Anhänger, um sie zu meiner Unterkunft zu bringen, einem sehr schlichten Holzgebäude mit zwei übereinanderliegenden Zimmern, von denen jedes kaum mehr als zwei mal drei Meter groß und recht niedrig war. Eine steile, enge Treppe führte nach oben, wo ich eine roh gezimmerte Bettstatt und einen entsprechenden Schrank fand. Den Koffer mit meinen persönlichen Dingen trug ich hinauf, die Ausrüstung ließ ich im unteren Raum, der einen Tisch, zwei Stühle, ein Wandregal und einen kleinen Ofen enthielt. Geheizt war nicht. Neben der Hütte befand sich ein Verschlag, wo die Notdurft verrichtet werden konnte. Auch dort herrschte ein unangenehmer Geruch. Ich wies Herrn Bredevoort darauf hin, und er sagte, weil ich ein Gast sei, wolle er Abhilfe schaffen. Er verließ die Unterkunft, und zu meinem Erstaunen schloß er mich ein. Nach mehr als einer Viertelstunde kehrte er mit einem Chemikaliensack und einer Schaufel zurück. Damit machte er sich eine Zeitlang in dem Abtritt zu schaffen. Anschließend brachte er die Utensilien wieder fort. Ich wartete, abermals war ich eingeschlossen.

Zwei Stunden vergingen, ohne daß etwas geschah. Ich war verstimmt und bereute, überhaupt hergekommen zu sein. Auch Ihnen war ich gram, weil Sie mir die haarsträubenden Verhältnisse in der Krankenkolonie verschwiegen hatten. Am liebsten wäre ich unverzüglich abgereist, doch mußte ich wohl oder übel bis zur nächsten Lebensmittel-Lieferung in einem Monat ausharren. Unwillig räumte ich Kleidungsstücke aus dem

Koffer in den Schrank, nur um beschäftigt zu sein. Dann saß ich schlecht gelaunt herum und wartete weiter. Endlich kam Herr Bredevoort zurück. Er sagte, er werde mich nun zum Primar bringen. Ich nahm an, damit meine er den Primararzt, und war einverstanden, denn ich wollte gern meine künftige Arbeit mit Herrn Dr. von der Heydt besprechen.

Bei den geringen Abmessungen des inneren Bereichs war es ein kurzer Weg, den wir, vorbei an einigen zum Teil sehr eigentümlich aussehenden Hütten, zurücklegten. Wir gelangten zu einem Holzhaus, deutlich größer als die anderen und direkt an die hintere Mauer gebaut. Alle Fenster waren mit Schlagläden verschlossen. Neben der Haustür gab es einen Klingelzug, den Herr Bredevoort zweimal betätigte. Von drinnen fragte eine Frauenstimme, wer da sei, und Herr Bredevoort antwortete, der Photograph sei angekommen. Daraufhin wurde ein Schlüssel im Schloß umgedreht und ein Riegel aufgeschoben, dann öffnete sich die Tür. Eine alte, in schwarze Gewänder und ein ebensolches Kopftuch gehüllte Frau ließ uns ein. Sie sagte, sie werde dem Herrn Primar Meldung machen, und führte uns in einen Raum, in dem einige schlichte Stühle und ein Schreibtisch standen. An den rohen Wänden stand direkt mit Farbe aufgetragen ›Leben ist Leiden‹ und ›Nur durch Schmerz zu Gott‹. So hatte ich mir Dr. von der Heydts Praxis nicht vorgestellt. Vielleicht, dachte ich, ist es nur ein Warteraum für die Patienten? Von Herrn Bredevoort kam kein Wort, und so schwieg ich ebenfalls.

Über unseren Köpfen ging jemand mit schwerem Schritt, daß die Holzdecke dröhnte. Dann stampfte derjenige die Treppe herunter und stand endlich bei uns im Zimmer. Zwar hatten Sie, verehrter Herr Dr. Bauer, mir betreffs des Äußeren von Dr. von der Heydt keine Beschreibung gegeben, doch wußte ich gleich auf den ersten Blick, daß er nicht der Mann sein konnte, der da hereingekommen war. Statt eines weißen Kittels trug er eine dunkelblaue Militäruniform mit Epauletten und silbernen Knöpfen, dazu glänzende, schwarze Stiefel. Sein Haupthaar war kurzgeschoren, aber er trug einen fast weißen, bis auf die Brust reichenden Vollbart. Seltsam devot machte Herr Bredevoort uns miteinander bekannt, und ich erfuhr, daß ich es nicht mit Dr. von der Heydt zu tun hatte, sondern mit einem gewissen Dehmel. *Er* war angeblich der Herr Primar! Weitere Informationen über ihn erhielt ich nicht, und da mich das befremdete, erkundigte ich mich nach Dr. von der Heydt. Dehmel antwortete mit dröhnender Stimme, jener sei schon lange nicht mehr im Amt. Dem Krankenstaat Nnklan (er buchstabierte mir den Namen mit der unsinnigen Schreibweise) stehe er, Dehmel, vor.

Mir kam sofort eine Patientenrevolte in den Sinn; ich fürchtete, die Nervenerkrankungen und seelischen Störungen der hier Lebenden könnten doch nicht so leicht gewesen sein, wie Sie und Dr. von der Heydt gehofft hatten, und zuletzt hätte dieser Dehmel das Regiment übernommen. Gewiß können Sie sich den Schreck vorstellen, den mir diese Überlegungen einjagten. Für einen ganzen Monat säße ich dann unter gefährlichen Irren fest! Doch dann sagte ich mir, daß ich in meinem Berufsleben schon einige gefährliche Situationen mit Hilfe von Gelassenheit und kluger Taktik gemeistert hatte, und wollte es auch jetzt so halten. Ich versuchte, einen möglichst souveränen Eindruck zu machen.

Noch stand außerdem gar nichts fest, alles konnte sich noch ganz harmlos aufklären. Zum Beispiel war es denkbar, daß Dr. von der Heydt im nächsten Augenblick lachend auftauchte, den kostümierten Verrückten hinausgeleitete und sich für den Scherz entschuldigte.

Indessen sprach Dehmel unerschütterlich weiter. Er behauptete tatsächlich, er habe mich aus Buenos Aires kommen lassen, damit ich einen speziellen Auftrag für ihn erledigte. Ich unterließ es, ihm zu widersprechen, da ich zunächst abwarten und die Lage sondieren wollte. Damit ich vernünftig arbeiten könne, sagte er, habe er mir ein Photolabor einrichten lassen, das Herr Bredevoort mir nachher zeigen solle. Es war nicht nötig, ihn nach der Art des speziellen Auftrags zu fragen, denn er kam von selbst darauf zu sprechen. Und so erfuhr ich, daß ich eine Porträtaufnahme *von seiner Tochter* machen sollte! Dies sei mit gewissen Schwierigkeiten verbunden und stelle höchste Anforderungen sowohl an meine Diskretion als auch mein technisches Können. Ich glaubte nicht eine Sekunde lang, an dem Gerede könne etwas sein. Für mich stand fest, daß dieser Dehmel überhaupt keine Tochter hatte, daß sie lediglich ein Hirngespinst war. Am nächsten Tag würde er sich nicht mehr daran erinnern oder mir allenfalls irgend etwas Abgeschmacktes präsentieren, vielleicht auch nur Luft. Wie ich dann reagieren sollte, war mir noch nicht klar. Schließlich entließ er mich mit dem Befehl, am nächsten Vormittag zum Dienst zu erscheinen. Herr Bredevoort wurde angewiesen, mir meinen Aufenthalt im Krankenstaat Nnklan so angenehm wie möglich zu gestalten und mich nicht aus den Augen zu lassen. Das Photographieren in der Kolonie wurde mir großzügig gestattet.

An diesem Tag war es jedoch nicht mehr viel damit, die Lichtverhältnisse wurden immer schlechter. In zwei Stunden würde es sowieso dunkel sein.

Herr Bredevoort brachte mich zu meiner Unterkunft zurück. Ob ich etwas essen wolle, fragte er. Ich antwortete, das wäre mir sehr recht, und er ging etwas holen, nachdem er mich wieder eingeschlossen hatte. Mit einem unguten Gefühl sah ich der Zukunft entgegen. Inzwischen glaubte ich, was die Begegnung mit Dehmel betraf, nicht mehr an einen Irrtum oder einen Scherz. Ich argwöhnte, in der Kolonie, nach dem unerforschlichen Ratschluß des martialischen Rauschebarts »Nnklan« genannt, mußten Entwicklungen stattgefunden haben, über die meine Auftraggeber nicht informiert waren. Ahnungslos hatten sie mich in vermeintlich sichere Verhältnisse ausgesandt ... Doch dann breitete sich mein Argwohn weiter aus und zeugte einen schrecklichen Verdacht. Konnte es nicht sein, fragte ich mich, daß Sie, verehrter Herr Doktor, und Ihre Institution mich mit voller Absicht auf Dehmel angesetzt hatten? Denkbar war doch, daß man in Buenos Aires Hinweise auf unerwünschte Vorgänge in der Kolonie erhalten und zur Klärung einen Photoreporter engagiert hatte, dem zum Zweck der absoluten Geheimhaltung seiner Mission deren wahrer Charakter verschwiegen wurde, so daß er selbst glaubte, er solle eine ganz gewöhnliche Dokumentation über ein psychiatrisches Musterprojekt liefern. An diesen Überlegungen können Sie deutlich ablesen, wie sich die Lage auf meinen Verstand auswirkte. Schlimm war, daß keine Möglichkeit bestand, mit Ihnen in Verbindung zu treten. Wie ich schon von Ihnen wußte, gab es auf Santa Rosa keinen Fernsprechanschluß und keinen Telegraphen. Der Monat mußte überstanden werden.

Herr Bredevoort kehrte mit ein paar Konservenbüchsen, Gläsern und einem Brotlaib zurück. So bestand meine einsame Mahlzeit aus kaltem Büchsenfleisch, eingemachtem Gemüse und ein paar Schnitten harten Brotes, alles aus Lebensmittel-Lieferungen vom Festland. Ich erfuhr, daß man nichts zur Selbstversorgung tat, infolgedessen auch nichts Frisches verzehrte. Zu trinken bekam ich Kaffee, den Herr Bredevoort umständlich für mich kochte, nachdem er den kleinen Ofen geheizt hatte. Besonders gastfreundlich fand ich das alles nicht, der großartige Dehmel hätte den Photographen, der eine so heikle und hochwichtige Arbeit für ihn erledigen sollte, ruhig in seinen Privatgemächern auf anspruchsvollere Weise verpflegen können. Andererseits verzichtete ich gern auf seine Nähe. Aber weshalb ich zuerst allein eingeschlossen und dann unter Aufsicht eines Subalternen abgefüttert wurde, wollte mir nicht einleuchten. Es mußte doch in der Siedlung irgendwo ein und sei es noch so bescheidenes Etablissement geben, wo man in Gesellschaft etwas essen konnte. Danach befragt, erwiderte Herr Bredevoort, das sei hierorts eigentlich nicht üblich, doch wisse er ein Haus, wo sich einige bei geistigem Getränk zusammenfänden, um Erleuchtung zu finden. Dort gebe es auch immer etwas Brot zu essen. Mir erschien eine derartige Versammlung allemal erstrebenswerter als die Isolation, die mir augenblicklich bestimmt war. Also bat ich Herrn Bredevoort, mich zu genanntem Haus zu bringen. Offenbar gab es nichts, das dagegensprach, und mit der gleichgültigsten Miene von der Welt erfüllte er meinen Wunsch.

Meine Unterkunft wurde verschlossen, wir begaben uns in die mittlerweile pechschwarze Nacht. Nur bei Dehmel brannte Licht, soweit ich sehen konnte, alle übrigen Fenster im inneren Bereich waren dunkel. Durch das Tor, von dessen Gestaltung jetzt fast nichts zu ahnen war, traten wir hinaus in die Finsternis und den Gestank des äußeren Bereichs. Es war so still wie am Tage. Vereinzelt konnte ich schwachen Lichtschein entdecken, der aus Ritzen in Fensterläden, Türen oder Wänden drang. Als Ortskundiger fand Herr Bredevoort mit großer Sicherheit den Weg, ich folgte ihm wie ein Blinder. Um nicht in eine Kloake zu treten, hielt ich mich genau hinter ihm. In den Hütten, die wir passierten, war es größtenteils still, manchmal aber hörte ich Laute, die mir Unwohlsein bereiteten. Mir sträubten sich die Haare, wenn ich bedachte, wie riskant es war, in stockdunkler Nacht zwischen den Behausungen von unbeaufsichtigten Geisteskranken herumzulaufen. Ich hatte niemanden als Herrn Bredevoort, auf dessen Schutz und Beistand ich hoffen konnte. Und ich hoffte, er möge kein Kranker sein, sondern ein Pfleger oder etwas Ähnliches. Unter all den Hütten, die sich durch nichts voneinander, ja kaum von der Dunkelheit selbst unterschieden, fand er zielsicher die richtige. Sie wies nach außen hin keine Merkmale auf, anhand derer man sie hätte identifizieren können, es war nicht einmal zu erkennen, wo der Eingang sein sollte. Trotzdem öffnete sich genau an der Stelle, wo mein Fremdenführer angeklopft hatte, eine Tür. Von dem schwachen, gelblichen Licht, das die Öffnung ausfüllte, hob sich der dunkle Umriß eines Menschen ab. Der trat dann beiseite und ließ uns ein.

Der enge, von ein paar Kerzen beleuchtete Raum vor uns war verraucht, an einem Tisch saßen vier oder fünf Frauen und Männer, vor sich Krüge und Becher. Auch diese Menschen wirkten verschlossen und abwesend, auf uns reagierten sie gar nicht. Der Mann, der uns hereingelassen hatte, wechselte leise ein paar Worte mit Herrn Bredevoort, die ich nicht verstand. Wir setzten uns an einen zweiten, kleineren Tisch, was wegen der räumlichen Enge sehr umständlich war. Ich mußte über eine Wandbank steigen, und wie ich mich hinter das Tischchen zwängte, spürte ich plötzlich einen scharfen Schmerz am rechten Schienbein. Bei dem schlechten Licht konnte ich nicht erkennen, was die Ursache war, vermutete aber, daß ich an einen Nagel oder Holzsplitter geraten war. Im Hosenbein war, wie ich tastend feststellte, kein Loch entstanden, aber die Haut darunter hatte zweifellos etwas abbekommen, eine vermutlich kleine, unbedeutende Wunde. Wegen der momentanen Umstände konnte ich mich nicht darum kümmern und war zudem sicher, sie vernachlässigen zu können. Mit der Zeit wunderte ich mich jedoch, wie anhaltend schmerzhaft diese Bagatelle war.

Jemand stellte uns einen vollen Krug hin. Ich fragte Herrn Bredevoort, um was für ein Getränk es sich da handele, und erfuhr, es sei etwas Selbstgebrautes, das ich ohne Bedenken trinken könne. Das waren mir ja schöne Gebräuche! Weder Obst noch Gemüse oder Getreide bauten sie an, aber einen eigenen Schnaps brannten sie! Jedenfalls nahm ich an, daß es Schnaps war. Und so probierte ich dann zum ersten Mal davon. Nie habe ich erfahren, was ich da eigentlich trank. Wenn ich versuche, mich an den Geschmack zu erinnern, fällt mir nur ein gewisser Anklang an den Geruch von Bohnerwachs ein. Schon nach wenigen Minuten wurde mir schwindlig, ich fühlte mich stark berauscht. Als ob meine Wahrnehmung in Intervallen aus- und wieder eingeschaltet würde, faßte ich bloß unzusammenhängende Bruchstücke einer Konversation auf, an der sich irgendwann auch die übrigen Personen im Raum beteiligten.

Ich glaubte zu hören, wie gesagt wurde, Dehmel habe sie bisher leben lassen, aber man könne nie wissen … Dehmel! Wer das eigentlich sei, wollte ich wissen. Ich gab alle Zurückhaltung auf und konnte meinen schrecklichen Verdacht über die Revolte nicht unterdrücken. Meine Zunge war schwer, mein Kopf fühlte sich heiß an, als ob ich Fieber hätte, und mein Schienbein brannte. Dehmel sei ein heiliger Mann, hieß es, ein Mann des Erhabenen, ein Mystiker und Visionär, einer, der die Gabe besitze, die Menschheit zu einer wahren, tiefen Religiosität zu führen. Das bestärkte mich in meinen schlimmsten Befürchtungen, so daß ich rundheraus nach dem Verbleib von Dr. von der Heydt fragte. Noch heute könnte ich schwören, daß geantwortet wurde, den habe man auf Dehmels Geheiß hin getötet und verspeist. Ich geriet in einen verwirrten Zustand, der verantwortlich für die Qualität meiner Erinnerung an alles sein dürfte, was an jenem Abend und während der folgenden Zeit geschah. Daher ist es mir nicht möglich, Ihnen einen zuverlässigen, zusammenhängenden Bericht über das Weitere zu geben. Doch Sie als Psychiater werden vielleicht etwas von Nutzen herausfiltern können.

Was ich über Dr. von der Heydts Schicksal erfahren hatte, quälte mich so sehr, daß ich für den Rest des Abends von Angst gelähmt dasaß, dem unbekannten

Getränk zusprach und keinen Anteil an der Unterhaltung mehr nahm. An den Rückweg zu meiner Unterkunft im inneren Bereich erinnere ich mich nicht. Nachts erwachte ich aus einem unangenehmen Traum und fand mich im Bett wieder. Nachdem ich eine Kerze angezündet hatte, erkannte ich den oberen Raum meines Logis, sah meinen Koffer, einige meiner Kleidungsstücke und andere persönliche Habe. In meinem Bein tobte ein stechender, brennender Schmerz, was kein Wunder war, denn die Verletzung, die anfangs vielleicht wirklich nur geringfügig war und die ich bis zu diesem Moment noch nicht betrachtet hatte, bot einen furchterregenden Anblick. Eine handtellergroße Fläche war dunkelrot angeschwollen, die Wunde selbst, entzündet und eiternd, sah abscheulich aus. Worte wie »schwärend« und »brandig« drängten sich mir auf. Ich benötigte dringendst ärztliche Versorgung, sonst war mir eine Blutvergiftung mit schlimmen Folgen sicher. Zweifellos hatte ich hohes Fieber. Dunkle, vermummte Gestalten gingen im Zimmer umher und verschwanden wieder, vor mir erschienen Gläser, gefüllt mit kaltem, klarem Wasser. Ich war absolut sicher, im unteren Stockwerk befinde sich ein Badezimmer, wo ich mich erfrischen konnte, und das Medizinschränkchen enthielte Flaschen voller desinfizierender Flüssigkeiten, fiebersenkende und schmerzstillende Tabletten sowie wohlriechende, kühlende Heilsalben. Sehr deutlich entsinne ich mich noch heute, daß ich irgendwann versuchte, dieses Paradies zu erreichen, woraufhin die Illusion sich auflöste. Ich konnte kaum laufen. Unverzüglich mußte mir jemand helfen, notfalls wollte ich Dehmel persönlich aus den Federn trommeln.

Wie ich war, hinkte ich zur Treppe und quälte mich die Stufen hinunter. Die Haustür war abgeschlossen, doch der Schlüssel steckte von innen. Herr Bredevoort schlief tief und fest unter dem Tisch, so daß ich ungehindert hinaus konnte. Ich wußte noch genau, wo Dehmels Haus stand. Im Mondlicht war der Weg leicht zu finden, mit dem entzündeten Bein kam ich aber nur langsam vorwärts. Von hinten näherte sich plötzlich ein Geräusch und holte mich ein. Es war ein Radfahrer, der mich überraschend offen ansah und grüßte. Ich müsse doch der Photograph sein, meinte er und fragte, was mir denn fehle. Auf meine Antwort hin stellte er sich mir vor, er war kein anderer als Dr. von der Heydt, soeben zurückgekehrt von einem Hausbesuch außerhalb der Kolonie. Es gab ihn also doch! Und welch ein sympathischer Mann er war! Meine Erleichterung war grenzenlos. Ganz selbstverständlich lud er mich ein, sein Gast zu sein, wollte sich auch sogleich meine Verletzung ansehen.

Von der Heydts erstaunlich modern eingerichtete und sogar mit elektrischem Licht ausgestattete Praxis befand sich in einer nahegelegenen Hütte. Ich erzählte ihm, daß mir zu Ohren gekommen war, man habe ihn vor einiger Zeit aufgefressen. Der Doktor lachte schallend. Man dürfe eben nicht vergessen, meinte er, daß dies eine Kolonie psychisch kranker Menschen sei. Aber nun werde alles seinen ordentlichen Lauf nehmen. Dehmel habe selbstverständlich keine Tochter, und ich solle getrost meinen in Buenos Aires erhaltenen Auftrag ausführen. Mein Bein werde mir dabei keine Schwierigkeiten bereiten, denn er werde es jetzt mit einer Tinktur behandeln, die innerhalb weniger Stunden wahre Wunder bewirke. Und dann solle ich mich in seinem komfortablen Gästezimmer ausschlafen. Nach einem kräftigen Frühstück würden wir am nächsten Vormittag mein Gepäck herüberholen. Aller Sorgen ledig, entspannte ich mich. Kurz bevor ich in wohltuenden Schlaf sank, spürte ich auf meinem Schienbein noch die kühlende, prickelnde Flüssigkeit, die umgehend ihre desinfizierende, gewebefreundliche Wirkung entfaltete.

Als ich das nächste Mal wach wurde, wußte ich nicht, wo ich war. Ich lag im Dunkeln, mir war sterbenselend, und die Wunde peinigte mich mehr als zuvor. Stellen Sie sich meine Enttäuschung vor, als ich nach und nach begriff, daß ich in meiner elenden Unterkunft lag, und daß meine Begegnung mit Dr. von der Heydt lediglich ein Fiebertraum gewesen war! Äußerst besorgt sah ich nach meiner Verletzung, der Anblick versetzte mich in Panik. Es schien mir ungewiß, ob das Bein würde gerettet werden können. Eine ohnmächtige Wut übermannte mich. Ich wollte Bredevoort zwingen, mir zu helfen. Irgendwo mußte es an diesem verfluchten Ort doch eine Medizin für mich geben, und die hatte er mir zu verschaffen! Ich war sogar bereit, ihn mit körperlicher Gewalt dazu zu bringen. Aber es gelang mir nicht, das Bett zu verlassen. Wenn auch das fiebrige Halluzinieren und Träumen aufgehört hatte, mein Kreislauf stand kurz vor dem Zusammenbruch, im Kopf drehte sich mir alles. Irgendwann wurde es hell.

Apathisch lag ich da und dämmerte vor mich hin. Es schien mir das Beste, einfach aufzugeben und zu sterben, und ich weiß nicht, wie lange ich so lag, als ich Schritte auf der Treppe hörte, und Herr Bredevoort das

Zimmer betrat, um nach mir zu sehen. Seine Gegenwart machte mir wieder etwas Mut, so daß ich ihm sofort meinen Wunsch nach medizinischer Versorgung vortrug. Zur Bekräftigung zeigte ich ihm die ungehindert fortschreitende Entzündung. Nicht etwa erschrocken oder mitfühlend sah er sie an, sondern voller Interesse und Anerkennung. Das, was ich forderte, gebe es nicht, teilte er mir auf eine Weise mit, daß ich das Gefühl hatte, ein Sakrileg begangen zu haben. Bisher hatte ich ihn noch nicht so beredt, ja eifrig, erlebt. Mit glühendem Blick ermahnte er mich, ich dürfe nichts abtöten wollen, das mir zu erhöhter Spiritualität verhelfe. Dankbar solle ich sein! Ob ich die Verletzung vorsätzlich herbeigeführt oder zufällig davongetragen hätte, spiele keine Rolle, es zähle einzig das Ergebnis. Und da habe der Mensch nicht das Recht einzugreifen. So ein gut entwickelter Eiterherd sei eine Gnade und ein Geschenk Gottes, das keinesfalls zurückgewiesen werden dürfe. Daher sei es segensreicher, Wunden vorsätzlich zu verunreinigen, als sie zu desinfizieren.

Natürlich widersprach ich ihm und berief mich auf die Erkenntnisse der modernen Wissenschaft, auf Hygiene und medizinischen Fortschritt. Das tat er alles mit der Geste des Eingeweihten ab, der von seiner höheren Warte aus die vermeintliche Wahrheit erblickt. Wissenschaftliche Erkenntnisse seien schön und gut, sagte er, aber es gehe um ihre richtige Anwendung. So wisse man, daß zersetztes Eiweiß, das in den Blutkreislauf gelangt, ein Gift ist, aber es sei doch ein göttliches Gift, der Schlüssel zu Erleuchtung und Seligkeit, letztlich zur Verbindung mit Gott. Die Alten seien darin viel weiter gewesen als wir Heutigen. Deshalb gelte es, deren altes, ewiges Wissen wiederzuentdecken und anzuwenden. Und Dehmel sei der Mann, der dies vermöge.

Für mich waren das nichts als Atavismen, empörende Rückschritte in der Menschheitsgeschichte. In dem Zusammenhang benutzte ich »Mittelalter« als Schimpfwort. Nach Dehmels Lehre aber war »Neuzeit« der Inbegriff der Verirrung. Im Mittelalter, versuchte Bredevoort mich zu bekehren, sei die Menschheit auf dem geraden Weg zu Gott wesentlich weiter fortgeschritten gewesen, erst durch die grundfalschen Ideen der Renaissance habe sie den Kurs verloren. Primar Dehmel sei dabei, die überfällige Korrektur durchzuführen. Ich kam, weil mir dies Theoretisieren zu närrisch war, auf die praktische Tatsache meiner eigenen Wundinfektion zurück, von der ich mir keineswegs eine Verbindung mit Gott versprach, sondern einen qualvollen Tod, wenn mir nicht bald geholfen wurde. Jeder in der Kolonie habe eine solche Wunde oder gar mehrere, erwiderte Bredevoort, außerdem würden auch vereiterte Zähne hoch geschätzt. Durch die schöne Entzündung am Bein sei ich nunmehr einer der ihren. Zum Zeichen der Verbundenheit zwischen uns zog er dann wortlos seinen Mantel aus, knöpfte den Hemdsärmel auf, schob ihn hoch und entblößte eine tiefrote, eitrige Wunde am Oberarm wie ein geheimes Organ.

Spätestens bei diesem Anblick wäre mir die Lust zu frühstücken vergangen, doch ich hatte sowieso keinen Appetit. Den Termin bei Dehmel wahrzunehmen fühlte ich mich nicht imstande, zudem wollte ich mit diesem Wahnsinnigen nichts zu schaffen haben. Mit äußerster Anstrengung gelang es mir, mich aus dem Bett und treppab zum Abort zu schleppen. Die Schmerzen, die mir das verursachte, machten mir klar, daß ich künftig (falls ich die nächste Nacht noch erleben sollte) im Parterre würde schlafen müssen; die Treppe war einfach zu viel für mich.

Als ich von dem widerlichen Abtritt zurückkam, entdeckte ich am Boden ein Stück Papier, das von draußen unter der Hüttentür durchgeschoben worden war. Mühsam hob ich es auf: Primar Dehmel setzte mich in Kenntnis, daß der heutige Porträt-Termin aus Gründen der Indisponiertheit seiner Tochter um vierundzwanzig Stunden verschoben werden müsse. Das kam mir recht und bestätigte mich in der Annahme, der Demagoge habe in Wirklichkeit keine Tochter. Am nächsten Tag würde bestimmt wieder eine derartige Nachricht kommen, so daß ich Ruhe vor ihm hätte. Ich nahm mir vor, den von Ihnen, verehrter Herr Dr. Bauer, erhaltenen Auftrag auszuführen. Es war das Sinnvollste, was ich in meiner Lage tun konnte. Vorher war es erforderlich, mich zu stärken, jedoch meine Appetitlosigkeit stand dem im Weg. Beim Gedanken an Dosenfraß wurde mir übel. Herr Bredevoort reichte mir einen Krug mit dem nach Bohnerwachs riechenden Getränk, das ich am vergangenen Abend zu mir genommen hatte. Ich hoffte, es würde vielleicht gegen die Schmerzen helfen und mich auch seelisch etwas aufrichten. Und tatsächlich konnte ich mich nach zwei, drei Schlucken ans Photographieren begeben. Der Trank verlieh mir die gewünschte innere Festigkeit, Herr Bredevoort führte mich herum und trug die Ausrüstung.

An diesen Tag habe ich nur fragmentarische Erinnerungen. Der Geruch im äußeren Bereich verschlug mir den Atem, für mich hatte er etwas Miasmatisches. So sehr ich mich auch dazu zwang, fiel es mir doch immer schwerer, die Kamera handzuhaben. Ich konnte kaum scharf sehen, sah sogar doppelt. Was ich alles aufgenommen habe, weiß ich nicht mehr. Eigentlich gab es im äußeren Bereich herzlich wenig Lohnendes, bloß die trostlosen Hütten und ihre vermummten Bewohner. Innenaufnahmen von den Behausungen waren problematisch, weil die darin herrschende Dunkelheit extrem lange Belichtungszeiten erforderte. Nur wenige gespenstische Eindrücke sind mir im Gedächtnis geblieben, untätig an den Wänden sitzende Gestalten mit starr geradeaus gerichteten Blicken aus glühenden Augen. Im Laufe des Tages sah ich zahlreiche Einwohner, die ihrerseits kaum Notiz von mir nahmen. Manche besaßen ein ausgesprochen charakteristisches, unverwechselbares Aussehen, das sich auf den ersten Blick einprägte. Deshalb war ich verwundert, einige Personen, die mir kurz vorher anderwärtig aufgefallen waren, zum zweiten Mal und in anderen Kleidern anzutreffen. Diese ziemlich unwahrscheinliche Impression wurde bis zum Abend immer stärker. Ich war vollkommen sicher, Doppelgängern von zirka zehn Menschen begegnet zu sein.

Bei Einbruch der Dämmerung trugen wir die Ausrüstung in meine Unterkunft zurück. Erst jetzt fiel mir auf, daß ich den ganzen Tag nichts gegessen hatte, und sagte es Herrn Bredevoort. Er meinte, auch daran zeige sich, daß ich inzwischen »einer von ihnen« sei. Man esse nämlich sehr wenig in Nnklan, denn die von Unterernährung und Mangelkrankheiten hervorgerufenen Veränderungen der chemischen Vorgänge im Körper wirkten, wie die Blutvergiftung, und zumal in Kombination mit dieser, als Wegbereiter für die Vereinigung des individuellen Bewußtseins mit dem totalen, göttlichen. Es sei nicht mehr und nicht weniger als das ernsthaft praktizierte Rezept der mittelalterlichen Asketen. Übrigens wisse man aus Erfahrung, daß solche Praxis besonders bei nervlich überreizten Personen ganz außerordentliche Resultate zeitige, denn hochgradig erregte Nerven zögen Gott unwiderstehlich an. Werde solche Erregung mit Hunger und Unterernährung gepaart, entstehe ein verstärkter Sog, so daß Gott, einmal hineingeraten, nicht mehr davon loskommen könne. Deshalb verwalte er, Bredevoort, die monatlich gelieferten Lebensmittel nach Primar Dehmels Anweisungen, was bedeute, daß der allergrößte Teil davon nie gegessen würde. In der Hauptsache nehme man jenes Getränk zu sich, dessen Namen er zwar nannte, den ich aber vergessen habe. Am Abend trank ich wieder davon, ohne aber etwas zu essen. Ich muß mich in Gesellschaft befunden haben, denn ich entsinne mich eines Mannes, der überzeugt war, sein Gesicht werde sich bis zur Unkenntlichkeit verändern, wenn er es nicht laufend im Spiegel überprüfte und auf ganz bestimmte Weise fixierte. Dazu zeichnete er fast pausenlos Selbstporträts nach seinem Spiegelbild und versah sie mit hochkomplizierten »magischen« Zeichen, die, wenn ich nicht irre, zahlenmystische Bezüge hatten.

Beim Versuch, mir weitere Details dieses Abends beziehungsweise dieser Nacht ins Gedächtnis zu rufen, stoße ich auf etwas, wovon ich allerdings nicht mit Bestimmtheit sagen kann, ob es mir tatsächlich zu später Stunde begegnet ist, oder ob ich es in meiner heillosen Verfassung halluziniert habe. Wie auch immer, es ging um Dehmel und eine scheußliche Szene, in der er die

Hauptrolle spielte. Meine eigene Position, von der aus ich Zeuge wurde, ist mir nicht restlos klar. Vielleicht sah ich heimlich durch ein Fenster zu, vielleicht war ich auch drinnen dabei, in dem widerwärtigen, weiß gefliesten Operationsraum, wo Primar Dehmel, in Kleidung und Pose eines Chefarztes, vor meinen Augen etwas durchführte, von dem ich wußte, daß es sich um die künstliche Herstellung klappsymmetrischer Zwillinge von Einzelindividuen handelte, ohne daß ich verstand, wie es eigentlich vor sich ging. Auf unbegreifliche Weise wurden die beiden Hälften der betreffenden, vorher längs geteilten Person jeweils spiegelbildlich ergänzt. Wesentlichen Anteil an der Prozedur hatte der Mann, der immerzu Selbstporträts gezeichnet hatte. Hier wandte er seine Technik auf die neu entstandenen Körper der Zwillinge an, indem er sie mit magischen Zeichen fixierte. Ich hatte Todesangst, als nächster verdoppelt zu werden.

Am folgenden Morgen fand ich mich, aus einem unangenehmen, unruhigen Schlaf erwachend, im unteren Stockwerk meiner Bleibe wieder. Herr Bredevoort lag schlafend unter dem Tisch. Es wurde an die verschlossene Brettertür geklopft, und eine alte Frauenstimme draußen rief, Primar Dehmel wünsche mich sofort zu sehen. Ich nahm an, daß es die alte in Schwarz gekleidete Frau mit dem Kopftuch war, die uns vor zwei Tagen hineingelassen hatte. Bevor ich etwas äußern konnte, stand Herr Bredevoort auf und antwortete, wir kämen in wenigen Minuten. Mich wunderte, daß Dehmel es plötzlich so eilig hatte. Eigentlich hatte ich ja erwartet, nie wieder von diesem Porträtauftrag zu hören, und war gespannt, was er mir auftischen würde.

Nach den Erfahrungen vom Vortag zweifelte ich aber daran, ob ich die Kamera überhaupt würde bedienen können. Die Schwierigkeiten mit dem Sehen hatten zugenommen, immer wieder verrutschte mein Blick, und ich sah alles doppelt. Über meine sonstige Verfassung konnte ich mir keine Rechenschaft ablegen, ja es kam mir geradezu so vor, als ob ich gestorben wäre. Dementsprechend empfand ich auch keine Schmerzen mehr im Bein, obgleich die Entzündung sich offensichtlich verschlimmert hatte. Es war mir nicht mehr möglich, ihren Anblick zu ertragen. Anstatt zu frühstücken leerte ich einen Becher von dem ominösen Trank, den Herr Bredevoort jederzeit für uns bereitstellte. Rückblickend fällt mir übrigens auf, daß ich mich nicht erinnern kann, in der Krankenkolonie jemals eine Einrichtung zum Waschen benutzt oder auch nur vorgefunden zu haben.

Wir gingen zu Dehmels Haus hinüber, Herr Bredevoort trug meine Ausrüstung. Unterwegs glaubte ich zwei oder drei Personen zu begegnen, die mir bekannt vorkamen (vielleicht aus der Abendgesellschaft), aber irgendwie leicht verändert aussahen. Wieder ließ uns die Frau mit dem Kopftuch ein, anders als beim ersten Mal brachte sie uns aber nicht in das Parterrezimmer mit den Wandinschriften, sondern nahm uns mit ins Obergeschoß. Erstaunlich rüstig eilte sie uns voraus. Herr Bredevoort schaffte meine Ausrüstung hinauf, ich selbst hatte mit dem Treppensteigen mehr als genug zu tun. Dehmels Wohnung war für einen sogenannten heiligen Mann, der mittelalterliches Asketentum predigte, reichlich opulent eingerichtet. Im Gedächtnis geblieben ist mir ein gründerzeitlich pompöses Ambiente, das in krassem Widerspruch zu allem stand, was ich bisher auf der Insel gesehen hatte. Herr Bredevoort wurde, nachdem er meine Kamera und das Zubehör abgesetzt hatte, von der Alten ins Erdgeschoß zurückgeschickt, um auf mich zu warten. Aus einem Nebenraum war Musik zu hören, eine Schallplatte wurde abgespielt, wie ich erkannte, eine Aufnahme des Liedes ›Die Nebensonne‹ aus Franz Schuberts ›Winterreise‹. Die alte Frau sagte, der Primar werde mich dort drinnen empfangen, ich solle nur eintreten. Also klopfte ich an, und nachdem ein mattes »Herein« geantwortet hatte, trat ich ein.

In dem abgedunkelten Kabinett saß Dehmel beim Grammophon und stellte soeben ein Glas ab, aus dem er getrunken hatte. Als er mich sah, erhob er sich und schaltete den Phonographen ab. Wortlos kam er mir entgegen. Ich konnte sehen, daß er geweint hatte, vermutlich hatte ihn die Musik so gerührt. Er bot mir einen Sessel an und schenkte mir von dem ubiquitären Getränk ein, auch sein eigenes Glas füllte er. Dann redete er über die Musik, die ihm in seiner Verbannung der größte Trost sei. Aus dem, was er mir erzählte, ging hervor, daß er tatsächlich glaubte, in der Mongolei zu leben! Er lieferte mir auch eine wirre, unsinnige »Erklärung« des Namens Nnklan, die ich mir nicht einprägen konnte. Da ich ja nun einer der ihren (»einer von uns«) sei, fuhr er fort, wolle er offen zu mir sprechen und mich auf die Besonderheiten des Auftrags vorbereiten, den er mir zugedacht habe. Da fing er also wieder von seiner Tochter an. Sie sei noch nie photographiert worden, nun aber gebe es gewichtige Gründe, es zu tun. Doch wolle er nicht über diese Gründe sprechen, sondern vielmehr über die speziellen Umstände, die dazu führten, daß hier nicht einfach ein gewöhnliches Konterfei zu knipsen sei. Bevor ich die Tochter zu Gesicht bekäme, müsse ich mich schriftlich verpflichten, über alles, was mit dem Porträt und der zu Porträtierenden zusammenhing, für alle Zeiten absolutes Stillschweigen zu bewahren. Es wurde immer verrückter!

Um ihn nicht unnötig zu reizen, tat ich, was er verlangte. Ich ließ mir die entsprechende Erklärung in die dargebotene Feder diktieren und unterschrieb. Es konnte ja nicht schaden. Sodann eröffnete mir Dehmel, seine Tochter besitze eine gewisse Eigenheit, die von mir sowohl mit Diskretion behandelt als auch mit technischem Können kaschiert werden müsse. Das ließ mich um so mehr erwarten, er werde in seinem Wahn ein Stoffbündel, ein Stück Holz oder die leere Luft als seine Tochter ausgeben und von mir verlangen, ich solle etwas daraus machen. Was sollte ich dann tun? Ich wünschte verzweifelt, er hätte tatsächlich eine Tochter, und wäre sie von noch so unscheinbarem oder gar häßlichem Äußeren. Dann könnte ich wenigstens mit dem Licht zaubern, einen glücklichen Blickwinkel benutzen und Retusche einsetzen. Aber so? Es würde, ja mußte schlimm werden, und das bei meiner miserablen gesundheitlichen Verfassung.

Feierlich kündigte Dehmel, nachdem ich ihm jede gewünschte Leistung hoch und heilig versprochen hatte, an, er werde mich nunmehr ins Boudoir seiner Tochter führen. Gedachter Eigenheit wegen sei sie gezwungen, das Bett zu hüten, fügte er noch hinzu; diesen Umstand gälte es zu berücksichtigen, denn sie könne für die Aufnahme nicht aufstehen. Ich fühlte mich immer unwohler bei der Sache und ging mit wie zu meiner Hinrichtung. Was ich dann aber in dem ebenfalls abgedunkelten Zimmer sah, entsprach meinen Vorstellungen nicht im geringsten. Auf einem luxuriösen Pfühl lag – in prachtvollem Gewand – tatsächlich ein weibliches Wesen. Doch was für eines! Kein unscheinbares oder gar häßliches, wie ich es mir noch vor einem Augenblick als Rettung gewünscht hatte, sondern eine Schönheit wie auf einem präraffaelitischen Gemälde. Ihr Kopf ruhte auf und zwischen mehreren Kissen, über die ihr sehr reiches dunkelrotes Haar sich kunstvoll angeordnet ergoß. Für einen Augenblick sah ich sie doppelt, dann fing sich meine Optik wieder. Unter all diesen Gespenstern fand ich nun ein solches Wesen! Die etwa zwanzigjährige Frau schlug die Augen auf, und mich traf ein verhangener, melancholischer Blick. Er weckte in mir das starke Bedürfnis, sie auf Händen davonzutragen aus dem Schreckensreich ihres wahnsinnigen Vaters. Falls er überhaupt ihr Vater war! Doch wer sie auch sein mochte, um nichts in der Welt durfte sie an diesem schaurigen Ort bleiben und verkümmern. Was tat Dehmel ihr nur an, indem er sie in der öden, stinkenden Kolonie einsperrte! Wahrscheinlich bekam sie nichts zu essen und litt an Blutvergiftung, trotzdem sah sie so wundervoll aus. Vor Bewunderung stumm stand ich vor ihr. Ich konnte mir keinen Reim auf das machen, was der Primar von jener gewissen, zu kaschierenden Eigenheit geredet hatte. Sollte er etwa ihre außergewöhnliche Schönheit gemeint haben? Wurde von mir erwartet, sie unvorteilhafter darzustellen? Es lag auf der Hand, daß er sie vor der Welt verschließen wollte, deshalb hatte ich mich schriftlich zu Stillschweigen verpflichten müssen. Wozu, fragte ich mich, wollte er dann aber überhaupt ein Porträt von ihr?

Ich wunderte mich, wie tief sie in den Kissen lag. Von mir aus gesehen rechts schien eins davon seitlich ganz dicht an ihren Kopf geschmiegt zu sein, so daß seine Oberfläche genau so hoch ragte wie ihr Gesicht. Zu sehen war es jedoch nicht, denn das voluminöse Haar, Auge und Wange auf dieser Seite gerade eben freilassend, war sorgfältig darübergebreitet – ein perfektes Arrangement! Hier blieb dem Photographen nichts weiter zu tun, als für ein angemessenes Licht zu sorgen und die Platte zu belichten. Diese Frau zu photographieren war ein einziges Vergnügen.

Aus meiner andächtigen Stimmung riß mich Dehmel, indem er sprach, er wolle mich nun in das Geheimnis einweihen. Ehe ich irgend etwas denken konnte, beugte er sich zu der Liegenden hinab, ergriff vorsichtig ihr Haar auf besagter Seite und zog es beiseite wie einen Vorhang. Kein Kissen, sondern – ein zweites Gesicht kam zum Vorschein, dem anderen zum Verwechseln ähnlich! Ich glaubte zuerst, wieder doppelt zu sehen, doch verflüchtigte sich der Effekt nicht. Die junge Frau hatte in der Tat zwei Gesichter, die ungefähr im Winkel von fünfundvierzig Grad zueinander standen und seitlich zusammengewachsen waren. Das (von mir aus gesehen) rechte, soeben entblößte Gesicht schien zu schlafen, auch das linke schlug nun schamhaft die Augen nieder. Ich stöhnte auf, mir wurde flau zumute. Das also hatte Dehmel mit der »gewissen Eigenheit« gemeint. Was er von mir wolle, sprach er jetzt, sei ein Porträt, das beide Gesichter in einem einzigen vereine. Von jedem solle ich die Hälfte verwenden und zwar so, daß keine Nahtstelle in der Mitte zu sehen sei. Wie ich ihn verstand, setzte er ganz selbstverständlich voraus, daß ich die Aufgabe lösen konnte. Mir ging ein furchtbarer Gedanke durch den Kopf: Ein Wahnsinniger wie er würde mich, nachdem ich das Geheimnis einmal kannte, wohl kaum am Leben lassen, egal, wie das Ergebnis meiner Arbeit ausfiele. Meine schriftliche Verpflichtung zu absolutem Stillschweigen war nichts weiter als eine bedeutungslose Formalität. Während mir Schauer den Rücken hinabliefen, sagte ich zu.

Ob ich jedoch dieses Porträt tatsächlich zustandegebracht, ob ich überhaupt damit begonnen habe, entzieht sich leider meiner Kenntnis. Mein Gedächtnis ist von diesem Zeitpunkt an ausgelöscht bis zu dem Tag, an dem ich in Ihrem Krankenhaus wieder zur Besinnung kam. Lediglich ein vages Gefühl habe ich, und Sie werden es zu Recht lächerlich finden, wenn ich Ihnen verrate, worin es besteht: Mir ist, ohne daß ich dies begründen könnte, als wäre ich in der Folge mit Dehmels angeblicher Tochter intim geworden. Vielleicht hat er uns dabei erwischt und versucht, mich aus dem Weg zu schaffen? Ich weiß, solche Spekulationen sind müßig, haben Sie mir doch wiederholt versichert, in der Krankenkolonie auf Santa Rosa sei alles in bester Ordnung, und Herr Dr. von der Heydt leite die Einrichtung nach wie vor, ja er habe mich sogar während meiner überraschenden Erkrankung dort behandelt. Ihnen zu glauben, es könne sich bei meinen vermeintlichen Erinnerungen um Fieberphantasien handeln, fällt mir noch immer sehr schwer; wie ich Ihnen schon des öfteren sagte, besitze ich keinerlei andere Erinnerungen an meinen Aufenthalt auf Santa Rosa. Es muß –

Daß der schier unglaubliche Bericht hier (mitten auf einer Seite) abreißt, kann meines Erachtens nur eins bedeuten: Der Verfasser hatte seinerzeit die Absicht fallen gelassen, ihn dem Adressaten, diesem Dr. Bauer in Buenos Aires, zu geben. Ich fragte mich, ob es sich um ein authentisches Dokument oder reine Fiktion handelte. So, wie sie alle Gegenstände der Installation angeblich nach Visionen oder Eingebungen selbst angefertigt hatte, konnte Dora Thomas auch diesen Bericht »empfangen« und niedergeschrieben haben. Sogar der Stempel auf der Rückseite des Umschlags konnte aus ihrer Produktion stammen. Er lautete:

Photoatelier Richard Kern
Photozubehör, Photoarbeiten aller Art

Die angegebene Adresse, übrigens eine in unserem Wohnort, mochte Erfindung sein, denn in der betreffenden Straße gab es kein Photofachgeschäft. Ich wollte und mußte es genau wissen. Deshalb sah ich im örtlichen Telephonbuch nach. Es gab wirklich einen Eintrag mit dem Namen ›Kern, Richard‹; zu meiner Verblüffung sogar unter derselben Adresse, die der Stempel nannte. Es war an diesem Abend noch nicht zu spät für einen Anruf, und ich wählte ganz nervös die Rufnummer von Richard Kern. Wie mir beim Klang des Freizeichens bewußt wurde, hatte ich mir überhaupt nichts zurechtgelegt und war selbst neugierig, was ich vorbringen würde, wenn jemand den Hörer abnahm. Kaum hatte ich das gedacht, da war es schon soweit. Eine ältere Frauenstimme meldete sich mit dem Namen Kern. Der Einfachheit halber verstieg ich mich nicht in abenteuerliche Vorspiegelungen, sondern erzählte wahrheitsgetreu, was mich bewegte, so merkwürdig dies auch klingen mochte. Frau Kern erwies sich als sehr freundlich und hörte sich alles an.

»Ja«, antwortete sie dann, »wir haben bis 1961 ein Photogeschäft im Erdgeschoß gehabt, da, wo jetzt die Schnellreinigung ist. Aus gesundheitlichen Gründen hat sich mein Mann damals zur Ruhe setzen müssen, wegen der Folgen einer Erkrankung, die er sich in jungen Jahren in Südamerika zugezogen hat. Aber ob er den Bericht geschrieben hat, von dem Sie sprechen, das weiß ich nicht. Von 1926, sagen Sie, ist er? Ich habe meinen Mann erst 1929 kennengelernt, vorher ist er als Photoreporter in der ganzen Welt unterwegs gewesen. Theoretisch wäre es also möglich, daß er der Verfasser ist. Mir gegenüber hat er allerdings nie etwas Derartiges erwähnt. Wegen seines Gesundheitsproblems hat er dann eine seßhaftere Existenzform wählen müssen und das Photogeschäft hier in der Stadt übernommen.«

Herrn Kern selbst könne ich leider nicht danach fragen, erfuhr ich zum Schluß, denn er sei inzwischen ein Pflegefall und nicht mehr ansprechbar. Ich dankte ihr und verabschiedete mich. Wenige Wochen später entdeckte ich in der Zeitung die Todesanzeige von Richard Kern.

Für mich stand fest, daß er der Photograph gewesen war, der den Bericht persönlich verfaßt hatte. Vielleicht war es ja so gewesen: Er hatte die Aufzeichnungen damals weder jenem Dr. Bauer gegeben noch vernichtet, sondern als das große Rätsel in seinem Leben immerzu mitgeschleppt bis zum Zeitpunkt der Geschäftsaufgabe. Da endlich hatte er sich davon getrennt, oder der Umschlag mit dem Bericht war versehentlich weggeworfen worden. Möglich, daß Dora ihn bei einem Trödler gefunden hatte, wohin er vielleicht zusammen mit anderen Dingen nach der Auflösung des Photogeschäfts geraten war. Andererseits war aber auch denkbar, daß Dora Herrn Kern gekannt und von ihm alles über die Krankenkolonie erfahren hatte. Dann konnte sie den Bericht entweder von ihm erhalten oder nach seinen Erzählungen geschrieben haben. Ich beschloß damals, Dora selbst zu fragen, und rief sie an. Wieder war der verhuschte junge Mann am Apparat. Dora sei vor ein paar Tagen in ein Schweizer Sanatorium abgereist; er dürfe weder ihre Adresse noch ihre Telephonnummer weitergeben, weil sie absoluter Ruhe bedürfe. Ob er als ihr Assistent denn wisse, was es mit dem Bericht des Photographen Kern auf sich habe und in welcher Beziehung das Dokument zum Konzept der Installation stünde, fragte ich ihn. Er behauptete, es nicht zu wissen. Ich erfuhr einfach nichts über die Dinge, die mir so wichtig waren.

Weiterhin besuchte ich die Nnklan-Installation in der Kunsthalle, brachte auch den Umschlag zurück. Wenig später endete diese aufwühlende Phase in meinem Leben, die Ausstellung wurde abgebaut. In ein Lebensinhaltsloch und somit in eine seelische Krise zu fallen, blieb mir erspart. Durch einen glücklichen Zufall lernte ich in jenen Tagen Reinhard, meinen späteren Ehemann, kennen. Sein betont rationales Wesen stellte damals wohl das rettende Gegengewicht (und Gegengift) zu meiner psychischen Befindlichkeit dar. Sehr bald verdrängten neue, intensiv lebenszugewandte Eindrücke die Verrücktheiten der letzten Zeit. Ich gab zuerst meine nicht sehr vielversprechenden künstlerischen

Ambitionen, dann auch meine Berufstätigkeit auf und wurde Ehefrau und Mutter. Wie ich schon erwähnte, dachte ich anschließend drei Jahrzehnte lang nicht mehr an Dora Thomas und ihre mysteriöse Arbeit – bis vor ein paar Tagen, bis zu dem Augenblick der Konfrontation mit dem Präparat in der Berliner Charité. Auf dem dazugehörigen Schild stand:

Junge Frau mit zwei Gesichtern.
Keine biographischen Daten überliefert.
Aus den Beständen eines aufgelassenen
Panoptikums in Buenos Aires, Argentinien.
Zusammen mit einer Porträtphotographie
erworben ca. 1930

Daß ich nie wieder Frieden würde finden können, wußte ich, als ich die neben dem Behälter hängende, gerahmte Photographie sah, welche dieselbe Frau mit einem normal ausgebildeten Kopf zeigte.

Eugen Egner

Geboren 1951 in Ingelfingen/Württemberg; lebt seit 1955 in Wuppertal; Durchbruch als Autor 1986, als der WDR erstmals Kurztexte von ihm sendete; seit 1989 erscheinen seine Texte und Zeichnungen in Zeitschriften und Zeitungen (*Der Rabe, Titanic, Frankfurter Rundschau, Berliner Zeitung, Junge Welt, taz, Berliner Seiten* (†) der FAZ, *Die Zeit, Kowalski* (†), *Eulenspiegel*) sowie diversen Anthologien; Egners Roman *Androiden auf Milchbasis* erschien inzwischen auch in England; der WDR produzierte 2003 sein Hörspiel *Der Notfall erfordert alles* mit Otto Sander u.a.
Zu Eugen Egners wichtigsten Veröffentlichungen zählen:
Als die Erlkönige sich Freiheiten herausnahmen (Zeichnungen, 1986) – *Glücklich ist, wer vergißt, daß er nicht zu retten ist* (Cartoons, 1991) – *Aus dem Tagebuch eines Trinkers* (Das letzte Jahr, 1991) – *Als der Weihnachtsmann eine Frau war* (Erzählungen, 1992) – *Das Blöken der Blumen* (Cartoons, 1992) – *Der künstliche Mann* (Eine Bildergeschichte, 1993) – *Der Universums-Stulp* (Roman, 1993) – *Phrenesie-Album* (Freie Rhapsodien & Paraphrasen, 1994) – *Getaufte Hausschuhe und Katzen mit Blumenmuster* (Erzählungen, 1996) – *Was geschah mit der Pygmac-Expedition?* (Roman, 1996) – *Die Tagebücher des W.A. Mozart* (Von ihm selbst illustriert, 1998) – *Androiden auf Milchbasis* (Roman, 1999) – *Die Eisenberg-Konstante* (Fünf phantastische Erzählungen, 2001).
Im Verlag Zweitausendeins bisher erschienen:
Aus der Welt der Menschen (Gesammelte Prosa & Bildergeschichten, 2001; Neuausgabe 2003) – *Die Durchführung des Luftraums* (Neue Kurzprosa, 2002) – *Harry Rowohlt liest »Aus dem Tagebuch eines Trinkers« und andere Texte von Eugen Egner* (Hörbuch-CD unter Mitwirkung des Autors, 2002) – *Gift Gottes* (Fünf Erzählungen, 2003).

Danksagung

Der Autor dankt Rolf Bulang, Charles Fort, Aldous Huxley, C.G. Jung, Oliver Sacks und Fritz Weigle für wesentliche Anstöße. In ganz besonderer Weise verneigt er sich vor den Künstlern, die Leo Navratil in seinem überaus lesenswerten und inspirierenden Buch ›Schizophrenie und Dichter‹ (Frankfurt a.M., 1994) vorstellt, namentlich Friedrich Franz H., Karl R., Walter Schultz-Fademrecht, Oswald Tschirtner, Karl Z.
Und wieder muß der Autor gestehen, etliche nach Verarbeitung schreiende Irrsinns-Motive dem bereits in seinem Buch ›Die Eisenberg-Konstante‹ erwähnten Machwerk eines bedauernswerten Individuums entnommen zu haben, dessen Namen es wegen übergroßer Dummheit nicht verdient, der Nachwelt abermals überliefert zu werden.

Eine frühe, kürzere Fassung von ›Mann in grauem Anzug‹ erschien zuerst auf den Berliner Seiten der ›Frankfurter Allgemeinen Zeitung‹.

Die beigelegte, vom Autor handsignierte Graphik wird hier erstveröffentlicht. Jeder neuen Auflage wird eine neue erstveröffentlichte Graphik beigelegt.